# DIE FRAU AUF DER BRÜCKE

INGRID EGGERS

# DIE FRAU AUF DER BRÜCKE

Roman

**Bibliografische Information der Deutschen Nationalbibliothek:**
Die Deutsche Nationalbibliothek verzeichnet diese Publikation in der
deutschen Nationalbibliografie; detaillierte biografische Daten
sind im Internet über dnb.dnb.de abrufbar.

© 2026 Ingrid Eggers

Umschlaggestaltung, Herstellung und Verlag: BoD · Books on Demand GmbH,
Überseering 33, 22297 Hamburg, bod@bod.de

ISBN: 978-3-7583-3092-6

*Für meine Eltern*

# INHALT

# AUF DER BRÜCKE

Ich bin die Frau im schwarzen Mantel mit den hochgesteckten Haaren. Ich stehe auf einer kleinen Brücke an einem schmiedeeisernen Geländer aus schwarzen, großblättrigen Ranken und sehe aufs Wasser. Im Hintergrund ein prunkvolles Gebäude, dessen Kuppeln und Fensterbögen sich im Wasser spiegeln. Im Vordergrund ich im taillierten Mantel. Von beiden Seiten ragen zarte Zweige ins Bild. Mit der linken Hand ans Brückengeländer geklammert, der rechte Arm gestreckt, die Hand kaum sichtbar zu einer Faust geballt, blicke ich aufs Wasser. Mein Gesicht ist nicht zu erkennen, auch nicht das Profil, nur die Nasenspitze unter der Augenbraue und das rechte Ohr unter den hochgesteckten Haaren. Ich schaue nicht in die Kamera, ich starre aufs Wasser, als suchte ich etwas unten auf dem Grund – als wollte ich hineinspringen.

Dreh dich um, Karla, rief der Fotograf mir zu, während die Kamera klickte. Ich möchte dein Gesicht fotografieren. Aber ich drehte mich nicht um.

Wer ist Ellie Schürmann? rief ich zurück. Sag's mir, oder ich springe ins Wasser. Mit einem Satz könnte ich mich leicht über das Geländer schwingen, es ging mir nur bis zur Hüfte.

Lass das, hörte ich von hinten. Das Wasser ist kalt und nicht tief genug, um darin zu ertrinken.

Rettest du mich, wenn ich springe?

Die Kamera hörte nicht auf zu klicken.

# DAS GELBE SOFA

Das Telefon klingelte. Ich rannte ins Haus und griff nach dem Hörer. Ich wusste, er war es.

Karla, sagte er und rollte dabei das R so fremd. Ich habe nicht viel Zeit. Möchtest du mich sehen?

Ja, ich wollte ihn sehen. Seine Stimme allein versetzte mich in einen Taumel, jagte ein Kribbeln durch meinen Körper. Ich lief auf mein Zimmer, warf mich aufs Bett – in die Kissen gepresst fühlte ich seine Finger auf meiner Haut, seinen Atem, seine Lippen – nur ein paar Minuten, bis meine Beine mich wieder tragen konnten.

Als der Zug auf dem Bahnhof in Hannover einfuhr, lehnte ich mich weit aus dem Fenster hinaus. Da stand er, schlank und groß in seinem schwarzen Mantel, die dunklen Haare zerzaust. Gleich würde ich sie mit meinen Fingern durchkämmen. Als ich langsam an ihm vorbeifuhr, berührten sich unsere Hände. Er versuchte, mich festzuhalten, lief neben dem Zug her, aber unsere Finger glitten auseinander. Der Zug hielt. Ich öffnete die Tür und sprang in seine ausgebreiteten Arme. Er hakte mich ein und zog mich vom Bahnsteig weg.

Ich zeige dir meine neuen Fotos.

Küss mich, flehte ich ihn an, zuallererst küss mich.

Er beugte sich über mich. Ich verlor das Gleichgewicht und fing an zu schwanken, aber er hielt mich fest. Wir saßen auf dem gelben Sofa in seiner Wohnung. Auf der Wand über dem Sofa hingen neue Fotos von mir: durchs Zugfenster, auf ihn zulaufend, beim Lesen, beim Abwaschen, beim Ausziehen, lachend, kauend, ernst.

Erkennst du dich?

Nein. So schön bin ich doch gar nicht.

Doch, das bist du, sagte er. Er drückte mich in die Kissen, knöpfte meine weiße Bluse auf und befreite mich von allem, was meine Haut bedeckte. Durch meinen Haarschleier sah ich nichts mehr, fühlte nur seine warmen Hände, seine Lippen, seinen Atem. Er küsste mein Gesicht und ich klammerte mich an ihn wie eine Klette, die man nicht mehr losreißen kann.

Wie lange hatten wir uns auf dem gelben Sofa geliebt? Als ich die Augen aufschlug, war es immer noch hell.

Lass uns spazieren gehen, sagte er.

Er war schon angezogen und suchte etwas. Ich sprang auf und griff nach meinen Kleidern. Während er auf seinem Schreibtisch herumsuchte, ging ich auf den Flur und kämmte mein Haar vor dem großen Spiegel an der Garderobe.

Was suchst du?

Einen Zettel mit einer Telefonnummer. Ich dachte, ich hätte ihn in meine Hosentasche gesteckt.

Die Bürste in einer Hand, griff ich mit der anderen in seine graue Uniformjacke, die neben dem Spiegel hing. Ein Taschentuch. In der anderen Jackentasche ein paar Pfennige. Daneben hing sein schwarzer Mantel und in einer Tasche fand ich, was er suchte. Ein kleines Foto von einer jungen Frau. Ich starrte auf das Bild. Es war klein, aber ich erkannte ein Gesicht, blonde Haare, helle Augen. Wer war die Frau? Ellie Schürmann und eine Telefonnummer waren säuberlich auf die Rückseite geschrieben. Ich stand vor dem Spiegel, meine Augen schossen hin und her zwischen dem Foto in meinen zittrigen Fingern und Wolfgang, den ich von hinten im Spiegel auf mich zukommen sah. Als er nach seinem Mantel griff, hielt ich ihm das Foto hin.

Hast du diese Frau gesucht?

Ja, ihre Telefonnummer, sagte er erleichtert und nahm mir das Bild aus der Hand.

Wer ist Ellie Schürmann?

Das erzähl ich dir später, sagte er. Lass uns losgehen.

Seine Leica über der Schulter gingen wir Richtung Rathaus.

Der Himmel war grau, die Straßen leer, außer ein paar Frauen, die mit vollgepackten Taschen aus einem Lebensmittelladen kamen. Kinder hüpften nebenher, lachten und riefen sich Reime zu.

Wolfgang zog mich von den Kindern weg.

Lass uns zu unserer Brücke beim Rathaus gehen. Der Himmel ist bedeckt, gutes Licht zum Fotografieren.

Wer ist Ellie Schürmann? fragte ich wieder, aber statt zu antworten hielt er mich am Ellenbogen fest und zog mich über die Straße in den Stadtpark, wo wir eingehakt den langen Weg bis zum Wasser nebeneinander hergingen. Alle paar Schritte hielt er an und machte ein Foto von den Bäumen, dem grauen Weg, dem grauen Himmel, von mir.

Stell dich an das Geländer, sagte er, als wir auf der Brücke angekommen waren. Er trat ein paar Schritte zurück und drückte ab, immer wieder. Angespannt starrte ich aufs Wasser. Ich hörte das Klicken, aber ich wollte nicht hinsehen. Ich beugte mich über die schwarzen Ranken des Geländers und blickte nach unten. Mit der linken Hand hielt ich mich fest, die rechte war zur Faust geballt. Warum sagte er nicht, wer Ellie Schürmann war? Wir waren allein. Niemand weit und breit. Nicht mal Spatzen in den Büschen, keine Enten auf dem See. Nur Wolfgang und das Klicken der Kamera. Immer lauter dröhnte es in meinem Kopf. Das Wasser bewegte sich nicht, es spiegelte nur mein Gesicht. Oder war es das Gesicht meiner Mutter, das mich anstarrte? Als sie in ihren Tod sprang rettete sie niemand. Würde mein Fotograf mich retten?

Dreh dich um, Karla, rief er mir zu er. Dreh dich um und sieh mich an.

Ich schloss die Augen.

Karla, dreh dich um, ich möchte dein Gesicht fotografieren. Mit geschlossenen Augen löste ich die Finger meiner linken Hand vom Geländer, einen nach dem anderen und drehte mich um. Die Kamera klickte. Ich machte ein paar Schritte auf ihn zu.

Er ließ sie los und umarmte mich.

Bitte, nimm mich mit. Ich klammerte mich um seinen Hals. Ich halte es hier ohne dich nicht aus.

Das geht nicht, sagt er ganz ruhig, Ich muss zurück an die Front. Auf deinem Bauernhof wirst du den Krieg überleben. An der Front werden keine Frauen gebraucht.

Auf unserem Hof auch nicht. Es gibt schon zu viele und keine Männer.

Wolfgang wusste Bescheid. Er war im gleichen Dorf aufgewachsen und kannte meinen Onkel August, den einzigen Mann, der auf unserem Bauernhof noch übriggeblieben war. Mein Vater war im ersten Weltkrieg gefallen, mein Bruder kämpfte an der Westfront und Onkel August, der sich zum Ortsgruppenleiter hochgedient hatte, überwachte nicht nur das Dorf, sondern auch die drei Frauen auf dem Hof, seine Ehefrau, seine Mutter und mich. Meine Mutter war gestorben und meine Schwester hatte geheiratet und war ausgezogen.

Liebst du mich noch? flüsterte ich. Oder liebst du die Frau auf dem Foto?

Er nahm meinen Kopf zwischen beide Hände und zwang mich, ihn anzusehen:

Unsinn, ich liebe dich und dann mit einem Anflug von Wehmut in der Stimme: Was ist die Liebe? Da draußen vergesse ich oft, dass es sie überhaupt noch gibt. Erst in deinen Armen kommt die Erinnerung daran wieder zurück. Er streichelte mein Haar und sagte: Das ist es, was uns verbindet. Der Krieg. Das Dorf, in dem wir aufgewachsen sind. Unsere Sprache, die Bücher, die wir lesen. Und wenn du mich berührst, vergesse ich alles um mich herum und fühle nur dich.

Ja, flüsterte ich. Das fühle ich auch und noch mehr, was ich …Und noch bevor ich den Satz zu Ende bringen konnte, küsste er meine Lippen.

Krieg zerstört die Liebe, sagte er dann. Er reißt uns auseinander und macht Mörder aus uns. Ich habe gesehen, wie junge Soldaten unschuldige Männer und Frauen erschossen haben. Was bringt sie dazu? Sie folgen Befehlen, sagen sie und tun das, was alle machen. Ihr Gehirn hat aufgehört zu denken, ihre Herzen haben aufgehört zu schlagen.

Er nahm meine Hand und presste sie gegen sein Herz. Es schlägt noch und überwacht alles, was ich mache und denke. Es wacht über meine Erinnerungen und es quält mich. Die Mörder da draußen erinnern sich an nichts. Frag deinen Onkel, den Ortsgruppenleiter, wie das geht.

Onkel August ging jeden Abend zu seinem Stammtisch und kam angetrunken wieder. Ich verließ sofort die Stube, wenn er sich mit stinkendem Atem neben mich setzen wollte und mit glasigen Augen nach meiner Schürze grabschte. Einmal im Monat zog er sich eine grüne Joppe an und band einen braunen Schlips um für eine Versammlung mit der Parteiführung. Er muss sich rausputzen, sagte Oma dann, damit man ihm glaubt, dass er eine Position innehat. Wie er dazu gekommen ist, habe ich Oma oft gefragt, ohne eine überzeugende Antwort zu bekommen. Ich kann meinen eigenen Sohn doch nicht in die Pfanne hauen, sagt sie und damit war das Thema beendet.

Lass uns jetzt nicht von Onkel August reden, sagte ich. Wir haben so wenig Zeit miteinander. Ich kuschelte mich an seinen weichen Mantel. Kann ich heute Abend bei dir bleiben?

Er nahm mich in die Arme, sah mich genau an und sagte: Sei nicht eifersüchtig. Es gibt keinen Grund.

Ich fühlte wie mein Gesicht heiß wurde und versuchte, es in seinen dunklen Locken zu verstecken.

Morgen ist dein Geburtstag, sagte ich. Ich hab ein Geschenk für dich, mehrere Geschenke. Bitte, lass mich heute Nacht bei dir bleiben.

Er führte mich in eine Gaststätte, wo wir die einzigen Gäste waren. Grüne und gelbe Glasfenster beschienen unsere Gesichter wie gespenstische Schatten, obwohl zu dieser Stunde kaum noch Licht durch das Glas kam. Ich steuerte uns weg von den Fenstern in eine dunkle Nische, die nur von einer einzelnen Glühbirne über dem Holztisch beleuchtet war. Wolfgang ging zur Wirtin, einer Frau in mittlerem Alter in einer blau-rot karierten Schürze und bestellte Würstchen mit Kartoffelsalat und Bier.

Oder möchtest du lieber Linseneintopf? rief er zu mir herüber. Mehr gibt es nicht.

Die Wirtin ging in die Küche. Ein junges Mädchen in grauem Rock und blauer Strickjacke zapfte das Bier.

Guten Abend, Wolfgang, rief sie ihm von der Theke aus zu. Das Bier dauert ein paar Minuten, oder möchtet ihr lieber zwei Flaschen?

Wir haben Zeit, rief er zurück. Der Zug an die Front geht erst nächste Woche.

Ich war überrascht. Er hatte mir nicht gesagt, wie lange er bleiben würde und war er überhaupt auf Urlaub? Bestimmt arbeitete er, wenn er in Hannover war. Die Fotos mussten entwickelt werden, er brauchte

15

neues Material. Wer versorgte ihn mit Kameras und Filmen? Als er in die Stadt gezogen war, um Architektur zu studieren, ließ er mich an seiner Welt teilnehmen. Wenn ich ihn besuchte, zeigte er mir seine neuen Fotos von Gebäuden und von Straßen, von den Menschen, denen er begegnete. Die Fotos beschrieben sein Leben und ich saugte alles auf, wie ein Schwamm, denn ich wollte bei ihm sein, mir vorstellen können, was er machte, während ich zu Hause auf seine Anrufe wartete. Als der Krieg begann und er sich als Fotograf für die Front gemeldet hatte, wurden die Fotos immer düsterer und er immer schweigsamer. Er sprach kaum noch über seine Arbeit. Er wollte mich damit nicht belasten, sagte er. Die wenigen Stunden, die wir zusammen verbringen durften, sollten uns Freude bereiten. Aber die Bilder verfolgten mich bis in den Schlaf, ich wachte von meinem eigenen Schreien auf, niemand lag neben mir, Toni war längst ausgezogen. Mein Schreien hörte niemand. Ich fragte Oma, ob sie wusste, was an der Front vor sich ging. Krieg ist furchtbar, war ihre Antwort. Wir haben im Großen Krieg mitgekriegt, wie sich alle abgemetzelt haben. Wenn doch das alles nur bald vorbei wäre.

Kommst du morgen Abend zum Stammtisch? rief die junge Frau, die immer noch das Bier zapfte.

Ja, ich komme, sagte er.

Seit wann ging er ins Gasthaus zum Biertrinken? So kannte ich ihn gar nicht.

Woher kennt ihr euch denn? fragte ich.

Wir sind Nachbarn, meine Wohnung ist doch gleich um die Ecke und wenn ich mal ausgehe, dann gehe ich hier her.

Und was macht ihr morgen Abend?

Wir trinken auf meinen Geburtstag. Das Bier war angekommen und er stieß mit mir an. So wie wir jetzt.

Und Ellie Schürmann – ist sie auch dabei?

Nein, sie ist nicht dabei.

Wie hast du sie denn kennengelernt

Ich scheine Menschen anzuziehen, die in Gefahr sind, sagte er und sah auf die grünen Glasfenster, die kein Licht mehr durchließen.

An der Front kann ich nur Fotos von den Gräueltaten machen, die wir den Menschen dort antun, aber hier zu Hause mache ich viel mehr.

Was denn?

Ich versuche, für sie ein Versteck zu finden, wo sie überleben können. Ellie ist in Gefahr deportiert zu werden – sie braucht meine Hilfe.

Ellie Schürmann wird bei ihm einziehen, war mein erster Gedanke. Es rumorte in meinem Bauch, mein Kopf fühlte sich leicht an wie Watte. Mir wurde schlecht.

Wo sind die Toiletten? presste ich heraus und rannte mit der Hand vorm Mund in die Richtung, die Wolfgang zeigte.

Brauchst du Hilfe? rief er hinter mir her. Ich schämte mich, mit immer voller werdendem Mund an der jungen Frau hinter der Theke mit der blauen Strickjacke vorbeilaufen zu müssen. Ich versuchte, alles runterzuschlucken, aber es quetschte durch meine Finger hindurch und ließ Flecken auf der Treppe bis hin zu den Toiletten.

Als ich zurückkam, waren die Flecken verschwunden. Wolfgang war mir mit einem Lappen gefolgt, sagte er, und hatte alles aufgewischt. Er streichelte meine Wangen. Das Bier bekommt dir wohl nicht.

Es ist nicht das Bier, sagte ich, ohne ihn anzusehen. Er stand auf und holte mir ein Glas Wasser, während die Wirtin das Essen vor uns absetzte.

Mahlzeit, die Herrschaften, sagte sie, eine Frau mit grauem Knoten im Nacken und durchsichtigen Augen, die Respekt verlangten. Sie setzte sich an unseren Tisch und machte keine Anstalt wieder zu gehen. Ich wünschte, sie würde verschwinden. Hatte sie meine roten Augen und mein weißes Gesicht nicht bemerkt? Aber sie sah nur Wolfgang an und begann zu erzählen. Von den Schlangen beim Bäcker, den Preisen für Lindes Kaffee, von ihrer Tochter, die sich in einen jungen Soldaten verliebt hatte, und dann von einer Familie, die von der Gestapo abgeholt worden war.

Wo haben sie die wohl hingebracht? fragte sie Wolfgang. Er zuckte die Achseln.

Waren es Juden?

Sie nickte und erzählte weiter von einem Handelsvertreter, der ihr Männerhemden verkaufen wollte. Wir brauchen keine Männerhemden mehr, hab ich ihm gesagt. Hier gibt's keine Männer mehr. Sie wischte sich die Hände an der Schürze ab.

Hier gibt's nur noch Frauen.

Heißt er vielleicht Peters? wollte ich fragen. Er ist immer zu meiner Mutter gekommen und hat ihr grüne Herrenhemden verkauft. Aber meine Stimme versagte, ich fing an zu husten. Wolfgang stellte das Wasserglas vor mich. Trink einen Schluck, sagte er.

Die Wirtin sah mich ungläubig an, so als hätte sie mich erst jetzt bemerkt. Sie schüttelte den Kopf und ging zurück in die Küche.

Habe ich sie verscheucht? fragte ich.

Nein, nein, sagte Wolfgang, stopfte die Bratwurst in sich hinein, kippte das Bier hinterher und stand auf, um bei der jungen Frau an der Theke zu bezahlen. Er lehnte sich zu ihr hinüber. Sie redeten leise. Dann schüttelte er ihre Hand und wäre fast ohne mich gegangen. Er drehte sich dann aber um und kam zurück an unseren Tisch, wo ich noch an meinem Wasser nibbelte. Er trank mein Bier aus und zog mich vom Stuhl hoch.

Zeit zu gehen, sagte er.

In seiner Wohnung schob er mich gleich ins Schlafzimmer und fing an mich langsam und sehr ordentlich auszuziehen: den Mantel, die weiße Bluse, den Büstenhalter mit Spitze, den ich nur für ihn anzog, den grauen Wollrock, den ich sonntags zur Kirche trug, den seidenen Unterrock, die Nylonstrümpfe, den kleinen, weißen Strumpfgürtel, zuletzt das Höschen aus Baumwolle ohne Spitze – es gab nichts anderes. Mittags hatte er alles von mir gerissen, jetzt faltete er jedes Teil sorgfältig und legte es ordentlich auf den Stuhl neben dem Bett. Es könnte ja Bombenalarm geben, meinte er. Dann hat man keine Zeit zum Suchen, alles muss schnell gehen. Das kennst du Gottseidank nicht, denn auf euer Dorf werfen sie ja noch keine Bomben.

Es ist doch auch dein Dorf, sagte ich. Du bist doch auch in dem Dorf aufgewachsen, wo dein Vater immer noch jeden Sonntag in der Kirche predigt. Warum kommst du gar nicht mehr zu Besuch?

Sein Predigen hilft denen nicht, die wirklich in Not sind, sagte er, während er sich auszog und alle seine Sachen auf den Boden warf. Unsere Wege haben sich schon vor langer Zeit getrennt.

Er schlüpfte ins Bett und schlief schnell ein. Mein Kopf war in meine Lieblingsstelle zwischen Schulter und Hals eingeschmiegt. Ich hörte seinem gleichmäßigen Atmen zu und wagte nicht, mich zu bewegen. Das Bett war eng, viel schmäler als das große Eichenbett, in dem meine Schwester und ich unter dem Dach geschlafen hatten. Aber mit Wolfgang neben mir brauchte ich kein großes Bett, ich kuschelte mich an ihn, teilte seinen Atem bis ich einschlafen würde. Aber ich schlief lange nicht. Ellie Schürmann hielt mich wach. Würde er sie morgen Abend beim Stammtisch sein? Ich betastete meinen Bauch. Seit einer Woche war die Mulde zwischen den Beckenknochen verschwunden. Dort fühlte ich jetzt eine ganz leichte Wölbung. In meinem Bauch wuchs etwas und Wolfgang hatte es nicht bemerkt. Ich rechnete zurück. Vor zwei Monaten hatten meine Tage aufgehört, vor drei Monaten hatte Wolfgang die Nacht mit mir im großen Eichenbett unterm Dach verbracht.

Wie zwei Ertrinkende, wie die Liebenden in Heines Gedicht, was er mir vorgelesen hatte. Ich zählte immer wieder zurück und endete mit ihm im Eichenbett unter dem Dach. Nicht mit dem Bauern auf dem Heuboden. Das war vor vier Monaten, sehr lange her. Ich hatte von Wolfgang lange nichts gehört. Ich war mir nicht sicher, ob ich ihn überhaupt jemals wiedersehen würde und bin Liesels Rat gefolgt. Ich bin schwach geworden. Bis ins Heu hat er mich geführt. Wolfgang wusste, dass es ihn gab – und ich wusste, dass es Ellie Schürmann gab. Wir waren uns quitt, hätte die Oma gesagt. Wolfgang liebte mich, das hatte er mir am Nachmittag versichert. Er hatte mich zu sich eingeladen und mich auf dem gelben Sofa geliebt. Aber danach sollte ich wieder verschwinden, zurück auf den Bauernhof. Dann ging sein anderes Leben weiter, an dem ich nicht teilnehmen konnte, in dem ich keinen Platz hatte. Aber Ellie Schürmann gehörte dazu.

Er schlief auf dem Rücken, wie ein Baby. Seine Hand lag auf meiner Brust. Ganz vorsichtig legte ich sie auf meinen Bauch. Er rührte sich nicht.

Morgens gab ich ihm mein Geburtstagsgeschenk, einen selbst-gestrickten, schwarzen Schal. Er wickelte ihn um seinen Hals.

Genau richtig für den Winter in Russland, sagte er. Lang genug für uns zwei. Er zwinkerte mir zu und begann, das andere Ende fest um meinen Hals zu wickeln. Ich schnappte nach Luft.

Willst du mich erwürgen?

Ja, uns beide, lachte er, dann bleibt uns das Ende erspart.

Uns drei, sagte ich und sah ihm fest in die Augen.

Drei? Er wickelte den Schal ganz langsam wieder los.

Bist du schwanger? Ich nickte: Noch ein Geburtstagsgeschenk! Freust du dich nicht?

Er trat einen Schritt zurück und sagte lange nichts. Ich ließ mich auf das gelbe Sofa fallen. Er stand vor mir und blickte mit zusammengekniffenen Augen aus dem Fenster.

Ich kann dich jetzt nicht heiraten, sagte er, während er sich zu mir drehte und nach meinen Händen griff. Unter keinen Umständen.

Wie könnte ich heiraten und Kinder in eine Welt setzen, in der Menschen wie Vieh zusammengetrieben, abtransportiert und ermordet werden. Ich versuche, diesen Menschen zu helfen und wünschte, es gäbe keine Kinder, die das alles miterleben müssten.

Er setzte sich neben mich und schaute mich an:

Ich könnte vielleicht einen Arzt finden, der dir helfen kann.

Mir schossen Tränen in die Augen. Ich presste meine Hände aufs Gesicht und lehnte mich gegen die Wand mit den Fotos.

Bitte versteh mich richtig, hörte ich wie von weit her. Ich will dir helfen. Ich liebe dich. Aber ich kann dich unter diesen Umständen nicht heiraten. Er streichelte über meine Haare.

Und bist du ganz sicher, dass ich der Vater bin? Er stellte die Frage so nüchtern wie ein Arzt in der Sprechstunde.

Hör auf, wimmerte ich.

Karla, bitte rede mit mir. Ich möchte dir helfen. Ich liebe dich. Er löste meine Hände vom Gesicht und küsste die Tränen weg.

Ich hätte gern ein Kind mit dir, glaub mir. Aber ich kämpfe für Sachen, die es nicht mal erlauben, an ein Kind zu denken, ein Kind mit der Frau, die ich liebe.

Es wird sich ändern, wenn alles vorbei ist, stotterte ich…und dann kommst du nach Hause zu deiner Familie zurück, zu mir und zu unserem Kind.

Er drückte meine Hände, küsste mich auf den Mund und zog mich auf seinen Schoß.

Wenn du das Baby wirklich behalten möchtest, dann brauchst du einen Ehemann, sagte er mit der tiefen Falte zwischen den Augen.

Als unverheiratete Frau auf dem Dorf ein Kind aufzuziehen, ist selbst mitten im Krieg nicht leicht. Mach das nicht. Unter diesen Umständen wäre es vielleicht das Beste, wenn du den Bauern heiratest.

Er fühlte meine Stirn, als ob er Fieber gemessen und die Temperatur zu hoch gefunden hätte.

Das wäre sicher das Beste.

Ich klammerte mich an seinen Hals. Nein. Ich will dich heiraten – nicht den Bauern.

Ich helfe dir, sagte er. Wir werden einen Weg finden.

Ohne das Baby noch einmal zu erwähnen, gingen wir zum Bahnhof, standen lange schweigend auf dem Bahnsteig und starrten auf die Gleise. Er hielt meine Hände und sagte nichts. Ich weinte, er tupfte mit seinem Taschentuch meine Tränen ab - bis endlich der Zug kam.

# DAS SALZ DES LEBENS

Auf dem Weg zur Schule hatten wir uns kennengelernt. Wolfgang war zwei Jahre älter als ich und ging auf das Jungengymnasium in Peine, wo ich seit der fünften Klasse das Mädchengymnasium besuchte. Mutter hatte mich für die höhere Laufbahn bestimmt, kaufte ein Klavier, schenkte mir ein Tagebuch und ermutigte mich, Lehrerin zu werden. Meine Schwester Toni glänzte durch Schönheit, sie sollte einen reichen Bauern heiraten und Bruder Otto würde den Hof übernehmen. Ich war zehn Jahre alt, als ich jeden Morgen um sieben mit der Eisenbahn nach Peine zur Schule fahren musste.

Ich hasste die Schule. Das Gebäude sah wie ein Gefängnis aus, vier Etagen aus grauem Zement von einer hohen Mauer eingezäunt. Der Hausmeister, ein unfreundlicher Mann, der einen Fuß nach sich zog, schloss jeden Morgen um acht Uhr, wenn eine schrille Glocke den Beginn der Klassen ankündigte, das Tor zu. Dann humpelte er an der Mauer entlang, um nach Verspäteten zu suchen, die er der Direktion meldete. Von meinem Fenster aus im zweiten Stock konnte ich ihn sehen bis er im Keller verschwand und erst in der großen Pause wieder herauskam, um aufzupassen, dass niemand über die Mauer kletterte oder sich hinter den Fahrradständern durch die Büsche schlug, um den Schulhof zu verlassen. Am Ende der Schulstunden um Punkt Ein Uhr schloss er das Tor wieder auf.

Viel lieber wäre ich in unserer Dorfschule geblieben und hätte die Nachmittage in meinem Lieblingsapfelbaum mit Lesen und Schreiben verbracht. Aber Mutter bestand darauf, die Aufnahmeprüfung zu machen und als ich sie bestand, waren die

Würfel gefallen.

Dann traf ich Wolfgang. Nur drei Schüler aus unserem Dorf fuhren morgens mit der Bahn in die Stadt und Wolfgang war einer davon. Manchmal saßen wir nebeneinander, aber wir redeten nie. Er war viel älter und las immer in einem Buch. Ich setzte mich gern neben ihn, wenn da zufällig noch Platz war und sah ihn heimlich von der Seite an, voller Bewunderung für seine dunklen Locken, die ein Profil umrahmten, das den Römern aus unserem Geschichtsbuch ähnelte, und für die langen Finger, die sicher gut Klavierspielen konnten. Einmal, als ich zu ihm hinüberschielte, um zu sehen, was er gerade las, drehte er sich plötzlich zu mir hin und fragte, ob ich das Buch gern lesen würde, wenn er damit fertig sei – er könne es mir ausleihen. Mein Gesicht fing an zu kribbeln. Ich nickte. Es ist Goethes Werther, sagte er. Bald würde ich es sicher im Unterricht lesen. Ich nickte wieder und sagte schüchtern, dass ich das Buch schon gelesen habe. Goethe sei der Lieblingsschriftsteller meiner Mutter, die viele seiner Gedichte auswendig kannte und seine Romane aus der kleinen Leihbibliothek im Dorf holte und mir gab, wenn sie damit fertig war. Wolfgang war überrascht, er schloss das Buch und fragte, ob ich wisse, dass das Buch viele unglücklich Verliebte in den Selbstmord getrieben habe. Das wusste ich nicht, aber mir gefalle das Buch, sagte ich. Über Liebe zu lesen, sagte er, bereichert ungemein, aber Liebe zu erfahren kann zerstören. Den Satz habe ich auf die erste Seite von meinem Tagebuch geschrieben, auch dann noch, als ich vergessen wollte, dass Wolfgang es war, der ihn bei unserer ersten Begegnung so prophetisch ausgesprochen hatte.

Von dem Tag an lief ich jeden Morgen früher zum Bahnhof, um Wolfgang vielleicht schon vorher auf dem Weg zu treffen. Aber er kam immer erst in letzter Minute mit zerzaustem Haar angelaufen und ließ sich neben mir auf den Platz fallen, den ich für ihn freihielt.

Gestern Abend habe ich was Erstaunliches gelesen, sagte er und zog ein Buch aus seinem Rucksack. Einmal war es Kafkas *Verwandlung*, eine Woche später *Tonio Kröger* von Thomas Mann, dann Georg Büchners *Woyzeck*. Ich hörte zu und verschlang alles, was er mir gab. Er wäre ein guter Lehrer geworden, aber er wollte keine Kinder unterrichten – er wollte Architekt werden.

Ich erinnere mich genau an den Tag, als er mich zum ersten Mal nach der Schule nach Hause begleitete, es war der Anfang Februar 1933, ein grauer regnerischer Tag kurz vor meinem 14. Geburtstag. Wolfgang bestand darauf, meine Tasche mit den schweren Büchern bis in unsere Küche zu tragen. Mich hatte noch nie jemand nach Hause gebracht. Schwester Toni war es, die von den jungen Männern bis auf den Hof verfolgt wurde, aber das Haus betraten sie nie. Ich war groß und dünn und scheinbar zu schwach, um meine Schultasche selber zu tragen. Warum hätte er sich sonst angeboten? Wollte er Toni besuchen? Ich ging schweigend neben ihm her und hoffte, er würde es sich nicht anders überlegen, bevor wir das Haus erreichten. Jeder sollte ihn mit mir sehen, besonders Toni.

Kennst du meine Schwester? fragte ich.

Ja, sagte er, jeder kennt deine Schwester.

Warst du denn schon mal in unserem Haus?

Nein, sagte er, deine Schwester hat mich noch nicht eingeladen. Ich führte ihn die steinerne Treppe hinauf, öffnete ihm die schwere Eichentür, durch die nur Herr Peters, der Handelsvertreter, der meiner Mutter grüne Herrenhemden verkaufte, das Haus betreten durfte. Vom dunklen Flur ging die Tür in die Küche wo Onkel August auf der Ofenbank saß. Er hatte das Radio auf volle Lautstärke gedreht. Die krächzende Stimme von Hitler dröhnte durch die Küche. Mein Bruder saß am Tisch und schrieb emsig in sein Schulheft. Wolfgang sah auf das Heft. Otto rührte sich nicht.

Vielleicht kann man das Radio etwas leiser stellen, sagte Wolfgang. Ich glaube, hier werden Schulaufgaben gemacht. Onkel August hatte ihn gehört und drehte sich erstaunt um.

Was soll ich machen? schnauzte er ihn an. Seit wann haben denn junge Leute hier das Kommando?

Wolfgang räusperte sich etwas verlegen und deutete auf Otto am Küchentisch.

Hast du schon mal was von der HJ gehört? Onkel August drehte die Lautstärke runter. Da lernen Jungens wie du Zucht und Ordnung. Bei uns im Haus habe ich immer noch das Sagen.

Ich ging einen Schritt auf ihn zu und sagte: Dies ist Wolfgang Mommsen, der Sohn von unserem Pastor.

Er musterte ihn von der Seite und zischelte: So? Und dies ist unser zukünftiger Reichskanzler. Reichskanzler Hitler, merk dir das.

Mein Bruder schrieb, ohne aufzublicken, weiter in sein Heft. Wolfgang setzte sich neben ihn.

Was machst du denn da? fragte er und sah ihm über die Schulter.

Ich schreibe.

Otto saß tief über sein Heft gebeugt.

Kann ich dir helfen?

Nein.

Wolfgang rückte näher und fragte, ob er lesen dürfte, was die Hausaufgabe sei. Otto schob ihm das Heft hin.

*Ein zweiseitiger Aufsatz zu dem Thema Arbeit macht das Leben süß.* Wolfgang räusperte sich.

Darf ich lesen, was du geschrieben hast?

Nein! Otto rückte mit dem Heft weg von ihm.

Ein interessantes Thema, sagte Wolfgang. Ich könnte dir ein

paar Ideen dazu geben, die du ja verwenden kannst.

Otto schob ihm das Heft hin. Dann schreib du doch den Aufsatz. Mir gefällt das Thema nicht.

Wolfgang fing leise an zu lesen, was mein Bruder geschrieben hatte:

*Ich pflüge mit unserem Pferd oder mit den Ochsen. Nach dem Pflügen wird gedrillt und im Sommer und Herbst ernten wir das Getreide und die Zuckerrüben.*

Otto riss ihm das Heft aus der Hand: Hau ab!

Aber ich möchte dir ja helfen.

Otto sah ihn argwöhnisch an, während Wolfgang seinen Zeigefinger an die Lippen legte, einen Moment aus dem Fenster sah und dann sagte: Wie wär's hiermit?

Otto war noch unschlüssig und kaute an seinem Bleistift, aber ich hatte schon Papier und Stift aus meiner Schultasche geholt und schrieb auf, was aus Wolfgang hervorsprudelte:

*Wenn man den Wert der Arbeit aus der Sicht verschiedener Generationen betrachtet, dann spiegelt sich ein ganzes Leben von Mühen und Sorgen, aber auch von Wonne und Zuversicht in dem Satz: Arbeit macht das Leben süß.*

Wolfgang sah Otto an: Soll ich weitermachen?

Er kaute immer noch an seinem Bleistift und starrte ihn an.

Ja, bitte mach weiter, sagte ich.

*Aus der Sicht des Siebzigjährigen, der endlich die Hände in den Schoß legen kann, weil seine Kinder sein Werk fortführen, ist Arbeit ein Segen, mit dem er begnadet wurde. Für den Fünfzigjährigen ist Arbeit eine Anstrengung, aber eine süße, denn sie ernährt ihn und seine Familie und gibt seinem Leben einen Sinn und ein Ziel.*

*Und aus der Perspektive des fünfzehnjährigen Knaben ist Arbeit unangenehme, harte, bisweilen schmerzhafte Zeitverschwendung, die unbedingt abgeschafft werden sollte.*

Otto kopierte alles, was ich aufgeschrieben hatte, nickte

zufrieden, als er fertig war und steckte das Heft in den Tornister.

Willst du das wirklich dem Lehrer einreichen? fragte ich. Der sieht doch sofort, dass es nicht von dir stammt.

Deine Schwester hat Recht, sagte Wolfgang.

Schreib das doch in deinen eigenen Worten auf.

Nicht nötig, meinte Otto.

Ich wollte dir nur ein paar Ideen geben, die du umschreiben kannst.

Brauch ich nicht, sagte Otto. Hauptsache, ich hab was zum Vorzeigen.

Er dankte Wolfgang mit einem breiten Grinsen und verließ die Küche.

Der Aufsatz wurde vom Lehrer vor der ganzen Klasse vorgelesen. Otto musste Nachsitzen und die Seite zehnmal abschreiben, so dass er sie am Ende auswendig konnte – das Längste, was er je in seinem Leben auswendig gelernt hatte. Wolfgang hat er nicht mehr um Hilfe gebeten. Er sei ein Angeber, meinte Otto, und Nachsitzen wolle er nie wieder, das sei stumpfsinnig. Lieber würde er einen ganzen Acker umpflügen, als zehnmal dasselbe aufschreiben.

Wolfgang hatte an dem Nachmittag Onkel August, den Obernazi, wie Schwester Toni ihn nannte, während einer Hitlerrede unterbrochen, was nicht mal seine eigene Mutter gewagt hätte. Aus dem Stegreif hatte er eine Rede - hieb und stichfest hingelegt, was niemand in unserer Familie konnte, und er hatte mich und nicht die Prinzessin, wie Onkel August meine Schwester nannte, nach Hause begleitet.

Ich war verliebt.

# TAFELMUSIK

Kurz nach meinem vierzehnten Geburtstag wurde ich mit zwölf Jungen und Mädchen aus unserem Dorf in der lutherischen Kirche von Wolfgangs Vater, konfirmiert. An dem Sonntag im April waren die Holzbänke bis auf den letzten Platz gefüllt. Alle warteten darauf, ihre Zöglinge vor dem Barockaltar beim ersten Abendmahl zu sehen. In Schwarz gekleidet sahen wir eher wie eine Beerdigungsversammlung aus als junge Menschen auf der Schwelle ins bunte Leben.

Verse aus Bibel oder Gesangbuch mussten vor der Gemeinde aufgesagt werden, um zu zeigen, dass der Konfirmandenunterricht der letzten zwei Jahre nicht umsonst gewesen war. Bernd Busse wurde als erster aufgerufen. Er blieb gleich in der ersten Strophe stecken, sah sich um, nahm noch mal Anlauf, blieb wieder stecken und schaffte es nicht mal bis zur dritten Strophe. Ich kam dran, als die Bauern schon eingeschlafen waren und ihr Schnarchen das Stottern und die langen Pausen der Vortragenden verdeckte. Mutter saß ganz hinten unter der Orgel. Oma, gefolgt von Tante Luise, war nach vorn in die erste Reihe gegangen, wo ich ihre Stimme beim Singen heraushören konnte. Toni und Otto saßen bei Mutter, Onkel August war zuhause geblieben. Ich sah Oma an, als ich aufgerufen wurde. Alle zehn Strophen des Bachchorals *Oh Haupt voll Blut und Wunden*, Omas Lieblingslied, hatte ich ausgewählt. Sie nickte mir zu, als ich begann, und flüsterte die Verse mit. Mutter sagte hinterher, dass sie stolz auf ihre Tochter sei, die Einzige, die beim Aufsagen nicht einmal steckenblieb.

Als unsere Familie sich endlich für das traditionelle Konfirmationsessen – Brühsuppe, Schweinebraten mit Kartoffeln, Erbsen und Karotten, und zum Nachtisch Vanillepudding – versammelt hatte, stand Wolfgang plötzlich im Zimmer.

Ich bin der Klavierspieler, stellte er sich vor, den Karla für ihre Feier bestellt hat. Essen Sie ruhig weiter. Ich unterhalte sie dazu mit Tafelmusik. Er setzte sich ans Klavier. Mir schoss das Blut in den Kopf. Ich hatte ihn nicht eingeladen. Wie konnte er das nur behaupten. Ich lief in die Küche und hielt mein Gesicht unter den Wasserhahn. Als ich zurückkam, nuschelte Onkel August: Wo gibt's denn so was. Ganz neue Manieren. Diese jungen Leute. Aber Mutter hatte den Suppenlöffel schon hingelegt und hörte Wolfgang zu. Sie sang sogar leise mit, als er Kirchenlieder spielte.

Dann ging die Tür auf und Pastor Mommsen trat ein. Er habe mehrere Male geklopft, sagte er. Wolfgang grinste und bot ihm den Stuhl neben dem Klavier an, aber Oma sprang auf und führte ihn zum Tisch, wo man ein Gedeck für ihn bereitgestellt hatte.

Schöne Musik haben Sie, sagte der Pastor. Ich wusste gar nicht, dass mein Sohn bei den Konfirmanden Hausieren geht.

Er spielt so schön, sagte Mutter. Er ist jederzeit willkommen.

Dann schlug Onkel August mit seiner Gabel ans Weinglas, das Signal für die Rede. Er räusperte sich, trank einen Schluck und begann: Wir sind hier heute zusammengekommen, um die Konfirmation von Karla zu feiern. Karla, die jüngste, die nun auch das Alter erreicht hat, in dem sie dem BDM beitreten kann, um sich bei den Sportveranstaltungen nützlich zu machen. Sie hat ja viele Talente, sie kann gut Weitspringen, Laufen und Ballwerfen und sie hat Klavierspielen gelernt. Möchtest du uns auch mal was vorspielen?

Wieder fühlte ich, wie mir die Hitze ins Gesicht stieg und starrte Mutter an. Sie winkte ab und meinte, wir hätten ja schon einen ausgezeichneten Klavierspieler und einer sei genug. Onkel August blickte in die Runde, seine Rede war zu Ende. Er erhob sein Glas und nuschelte:

Stoßen wir auf Karla an und mit Heil Hitler leerte er sein Glas.

Wolfgang schien es gehört zu haben. Er fing an, die Nazi-Hymne *Die Fahne hoch* ins Klavier zu hämmern. Onkel August schlug dazu im Takt auf den Tisch. Gläser und Teller schepperten. Otto strahlte Wolfgangs Finger an; Toni schüttelte entgeistert den Kopf, Oma und der Pastor stöhnten laut. Es war Mutter, die schließlich rief:

Genug davon! Falsches Lied. Entschuldigung sagte Wolfgang und ohne einen Takt auszulassen verwandelte er das Nazilied in Beethovens *Freude schöner Götterfunke*. Mutter nickte und Oma fing an mitzusingen. Pastor Mommsen holte einen Bogen Papier aus der Aktentasche, die neben seinem Stuhl stand und bat seinen Sohn die Musik zu unterbrechen.

Ich möchte Karla ihren Konfirmationsspruch überreichen, sagte er, stand auf und las:

*Nun aber bleibt Glaube, Hoffnung, Liebe, diese Drei, aber*

*die Liebe ist die größte unter ihnen,*

Warum hatte er den Spruch wohl für mich gewählt? Hatte er etwas mit Wolfgang und mir zu tun? Hatte Wolfgang ihm etwas erzählt? Bestimmt nicht. Vielleicht bezog sich der Spruch auf meine Familie, auf Mutter, deren Liebe ich kaum gespürt habe? Ganz in Gedanken versunken überreichte mir Pastor Mommsen den Spruch auf Hochglanzpapier mit dem Bild der Kirche bedruckt und sagte: Du kannst ihn dir rahmen lassen. Dann atmete er tief durch, wie sonntags auf der Kanzel, wenn er seine Predigt begann, was Wolfgang gehört haben musste.

Bitte keine Predigt, Herr Pastor.

Alle blickten sich zu ihm um.

Hört lieber meine Predigt an, sagte er und dann leise: Für Karla. Pastor Mommsen zog die Schultern hoch und setzte sich wieder. Wolfgang begann, Variationen von *Für Elise* zu spielen. Alle starrten wieder auf seine Finger, die über die Tasten tanzten, als berührten sie sie kaum und dennoch wunderbare Töne hervorbrachten. Ich kannte Beethovens Stück gut, hatte es seit Monaten geübt mit Wolfgang neben mir am Klavier. Er hatte mir gezeigt, wie ich Freude, Schmerz oder Erregung ausdrücken konnte, wie ich mein Handgelenk biegen, wo ich die Tasten berühren sollte, worauf ich beim Spielen hören sollte. Ich kannte jede Note von *Für Elise*, aber was Wolfgang jetzt spielte, war anders. Er hatte etwas Neues komponiert aus Beethoven mit Volksliedtönen und Anklängen an Jazz aus Amerika, seiner Lieblingsmusik, wie er mir gestand. Ich sah gebannt auf seine braunen Locken, die sich im Takt hin und her bewegten. Otto war fasziniert von der Fingerakrobatik. Egal ob Nazilied oder Beethoven, das würde er auch gern können, flüsterte er, und bewegte seine Finger auf der Tischdecke rauf und runter.

Als der Pastor sich verabschiedet und die Familie sich verzogen hatte, holte ich einen Teller mit Braten, Gemüse und Kartoffeln für

32

Wolfgang, was er verschlang.

Lass uns spazieren gehen, sagte er, während er noch kaute. Zum kleinen Teich beim Wäldchen.

Es war ein milder Frühlingsnachmittag. Ich trug das schwarze Konfirmationskleid von Toni, schwarze Schuhe, schwarze Strümpfe, alles schwarz, bis auf meine blonden Haare, die mit einem schwarzen Band hinten zusammengebunden waren. Sobald wir das Haus verlassen hatten, fasste Wolfgang nach meiner Hand. Wir schlenderten, wie ein verliebtes junges Paar, den Feldweg entlang bis zum kleinen Teich. Dort zeigte er mir die Frösche und Kaulquappen. Wir beugten uns ganz weit übers Wasser und besahen unser Spiegelbild. Siehst du deine Nase? fragte er. Halt sie ganz fest, wenn ich jetzt einen Stein ins Wasser werfe und sieh mal, was mit der Nase passiert.

Statt meine Nase im Wasser zu verfolgen, sah ich ihn an. Seine braunen Locken, die hohe Stirn, die geschwungenen Lippen. Ich fühlte mich wie einer von den Steinen, die mit Leichtigkeit übers Wasser sprangen und dann ins Ungewisse eintauchten. Er warf noch einen Stein und sagte:

Jetzt hab ich alles durcheinandergebracht, stimmt's? Dann fasste er meine Hände ,zog mich an sich und gab mir einen Kuss. Ich fiel in seine Arme. Er küsste mich immer wieder und ich ließ mich von seinen Küssen davontragen.

Als wir nach Hause gingen, war es dunkel. In der Küche brannte noch Licht. Wir standen an der Waschküchentür, wo das Licht nicht hinfiel. Er streichelte über meine Haare und hauchte einen Abschiedskuss auf meine Lippen.

Sieh mich an, Karla.

Mit geschlossenen Augen an ihn gelehnt, fühlte jeder Nerv in meinem Körper nur ihn.

Bleib noch, flüsterte ich. Doch er löste sich von mir.

Ich öffnete meine Augen erst, als er im Dunkel verschwanden war, aber der Duft von seiner Haut und von seinen Locken mich noch wie Nebelschwaden umwogte.

# LIESEL

Lieselotte Meyer, bekannt als die lustige Liesel, hatte ich auf der Oberschule kennengelernt. Ihre Eltern besaßen einen großen Laden für Haushaltswaren nur fünf Minuten vom Mädchengymnasium entfernt, was wohl der Hauptgrund dafür war, dass die Tochter eine gehobene Schulausbildung bekommen sollte. Am ersten Schultag wurden wir Zehnjährigen in alphabetischer Reihenfolge, immer zwei nebeneinander, auf kleine Bänke gesetzt. Klages neben Meyer, da niemand mit L anfing. Liesel sah mich mit einem verschmitzten Grinsen auf ihrem sommersprossigen Gesicht an.

Du bist ja viel größer als ich, ob wir das wohl zusammen auf einer Bank aushalten können?

Sie hatte auf Anhieb meinen wunden Punkt getroffen. Ich war groß und wäre lieber kleiner gewesen, um mit hochhackigen Schuhen nicht alle Jungen zu überragen. Ich lächelte schüchtern und schwieg. Ich hatte gelernt, nicht über das zu reden, was ich wirklich fühlte. Ich wusste, dass etwas verloren ging, wenn man Gefühle in Worte übertrug. Ich schrieb in mein Tagebuch, was mir auf dem Herzen lag und was mich bewegte. Da konnte ich Sachen ausstreichen, verändern, neu formulieren, Gefühle auch ganz ausradieren, was Liesel nie tat. Sie wollte Schauspielerin werden, folgte aber dem Rat ihrer Eltern und heiratete den reichsten Bauern in unserm Dorf, den sie auf unserem Schützenfest kennengelernt hatte. Sie war siebzehn, er war siebenundzwanzig. Ein Jahr später fand die Hochzeit statt. Pastor Mommsen vermählte sie in unserer Dorfkirche. Die Feier unter einem wolkenlosen Sommerhimmel im Obstgarten von Liesels neuem Zuhause brachte das ganze Dorf zusammen. Zwischen den Bäumen war ein Tanzboden aufgebaut. Die Blaskapelle, die auch beim Schützenfest spielte, fing schon beim Polterabend an und hörte erst zwei Tage später auf. Es war ein heißes Wochenende und das Bier floss. Liesels Ehemann hatte schon vor der Trauungszeremonie so viel getrunken, dass er das Ja nicht mehr herausbekam und auf dem Weg zur Kirche Liesel als Stütze brauchte. Das ganze Dorf sah dann, wie sie ihm und seinen betrunkenen Freunden verbot, an der Feier im Garten teilzunehmen.

Haut ab, sagte Liesel, als ihr Mann sich mit seinen Kumpels und einem Kasten Bier unter einem Birnbaum niederließ, und kommt erst wieder, wenn ihr nüchtern seid. Er sah sie erstaunt an. Das hatte er von seiner neuen Frau nicht erwartet. Seine Freunde standen auf, schnappten das Bier und gingen. Liesels Mann sah ihnen noch unschlüssig nach, als einer von ihnen rief: Komm in unsern Garten, da können wir so viel trinken, wie wir wollen. Schließlich drehte er sich um und folgte den andern. Die erste Trennung des jungen Paares, dachte ich, sicher folgen noch mehr. Und wie undramatisch sie vonstattengegangen war, ohne Schreien ohne Beleidigungen, nur mit zwei Worten, Haut ab, und der Mann ging.

Liesel hatte mir gestanden, dass sie nicht aus Liebe heiraten würde, sondern nur, um den Wünschen ihrer Eltern zu folgen. Ein Mann mit großem Hof war ihnen recht, der könnte sie unterstützen und ihr die Schauspielerei aus dem Kopf treiben. Liesel willigte ein, weil sie eigentlich gar keinen Mann wollte und sie diesen, der viel älter war als sie und oft mit Freunden unterwegs, kaum sehen würde. Sie käme gut allein zurecht, meinte sie, solange ihre beste Freundin in der Nähe sei. Sie gab mir einen Kuss, als sie mir das sagte. Wir standen allein auf der Tanzfläche unter den Apfelbäumen. Liesel im weißen langen Kleid, der Schleier auf den roten Locken mit einer Krone aus Gänseblumen festgemacht. Sie sah wunderschön aus – kühn und

Resolu-. Musik, bitte! rief sie. Die Kapelle spielte den traditionellen Walzer für die Jungvermählten und sie griff nach mir und drehte uns herum, bis mir schwindelig wurde. Als der Mond hinter den Bäumen hervorkam, zündeten wir auf den Tischen Kerzen an, tranken Sekt, aßen den Hochzeitskuchen und gingen geführt von den Musikern auf eine mitternächtliche Wanderung durch die Felder. Beschwipst folgte ich Liesel und ließ ihre Hand erst los, als Wolfgang mich auf eine Wiese ins Heu zog. Die Gäste gingen weiter, wir aber blieben in einem weichen Heuhaufen zurück und lauschten den Zikaden, zählten die Sterne, flüsterten uns Gedichte ins Ohr und atmeten den Duft der Nacht ein.

Wenige Jahre später gab es in unserm Dorf nur noch ein kleines Schützenfest mit Frauen und alten Männern, die jungen kämpften an den Fronten, viele freiwillig, wie mein Bruder Otto und Liesels Ehemann. Wolfgang hatte das Dorf gleich nach dem Abitur verlassen. Die Stadt war von früh auf sein Ziel gewesen, weg von den Nazis im Dorf und von seinem Vater, dessen Glauben er nicht teilte. Er war ohne Mutter aufgewachsen – sie starb bei der Geburt ihres ersten Kindes.

Liesels Traum von der Schauspielschule musste bei Kriegsausbruch endgültig auf Eis gelegt werden, aber ihre Talente probte sie weiter auf Familienfeiern mit Texten, die wir beide zusammenreimten. Während sie sich mit allem verkleidete, was sie in den großen Schränken des alten Bauernhauses ihrer Schwiegereltern fand tippte ich die Verse in ihre Schreibmaschine, die ihre Eltern ihr zum vierzehnten Geburtstag geschenkt hatten in der Hoffnung, die unsichere Schauspielerei mit einer Anstellung als Sekretärin zu ersetzen. Aber Liesel rührte die Adler Maschine nicht an. Ich dagegen genoss das Klick-Klack. Es verwandelte meine wirrten Gedanken in gerade Linien auf weißem Papier.

Hier kommt die Sekretärin, sagte Liesel, sobald ich das Papier in die Maschine spannte. Aber ich träumte von viel Größerem – ich wollte Bücher schreiben. Seit Mutter mir das Tagebuch geschenkt hatte, trug ich es bei mir und schrieb jeden Tag etwas hinein, Gedanken, Gedichte, manchmal nur Worte, die ich aber niemandem zeigte, auch nicht Wolfgang.

# MADAME BOVARY

Mit einem Brief von Wolfgang in der Schürzentasche lief ich die vielen Treppen hoch zum Taubenschlag, meinem Zimmer unter dem Dach. Den Brief konnte ich auswendig, las ihn aber immer wieder, denn ich mochte Wolfgangs ausladende, gleichmäßige Handschrift, die Ruhe und Sicherheit ausstrahlte.

Meine liebe, liebe Karla, stand in der ersten Zeile. Heirate den Bauern. Dann folgte die Begründung. Wenn du mit einem Nazi verheiratet bist, hast du nicht nur den richtigen Vater für das Kind gefunden, sondern auch ein sicheres Versteck für diejenigen, denen ich helfen will. Der Satz verwirrte mich. Vielleicht auch für mich, folgte gleich darauf, wenn es wirklich dazu kommen sollte. Ich liebe dich, hieß es zum Schluss. Ich brauche dich. Die Sätze summten in meinem Kopf herum. Ich könnte ihm helfen, wenn ich den Bauern heiratete. Aber wie würden wir wieder zusammenkommen? Glaubte er, dass Heinrich den Krieg nicht überlebte, aber er käme durch und wir könnten zusammen ein neues Leben beginnen? Oder war er überzeugt, dass weder Heinrich noch er durchkäme und ich würde meinen Weg finden, mit oder ohne Kind und ohne Ehemann. Seit seinem Geburtstag hatte sich etwas in ihm verändert. Er plante mich in seine Hilfsaktionen mit ein. Ich sollte ihn unterstützen, sogar damit, dass ich den Mann, den ich nicht liebte, heiraten müsste. Das Kind erwähnte er gar nicht. Ganz am Ende stand, Verbrenn den Brief, sobald du ihn gelesen hast und sprich mit niemandem darüber. Ich zögerte lange, zündete dann aber eine Kerze in der Waschschüssel an und hielt den Brief in die Flamme. Graue Aschenfetzen segelten durch die Luft und senkten sich zu einem Häufchen Elend in die Tropfen der Schüssel. Was sollte ich tun? Das Baby selber wegmachen? Ich wusste nicht wie und ich kannte keinen Arzt, der das machen würde. Sollte ich Wolfgang um eine Adresse bitten? Das hatte er angeboten. Würde Heinrich mich überhaupt mit dem Baby, das vielleicht nicht seins war, heiraten? Und Wolfgang könnte ich mit einem Baby nicht helfen. Er hatte es kein einziges Mal in dem Brief erwähnt. Er wollte keins. Aber was wollte ich?

Ich lag auf dem Bett im Taubenschlag und ließ niemanden herein. Wer würde auch schon die vielen Treppen hochsteigen? Nur Liesel, aber ihre Meinung kannte ich und wollte mich nicht damit volldröhnen lassen. Ich musste meine eigene Entscheidung treffen. Niemand konnte mir helfen, denn in *meinem* Bauch wuchs etwas, nicht in Liesels, auch nicht in Wolfgangs. *Ich* musste entscheiden, was damit passieren sollte, aber wie? Um abzutreiben, brauchte ich Hilfe. Oder könnten meine Fäuste es herausklopfen? Mit viel Rizinusöl? Aber ich hatte keins.

Zweimal hörte ich meinen Namen, dann ein energisches Klopfen. Meine Oma. Sie hatte den gefährlichen Weg geschafft: drei Treppen hoch – zuerst die Holztreppe mit festem Geländer, die vom Flur in den ersten Stock führte, wo Onkel August und seine Frau Luise ihr Schlafzimmer hatten, von dort acht knarrende Stufen durch eine Luke zum Dachboden, wo viel Gerümpel aber auch Essbares in großen Truhen aufbewahrt wurde. Und gegenüber der Luke am Ende des Dachbodens, wo kaum noch Licht hinfiel, führte eine kurze Leiter schließlich zu unserem Taubenschlag. Die Leiter konnte mit starken Armen nach oben hochgezogen werden, was Toni und ich nur zusammen schafften, wenn wir unser Zimmer ganz von der Außenwelt abriegeln wollten. Ich wusste nicht, wann Oma das letzte Mal die vielen Stufen geschafft hatte. Seit dem Tod meiner Mutter ging sie nicht mal mehr zu den Holztruhen, um Mehl und

Zucker oder Sirup zu holen. Das war meine Aufgabe und ich tat es gern, denn in dem Gerümpel hinter den Truhen gab es immer ein ruhiges Plätzchen, wo ich ungestört lesen und schreiben konnte.

Oma klopfte leise an die Tür aber ich rührte mich nicht.

Wird schon werden, Karlchen, sagte sie leise.

Ich war den Tränen nahe. Vielleicht wusste sie, was in meinem Zustand zu tun war. Sie kannte sich aus. Aber ich wollte allein sein, ganz allein mit mir. Das einzige Lebewesen, das ich tolerierte, war die Katze, die mit einer lebendigen Maus zwischen den Zähnen durch die Dachsparren kroch. Sie ließ die Maus vor meinem Bett los und wenn sie sich nicht bewegte, schupste sie sie mit ihren Samtpfoten vorsichtig an, bis sie weglief. Dann sprang die Katze mit einem Satz auf sie zu, schupste sie in eine andere Richtung, hin und her und hin und her ohne zuzubeißen. Ich wagte nicht einzugreifen und wünschte, dass in meinem Bauch eine Katze das tun könnte, was sich vor mir abspielte. Als es vorbei war und die Katze vorm Bett die dünnen Knochen zerknackte und zum Schluss den roten Blutfleck aufleckte, wurde mir schlecht. Nein, ich wollte keine Katze im Bauch. Ich hatte einen Eimer vor mir und würgte alles heraus, was in mir war, alles, so hoffte ich. Dann schlug ich hart mit der Faust auf meinem Bauch herum, was Oma vor Jahren einem Dienstmädchen im Dorf empfohlen hatte.

Erschöpft gegen die Kopfwand vom Bett gelehnt, griff ich nach Bleistift und Papier und schrieb auf, was ich an mir bemerkte – Schwindelgefühl, Bauchschmerzen, Krämpfe in der Magengegend, kalte Füße, eine heiße Stirn. Bei jedem Bauchzucken hob ich das Deckbett hoch. Aber nichts tat sich. Kein Blut. Was in meinem Bauch war, wollte nicht raus. Dann kritzelte ich alle meine Gedanken zu Liebe und Tod, zu Trennung , Verlust und Schmerz auf. Und wenn meine Hand den Stift nicht mehr halten konnte, las ich die letzten Kapitel aus *Madame Bovary*. Ich konnte sie auswendig: *Es wurde Nacht, die Krähen flogen umher. Wie ein Abgrund schien ihr Elend sich vor ihr aufzutun. Sie keuchte, als ob ihr Herz zerbrechen musste. Dann, in einem Anfall von Heldenhaftigkeit, der sie fast beglückte, rannte sie den Hügel hinunter durch die Kuhweide, den Fußweg entlang, über die Gasse und den Marktplatz zur Apotheke.*

Emma holte sich Rattengift und starb einen qualvollen Tod, den Charles völlig ahnungslos mit ansehen musste. Ich würde keinen ahnungslosen Ehemann haben, nicht mal Rizinusöl, um meinen Bauch auszuspülen, nur die tote Maus und meine Fäuste. Was hätte Emma Bovary in meiner Situation gemacht? Sie hat ein Kind geboren, das sie nicht liebte, es wurde von einer Amme aufgezogen, während Emma immer tiefer in den Strudel von Leidenschaften gerissen wurde - verlassen von dem Mann, den sie liebte, aber nicht heiraten konnte. – so wie ich. Ich erwachte von Alpträumen. Ich hatte Rattengift geschluckt und Wolfgang mit dem schwarzen Schal, den ich ihm zum Geburtstag geschenkt hatte, erwürgt, seine Augen waren so hervorgequollen, wie die meiner Mutter, als sie am Strick hing.

Nach mehreren Tagen, so schien es, wurde ich durch hartes Klopfen aus meinem Delirium gerissen. Bomben, war mein erster Gedanke, unser Dorf wird bombardiert. Ich rollte mich aus dem Bett, wankte zur Tür. Das Klopfen hörte nicht auf. Wer ist da? Meine Stimme versagte. Ich drehte den Schlüssel und Liesel stürmte herein. Sie sah sich im Zimmer um und fing an, die Blätter aufzusammeln, die verstreut herumlagen.

Schreibst du endlich einen Roman? fragte sie.

Nein, wimmerte ich. Ich schreibe keinen Roman. Ich presste meine Hand gegen den Bauch. Ich muss nachdenken.

Sieht mir ganz danach aus, sagte Liesel und legte eine Broschüre auf den Nachtschrank.

Dieses Büchlein, *Geheimnisse für Schwangere,* kann dir dabei helfen. Daneben stellte sie eine Flasche mit einer braunen Flüssigkeit.

Wenn du das Baby nicht behalten willst – und das rate ich dir dringend – dann trink dies. Empfehlungen von weisen, alten Frauen, sagte sie. Mit einigen habe ich im Dorf gesprochen, fand andere in alten Nachschlagewerken und hab all ihre Geheimnisse hier zusammengefasst. Bunte Zeichnungen von Pflanzen, Bäumen und Blumen verzierten einen gereimten Text, der nicht auf ernsthafte medizinische Erkenntnisse hindeutete, sondern eher auf ein kleines Kunstwerk.

Schön, oder? Ich nickte.

Es wird ganz bestimmt helfen, sagte Liesel. Trink zuallererst dieses Gebräu. Sie gab mir die Flasche. Ich trank zögernd ein paar Schlucke. Es schmeckte furchtbar. Liesel fing an, meinen Bauch zu massieren und beobachtete mich genau.

Wie fühlst du dich?

Zum Kotzen! Ich wälzte mich aus dem Bett und erreichte das Fenster gerade noch rechtzeitig. Die braune Soße ergoss sich über den Apfelbaum.

Trink den Rest. Liesel hielt mir die Flasche an den Mund.

Es sollte in wenigen Stunden wirken, aber du musst die Hälfte im Magen behalten. Ich rührte die Flasche nicht mehr an.

Dann mach wenigstens, was deine Oma empfohlen hat: Mit beiden Beinen die Treppen hoch und runter hopsen. Kannst du das?

Hast du mit Oma über mich gesprochen?

Nein, schwor Liesel, natürlich nicht. Ich habe sie nur um ihre Meinung gebeten. Ganz allgemein und unverbindlich.

Ich hatte keine Kraft mehr darüber nachzudenken, ließ mich in die Kissen fallen und drückte ihr die Broschüre in die Hand.

Nimm sie mit. Du brauchst sie vielleicht.

Irgendwann hat sie mein Zimmer verlassen, ich musste eingeschlafen sein. Ich wachte mit knurrendem Magen auf. Seit Tagen hatte ich nichts gegessen – oder waren es nur zwei Tage und eine lange Nacht gewesen? Ich war hungrig und machte mich auf den Weg nach unten. Oma kam mir auf der Treppe entgegen und zog mich in ihr Schlafzimmer.

Setz dich, sagte sie in ernstem Ton und drückte mich aufs Bett.

Ich glaube, ich weiß, warum du dich oben eingeschlossen hast. Bin ja schließlich schon rumgekommen, nicht in der Welt, aber hier im Dorf und habe Frauen erlebt, die so gelitten haben wie du, wenn sie nicht mehr ein noch aus wussten.

Sie setzte sich neben mich und hielt meine Hand.

Wenn du das Kind nicht haben willst, dann werden wir einen Weg finden. Sie sah mir in die Augen. Aber hör nicht auf Liesel und nicht auf Wolfgang. Hör auf dich selbst und entscheide allein. Wenn du das Kind zur Welt bringen willst, dann lass dich weder von den Kriegszeiten noch vom Gerede im Dorf davon abhalten. Lass nicht deine Großmutter entscheiden, nicht deine Freunde und nicht die schwierigen Umstände. Hör auf dich selbst.

Ich habe auf mich gehört und mich entschieden, sagte ich leise. Schon als du an die Tür geklopft hast. Aber da war ich mir noch nicht ganz sicher. Jetzt weiß ich es. Ich will das Kind behalten.

Oma tat etwas, was sie selten machte, sie schloss mich in ihre Arme, drückte mich lange an sich und sagte leise:

Wird schon werden, Karlchen.

# DER HEIRATSANTRAG

Wolfgang hatte Recht, der Bauer – wie er ihn nannte – war schon bald, nachdem die Nazis an die Macht gekommen waren, in die Partei eingetreten und er verstand sich gut mit Onkel August. An einem milden Nachmittag Mitte November, fuhr Heinrich Könneker mit seinem Motorrad auf unseren Hof. Er parkte vor dem Kuhstall warf einen Blick durch die angelehnte Tür – zählte er die Kühe? – ging dann zum Seiteneingang vom Haus zwischen Kuhstall und Waschküche, als wüsste er, dass der Haupteingang mit der weiten Steintreppe nur von besonderen Gästen benutzt wurde und er gehörte nicht dazu. Ich beobachtete ihn vom Küchenfenster aus, wie er das Fachwerkhaus beäugte, weißer Putz zwischen dunklem Holz. Bevor Oma und Tante Luise auf den Besucher aufmerksam wurden, lief ich an die Tür und schob ihn durch die Waschküche zum Blumengarten hinter dem Haus. Er hatte ein paar Tage Heimaturlaub und müsse mich etwas Wichtiges fragen, sagte er. Ohne ihn anzusehen setzte ich mich auf die Gartenbank zwischen den Rosenbüschen und bot ihm einen Platz neben mir an. Die Blumen waren verwelkt bis auf eine gelbe Rose, die vom milden Novemberwetter in die Irre geführt, kurz davor war, sich zu öffnen. Heinrich Könneker ging zu der Rose, brach sie ab und gab sie mir mit den Worten: Ich mag dich sehr. Ich habe noch nie zu jemand gesagt, *Ich liebe dich*. Und zu mir hat noch niemand gesagt. Ich würde dir das jetzt gern sagen, aber es fällt mir schwer. Stattdessen sagte er: Möchtest du mich heiraten?

Liesel hatte mir eingehämmert, dass ich in meinem Zustand jeden Heiratsantrag annehmen sollte, besonders von einem Bauern mit eigenem Hof und *Morgen an den Puschen*, ihr Lieblingsausdruck. Wie Wolfgang ermahnte sie mich daran, dass das Kind einen Vater brauche – oder ich sollte es wegmachen lassen. Darüber hatte ich entschieden, lange bevor Heinrich Könneker an dem warmen Novembernachmittag um meine Hand anhielt. Mit der gelben Rose in der Hand fragte er mich, ob ich ihn heiraten möchte und ich schwieg.

Das regeln wir schon, sagte er schließlich. Er hob mein Kinn mit einem Zeigefinger an und ließ die Rose in meinen Schoß fallen. Du brauchst jetzt nichts zu sagen, Karla, ich verstehe das.

Was verstand er? Dass ich ein Kind in meinem Bauch trug, das vielleicht gar nicht von ihm war? Dass ich einen anderen Mann liebte? Dass ich ihn gar nicht heiraten wollte?

Ich bin schwanger, sagte ich.

Er schien etwas verblüfft und sagte dann ganz ruhig, dass er sich nichts Schöneres vorstellen könnte, als ein Kind von mir zu haben.

Aber ich weiß nicht, ob es von dir ist.

Er stutzte, überlegte eine Weile und sagte:

Wir leben in schwierigen Zeiten, wo man nicht mehr weiß, ob man das Richtige tut oder das Falsche. Ich möchte ein Kind von dir und wenn es dieses nicht ist, dann versuchen wir es noch einmal. Ich liebe dich, Karla, sagte er dann ohne zu zögern zum ersten Mal.

Und was in deinem Bauch wächst, wird, wenn du erst meine Frau bist, auch ein Teil von mir werden.

Ich war sprachlos.

Dir ist es ganz egal, ob du der Vater bist oder jemand anders?

Ja, sagte er. Ich heirate dich mit deinem Kind, für das ich so sorgen werde, wie ein Vater.

Aber ich liebe einen andern, sagte ich. Erzähl mir bitte nichts davon. Er fasste nach meiner Hand und wiederholte:

Lass uns nicht darüber sprechen. Ich liebe dich, so wie du bist und möchte dich heiraten.

Er nahm mich nicht in seine Arme, gab mir keinen Kuss, sondern ging weg zu Onkel August auf die Bank vor dem Küchenfenster. Ich starrte noch eine Weile verdattert auf die gelbe Rose. Was war das für ein Mann, der mich unbedingt und bedingungslos haben wollte?

Ich verzog mich mit meinen Gedanken in den Keller, wo ein Gitterfenster genau unter der Bank, auf der die Männer saßen, zum Hof hinaus ging. Ich konnte die beiden zwar nicht sehen, aber alles hören, was sie sagten.

Karla, bring uns ein Bier, rief Onkel August, um herauszufinden, ob ich in der Nähe war. Karla, wo bist du? Er klopfte mit seinem Krückstock auf den Boden. Er kannte mein Versteck.

Kommst du jetzt? Wir brauchen was zu trinken.

Sie hat sicher im Garten zu tun, sagte Heinrich Könneker und bot sich an, das Bier zu holen.

Nein, nein. Ich mach das schon. Onkel August erhob sich und öffnete die Tür neben der Waschküche, von wo die Treppe in den Keller führte. Ich schob einen Kasten Bier neben die Treppe, aber er kam nicht in den Keller.

In der Küche gab's noch was, sagte er, als er sich mit klappernden Flaschen hinsetzte.

Nun, wie sieht es aus mit euch beiden?

Onkel August sprach leise und schlurig. Ich presste mein Ohr ans Gitter. Zwischen einem tiefen Zug aus der Bierflasche und lautem Rülpsen nuschelte er: Wann geht's zurück nach Russland?

Heinrich Könneker holte Luft und sagte mit fester Stimme:

Ich möchte Karla heiraten, so schnell wie möglich. Ich muss in ein paar Tagen zurück und es gibt Nachwuchs.

Onkel August nahm wieder einen Schluck und sagte: Nachwuchs? Das wusste ich gar nicht. Aber kein Problem. Wir freuen uns. Und die Hochzeit, wann soll die sein? Noch vor Weihnachten?

Vielleicht, sagte Heinrich Könneker. Dann eine lange Pause.

Sie bekommt von uns natürlich eine Aussteuer, sagte Onkel August. Ihr Bruder Otto wird ja den Hof mal übernehmen. Er ist, wie du sicher weißt, in Frankreich im Einsatz. Die Eltern leben nicht mehr, ich bin der Vaterersatz, habe auch schon für ihre Schwester Toni den Heiratsantrag angenommen. Mein Ja kann ich dir geben.

Ich hielt mich am Fenstergitter fest und schloss die Augen. Heinrich Könneker. Heinrich Könneker. Ich flüsterte den Namen immer wieder vor mich hin. Ich wollte ihn abschütteln, aber er blieb an mir haften. Heinrich Könneker hatte um meine Hand angehalten. Ein entschlossener, tüchtiger Bauer, Sonderführer auf einer großen Kolchose in der Ukraine, zu der er in ein paar Tagen wieder zurück musste. Wenn er das nächste Mal kam, würde die Hochzeit stattfinden und das Kind in meinem Bauch einen offiziellen Vater haben.

Der nächste Heimaturlaub könnte zu Weihnachten sein, das weiß ich aber noch nicht, sagte er. Für die Hochzeit werde ich auf jeden Fall Sonderurlaub beantragen, am besten nach den Feiertagen. Ich muss ja auch zu Hause nach dem Rechten sehen.

Ja, das machen wir schon, sagte Onkel August. Ich hab ja auch so meine Beziehungen.

Heinrich Könneker reagierte nicht.

Wie weit ist es denn mit dem Nachwuchs? Bei uns hat noch keiner was gemerkt. Heinrich Könneker sagte nichts. Ich streichelte über die sanfte Wölbung auf meinem Bauch. Den fünften Monat sah man mir nicht an. Oder waren es nur vier? Im Juli hatte Wolfgang eine viel zu kurze Nacht bei mir im Taubenschlag verbracht, im Mai hatte ich Heinrich Könneker unter einem Apfelbaum auf dem *Hohen Weg* kennengelernt. Mein Fahrrad hatte einen Platten und stand am Baum. Ich überlegte, ob ich bis zum nächsten Dorf schieben oder auf einen Pferdewagen warten sollte, der mich mitnehmen würde. Oder sollte ich versuchen, den Reifen selber zu flicken. Unter dem Sattel gab es eine Tasche mit Flickzeug, aber ich brauchte ja Wasser, um das Loch zu finden. Und es war das Hinterrad, schwerer abzumontieren. Die Sonne schien, die Vögel zwitscherten, ich hatte keine Eile.

Ja, ja, Karlchen, sagte meine Oma immer an dieser Stelle, wenn ich die Geschichte erzählte. Sie nannte mich Karlchen nach ihrem Sohn Karl, der jung gestorben war. Das kennen wir ja nun schon, die blühenden Apfelbäume, die Sonne, die Vögel, das Messer und dann das Motorrad. Aber erzähl es ruhig noch einmal.

Also, ich fuhr auf dem Feldweg lang, um unter den blühenden Apfelbäumen die auszusuchen, von denen wir im Herbst Äpfel ernten sollten. Mit einem Messer ritzte ich ein Kreuz in die Rinde. Da fiel mir plötzlich das Messer aus der Hand und muss wohl dabei den Fahrradreifen getroffen haben. Auf jeden Fall hörte ich, wie die Luft rauszischte. Ich setzte mich unter den Baum und dachte nach.

Warum hast du denn im Frühling schon die Bäume für den Herbst ausgesucht? Im Herbst kannst du dir doch die dicksten Äpfel gleich von den Bäumen holen, ohne nach den Kreuzen zu suchen, die bis dahin vielleicht zugewachsen sind.

Das weiß ich auch nicht, Oma, ich dachte, dass die vollsten Blüten die dicksten Äpfel geben werden. Ich saß also unter dem Baum mit einem Platten und da fuhr ein Mann auf einem Motorrad vorbei.

Und dann, Karlchen? Hast du ihm zugewinkt? Hat er von alleine gehalten?

Ich habe nicht gewinkt. Nein, er fuhr vorbei, drehte um, kam zurück und hielt an meinem Baum. Ganz höflich fragte er, ob er mir helfen könne. Ich zeigte auf den Reifen. Er sah sich den Schaden an

Und meinte, das könne er reparieren. Er holte Werkzeug aus seiner Motorradtasche und nahm das Fahrrad auseinander.

Hatte er denn Wasser, um das Loch zu finden? fragte Oma

Das hat er mit Spucke gemacht.

Den ganzen Reifen hat er abgeleckt, für mein Karlchen.

Oma zwinkerte mir zu, denn sie wusste, dass ich alles erfunden hatte, fragte aber nie nach der wahren Geschichte.

In Wirklichkeit hatte Heinrich Könneker in der Zeitung eine Heiratsannonce aufgegeben, die Liesel beantwortete. So haben wir uns kennen gelernt. Das konnte ich aber niemandem erzählen, auch nicht meiner Oma.

# CAFÉ SCHRIDDE

Jungbauer mit kleinem Hof sucht zwecks Heirat eine zuverlässige, vertrauenswürdige, junge Frau, die Haus, Hof und Garten in Stand halten kann. Bitte nur ernst gemeinte Zuschriften.

Liesel hatte die Anzeige in der Peiner Zeitung gesehen, ausgeschnitten und mir sofort per Fahrrad zugestellt. Lies das, sagte sie noch keuchend von der Fahrt vom anderen Ende des Dorfes, wo sie mit Schwiegereltern auf dem großen Hof lebte.

Das musst du beantworten.

Ich? Bist du verrückt? Ich habe doch schon einen Mann, den ich liebe.

Dein Wolfgang hat andere Dinge im Kopf, nicht nur dich. Und du brauchst was Verlässliches, Bodenständiges, einen Bauern mit *Morgen an den Puschen*, sagte Liesel mit einem Zwinkern in den Augen. Und wenn du diesen Bauern triffst, möchte ich mitkommen. Wir laden ihn in eine Gastwirtschaft ein. Ich bin deine Schwester und sitze einfach nur schweigend dabei, wenn ihr Bier trinkt und euch unterhaltet.

*Wir* laden ihn ein? Ich dachte, *ich* sollte ihn kennenlernen? Sie fing an, laut einen Text zusammen zu spinnen. Ich will den Bauern nicht, wiederholte ich. Ich liebe Wolfgang und will niemanden kennenlernen.

Verstehe, sagte sie und kritzelte etwas auf ein Stück Papier. Es müsste ganz persönlich sein, murmelte sie vor sich hin, mit der Hand geschrieben, nicht auf der Maschine getippt. Es müsste ihn wie ein Blitz aus heiterem Himmel ins Herz treffen.

Schreib, was du willst, sagte ich. Ich habe nichts damit zu tun.

Wenn er antwortet, gebe ich dir meine Schreibmaschine, sagte sie, während sie vorlas, was sie geschrieben hatte: Umwerfend attraktive, junge Frau, ebenmäßiges Gesicht, strahlende blaue Augen, groß und schlank wie eine Gerte, beschwingter Gang und Arbeiten gewöhnt...

Hör auf! rief ich. Natürlich willst du mich an den Bauern verkaufen.

Nein, nein, sagte sie. Ich spiele nur mit Wörtern.


Wochen vergingen und ich hatte die Anzeige längst vergessen, als Liesel mich bat, sie auf einen Einkaufsbummel nach Peine zu begleiten. Sie brauchte Strümpfe, Unterwäsche, einen Regenmantel und schlug vor im Café Schridde, unserem Lieblingscafé, mit einem Stück Bienenstich anzufangen. Wir fuhren die zwölf Kilometer mit dem Fahrrad. Café Schridde war von alten Frauen besetzt, die die Fenstertische beschlagnahmt hatten. An einem Tisch saß ein junger Mann etwas verloren unter den alten Frauen. Er starrte uns an.

Lass uns nach hinten gehen, bat ich Liesel. Da sind noch viele Tische frei.

Nein, sagte sie, ich möchte aus dem Fenster sehn. Vielleicht kommt ja jemand vorbei, den wir aus der Schule kennen. Sie fragte höflich, ob wir uns zu dem Herrn setzen dürften. Er stellte sich mit Namen vor, den Liesel zu kennen schien. War es vielleicht ein alter Freund von ihr?

Gut, dass Sie es geschafft haben, sagte er.

Dies ist meine Schwester Karla, sagte Liesel und gab mir unter dem Tisch einen Stoß mit dem Knie. Ich hoffe, Sie haben nichts dagegen, dass ich sie mitgebracht habe?

Nein, gar nichts, sagte er. Bitte bestellen Sie sich, was Sie möchten. Ich lade ein.

Bienenstich und Kaffee für mich, sagte Liesel und du?

Ich brachte kein Wort raus. Was ging hier vor? Ich blickte auf den jungen Mann in grauer Joppe, grünem Hemd, grauen Reithosen und schwarzen langen Stiefeln. Hellgrüne Augen sahen nervös von einer Frau zur andern. Liesel drückte meine Hand unter dem Tisch und begann, unser Dorf zu beschreiben und den Bauernhof, auf dem wir beide mit Onkel, Großmutter und Tante wohnten. Ich stieß Liesel unter dem Tisch an und sah ihr in die Augen. Dies war der Bauer aus der Zeitung. Sie verstand mich, grinste, presste wieder meine Hand und plapperte weiter bis Kaffee und Kuchen serviert wurden. Er aß schnell, trank den Kaffee in großen Schlucken und begann, als Liesel noch kaute, langsam und genau zu sprechen. Nach jedem Satz holte er tief Luft.

Er sprach über das Wetter, die Obstbäume, was alles gedrillt werden müsse und was schon im Boden sei: Zuckerrüben, Hafer, Weizen, Roggen, Gerste. Auf seinem kleinen Hof werde von allem etwas angebaut und dazu gebe es etwas Viehhaltung, ein paar Schweine und Herdbuchkühe, sagte er stolz, die gehörten zu den besten.

Wie konnte ich nur aus der Falle rauskommen. Einfach aufstehen und weggehen?

Er sprach langsam weiter von seiner Familie und sah mich dabei an. Ich starrte auf meine Kaffeetasse. Drei Brüder arbeiteten für das Dritte Reich, einer sei jung gestorben und so werde der Hof nun, da auch er viel Zeit weit weg von zu Hause verbrachte, von den Eltern allein versorgt. Seine Schwester sei der Mutter eine große Hilfe, sie würde aber noch in diesem Jahr heiraten und dann zu ihrem Mann ziehen. Ohne die Kinder müssten die Eltern schwer arbeiten, um den kleinen Hof zu erhalten. Beide sind um die Sechzig, sagte er. Besonders für seine Mutter sei es hart, sie schmiss den Laden, obwohl sie Probleme mit den

Beinen habe. Vor vielen Jahren schon wurde sie von den Jagdhunden der Nachbarn gebissen und die Wunden seien nie richtig verheilt. Der Vater bearbeitete die paar Morgen Land mit Hilfe eines polnischen Gefangenen.

Wir haben einen Kasimir, sagte ich leise, auch einen polnischen Arbeiter, der meinem Onkel bei der Arbeit hilft.

*Unserm* Onkel, verbesserte Liesel.

Heinrich Könneker drehte sich mir zu und nickte. Ich fühlte, wie mein Gesicht heiß wurde.

Seine Aufgabe sei es bis vor ein paar Wochen noch gewesen, alle Gefangenen, die auf Bauernhöfen in Niedersachsen im Einsatz waren, zu überwachen. Eine interessante Aufgabe, meinte er, denn dadurch habe er viele Höfe kennengelernt. Aber die Zeit sei nun vorbei, er mache gerade eine Ausbildung zum Sonderführer für den Einsatz auf großen Kolchosen im Osten. Seine Eltern seien zwar stolz auf ihn, dass er die Möglichkeit hatte, herauszukommen und noch dazu auf ein riesiges Gut. Aber ohne ihn würde es besonders für seine Mutter zu Hause hart werden. Sein Vater gehe am liebsten im Wald spazieren, er hätte gern Förster werden wollen. Die Mutter sei es, die ihre vier Söhne und die Tochter auf die Schule geschickt hatte und die sich von morgens bis abends abrackerte, um den Kindern ein besseres Leben zu ermöglichen.

Liesel griff nach meiner Hand und sagte: Das heißt wohl, dass die zukünftige Frau auch richtig mit ran muss.

Ja, ganz sicher, sagte Heinrich Könneker. Das stand ja in der Anzeige. Ich suche jemand, der vom Lande kommt und das Arbeiten auf einem kleinen Hof gewohnt ist.

Wie viele Morgen an den… haben Sie denn?

Liesel, lass das! Ich stand auf. Ich wollte weg. Der junge Mann rückte seinen Stuhl vom Tisch weg und sprang auch auf.

Kommen Sie zurück? fragte er.

Ja, ja, stotterte ich. Ich gehe nur zur Toilette.

Zurückkommen wollte ich nicht. Wie hatte Liesel es wagen können, mich in diese Falle zu locken. Ich sah mich im Spiegel an und versicherte mir: Nein, das mache ich nicht mit. Das muss Liesel allein auslöffeln. Sie hatte uns beide reingelegt, aber der Bauer war viel schlechter dran als ich. Er glaubte, es sei Liesel, die einen Mann suchte. Sie hatte ihren Ehering vorsorglich abgenommen. Er tat mir leid. Er wusste gar nicht, was hier vor sich ging, oder? Er hatte mich ein paarmal freundlich angesehen, nicht mit einem Lächeln, aber so als wartete er darauf, dass ich etwas sagen würde. Ich ließ kaltes Wasser über mein Gesicht laufen und trocknete es vorsichtig mit dem Handtuch neben dem Becken ab. Nur nicht rubbeln, dann wird es noch röter.

Der Toilettenraum hatte ein kleines Fenster zum Garten hin. Da würde ich mich vielleicht durchzwängen können, dann müsste Liesel ausbaden, was sie uns eingebrockt hatte. Sollte ich wirklich einfach abhauen? Ich setzte mich auf den Toilettendeckel, den Kopf in die Hände gestützt. Da ging die Tür auf – ich hatte vergessen abzuriegeln. Eine alte Dame kam herein. Sie sah mich besorgt an. Ist Ihnen schlecht? Nein, nein, sagte ich, ist schon gut. Ich stand auf und ging schnell aus der Tür und zurück zum Tisch.

Liesel hatte ihre Fragestunde immer noch nicht beendet. Wie viele Zusagen er auf die Annonce bekommen und wie viele Frauen er getroffen habe? Nette oder nicht so viel Gescheite? Und warum er überhaupt eine Anzeige aufgegeben habe? Sie sehen doch gut aus, sagte sie. Sie sind gesund und haben einen Hof. Da müssen die Frauen ja nur so auf Sie zufliegen. Es gibt ja gerade viele und wenig Männer. Ich stieß sie heftig mit dem Ellenbogen in die Seite: Das geht uns doch gar nichts an.

Aber er hatte schon eine Antwort parat: Viele nette Frauen haben geschrieben, aber nur drei davon sind aus der Umgebung und zwei vom Bauernhof. Er sei selbst erstaunt, dass so viele geantwortet haben. Aber in diesen Zeiten seien die Männer ja alle weg und junge Frauen hätten kaum Gelegenheit, jemanden kennenzulernen und wo auch? Es sei ja nicht mehr so, wie vor Jahren, als es noch überall Reiterbälle und Schützenfeste gab.

Wir müssen den Krieg erst hinter uns bringen, sagte er, dann wird alles anders. Aber solange kann ich nicht warten.

Wie alt sind Sie denn?

Fünfunddreißig.

Na, dann wird's auch langsam Zeit, sagte sie unverblümt. Ich hätte mich am liebsten unter dem Tisch verkrochen.

Und wie steht's mit der Religion? kicherte Liesel.

Wie meinen Sie das?

Die Gretchenfrage …, erwiderte sie verschmitzt.

Ich war nicht auf der Oberschule, sagte er. Hab's versucht, aber nicht geschafft. Vorm Einschlafen habe ich nicht gelesen, ich war immer zu müde und überhaupt gibt es nicht viele Bücher in unserem Haus, nur drei Gesangbücher, eine Bibel und ein paar Pferdebücher, die ich gern durchblättere. Zur Kirche gehe ich nur an Feiertagen. Aber ich bin Parteimitglied und werde gerade als Sonderführer ausgebildet, um auf einer großen Kolchose in der Ukraine eingesetzt zu werden. Das wiederholte er stolz und sah mich dabei an. Bauern seien wichtig für unsere Zukunft, fügte er hinzu und streckte seine Hand zu mir hin. Ich lehnte mich zurück. Das Land zu beackern, zu sähen und zu ernten, das sei seine Religion.

Genug, unterbrach Liesel. So genau wollen wir's nun doch nicht wissen.

Als wir uns verabschiedeten, drückte er meine Hand ganz fest und fragte: Darf ich Sie wiedersehen?

Aber ich war es nicht, die Ihnen geschrieben hat.

Er sah mich an und lächelte zum ersten Mal.

Darf ich Sie wiedersehen?

Ich fühlte, wie mir das Blut in den Kopf hochstieg, sprang aufs Fahrrad und trampelte davon so schnell ich konnte. Liesel, weit hinter mir, schrie mir etwas zu, was ich nicht verstand. Ich wollte nicht mit ihr reden, nie wieder. Ich brauchte kalten Wind, der mir die letzten Stunden aus dem Kopf wehen sollte.

Als sie mich schließlich auf halber Strecke eingeholt hatte, waren wir vor der Gastwirtschaft angekommen, in der wir immer einkehrten, wenn wir mit dem Fahrrad in die Stadt fuhren.

Bitte, lass uns hier Halt machen, sagte sie. Ich lade ein. Ich schulde dir was.

In der dunklen, rauchigen Gaststube hatte sich nichts geändert. Dieselben kleinen Fenster erhellten kaum die Theke, dahinter dieselbe, immer schlecht gelaunte Wirtin. Sie erkannte uns nicht. Nur zwei ältere Männer saßen an der Theke und tranken Bier. Sie drehten ihre Köpfe als wir eintraten und starrten dann wieder schweigend in ihre Gläser. Die Tische waren leer. Wo möchtest du sitzen? fragte Liesel, die sonst immer schnell auf einen Platz zusteuerte, den sie mit andern teilen konnte, am liebsten an der Theke. Ich entschied mich für einen Fenstertisch gegenüber vom Eingang. Die Wirtin beäugte uns von Weitem und sagte mit lauter Stimme:

Wir haben nur Bier und Schnaps, sonst nichts.

Keinen heißen Kakao? Liesel sah mich an.

Habt ihr nicht gehört, was ich gerade gesagt habe?

Ein Bier für mich, sagte Liesel. Und wie wär's denn mit irgendwas Heißem, Süßen für meine Freundin?

Grog heißt das, entgegnete die Wirtin mürrisch.

Gefällt dir denn der Bauer nicht? begann sie. Er ist doch ganz attraktiv und sicher ein zuverlässiger, treuer Ehemann.-

Ich schüttelte den Kopf und wiederholte, was ich schon viele Male gesagt hatte: Ich brauche keinen Mann. Ich habe Wolfgang.

Hör zu, sie rückte nahe an mich heran. Wann hast du Wolfgang das letzte Mal gesehen?

Es stimmte, ich hatte ihn lange nicht gesehen.

Und wann siehst du ihn wieder?

Das wusste ich auch nicht.

Du hast Wolfgang also nicht, sagte sie. Du liebst ihn und er liebt dich, aber auf ihn zählen kannst du nicht. Du brauchst einen Mann, der dir ein Heim bietet. Und den Kindern, die du ja sicher, im Gegensatz zu mir, haben möchtest.

Ich möchte Kinder von Wolfgang! rief ich so laut, dass die alten Männer an der Theke sich umdrehten.

Denk doch mal nach, sagte Liesel. Hier ist ein gutaussehender junger Mann mit einem Bauernhof – zwar klein, aber größer als der Gemüsegarten vom Pastor – der sich für dich interessiert und dir alle Wünsche erfüllen würde.

Woher weißt du das denn? Du kennst ihn doch auch erst seit heute, oder?

Ja, ja. Erst seit heute. Liesel nahm meine Hand. Aber ich habe eine gute Nase für Leute. Er hat nur dich angeguckt, als er anfing zu erzählen, kein einziger Blick auf mich. Das hat mich erst ganz schön irritiert, aber dann war ich froh, dass er dich mochte. Er würde dich verwöhnen, das hab ich sofort gesehen, jeden Tag Bienenstich, davon bin ich überzeugt.

Das wird Wolfgang auch machen.

Er scheint die meiste Zeit weg zu sein.

Der Bauer auch, sagte ich. Er hat von der Ukraine gesprochen.

Ja, sagte Liesel und trank einen Schluck aus dem Bierglas. Aber du weißt nicht mal, wo Wolfgang ist und was er macht.

Ich sah aus dem Fenster. Ein paar Kühe grasten auf der Weide am Haus, Spatzen schimpften in den Bäumen. Die Welt da draußen schien in Ordnung, während meine auseinanderfiel. Wo war Wolfgang? Die Frage hatte ich mir immer wieder gestellt. Warum teilte er sein Leben nicht mehr mit mir? Gab es eine andere Frau? Sollte ich wirklich Liesels Rat folgen? Sie hatte einen Mann geheiratet, den sie nicht liebte. Sie kannte Leidenschaft nur von den Rollen, in die sie sich hineinwünschte. Als Schauspielerin musste sie in die Haut von anderen schlüpfen, deren Gefühle nachempfinden und überzeugend ausdrücken – bedeutete das, dass sie sich in Wolfgang und mich hineinversetzt und die zerstörende Kraft unserer Liebe gefühlt hat. Wollte sie mich vor dem Mann beschützen, der mich zerstören könnte? Vielleicht hatte sie recht und ich befand mich wirklich auf dem falschen Weg und sollte doch wenigstens herausfinden, was der Bauer anzubieten hatte.

Möchtest du noch einen Grog? Liesel hatte sich noch ein Bier bestellt.

Die Radtour zurück zu unserem Dorf war schweigsam. Als wir uns trennten, sagte Liesel: Er heißt Heinrich Könneker, falls du das vergessen hast.

# IM HEU

Schon nach einer Woche holte mich Heinrich Könneker auf seinem Motorrad von Liesels Haus ab. Seine Mutter würde mich gerne kennenlernen, sagte er, und ich sollte den Bauernhof sehen, bevor er wieder abreisen musste. Er glaubte immer noch, dass wir Schwestern wären, aber ich sei die unverheiratete. Von Wolfgang hatte ich lange nichts gehört und gab deshalb Liesels Drängen nach, mir doch bitte nur mal kurz Könnekers Hof anzusehen. Ich wollte ihm gleich am Anfang sagen, dass es Liesel war, die uns beiden die peinliche Situation im Café Schridde bereitet habe, dass er sich keine Hoffnungen machen solle, ganz egal wie viele Morgen er an den Puschen hätte. Ich liebte jemand anders. In meinem Tagebuch hatte ich alles aufgeschrieben und auswendig gelernt.

Frau Könneker stand in der Haustür in frisch gebügelter Schürze, graue Haare, Knoten im Nacken, ein entschlossenes, freundliches Gesicht. Sie schüttelte fest meine Hand und sah mich mit neugierigen Augen an.

Ich hoffe, Sie mögen Zuckerkuchen und Lindeskaffee.

Ja, natürlich. Sie hatte uns ins Wohnzimmer an einen Tisch aus glattem, dunkelbraunem Holz mit Löwenbeinen geführt, der mir sofort ins Auge fiel. Ich bückte mich und streichelte einen Löwenkopf.

Mein Vater hat ihn gemacht, sagte Frau Könneker. Er war Tischler und starb im Großen Krieg.

Das tut mir leid, sagte ich. Der Tisch gefällt mir. Ich drehte mich zur Nische am andern Ende des Zimmers, wo ein Schachspiel aufgestellt war. Darüber hingen Fotos von Heinrich Könneker beim Reiten. Er ging mit mir zur Nische und nannte stolz die Pferde und Preise, mit denen sie ausgezeichnet worden waren.

Und das Schachspiel? fragte ich. Wolfgang hatte es mir beigebracht, aber gegen ihn verlor ich immer. Heinrich sagte, dass er oft Schach mit seinem älteren Bruder gespielt hat, der nicht mehr zuhause war. Er würde gern wieder spielen.

Spielen Sie Schach? fragte er zögernd. Seine Mutter hatte ihn gehört und meinte, dass Schach nichts für Frauen sei. Die Männer brauchten ewig, um auch nur einen Zug zu machen. Wir Frauen müssen viel schneller denken und handeln, als die Männer, richtig? Sie erwartete keine Antwort, sondern zeigte auf den gedeckten Tisch. Der Kaffee war fertig.

Ihr Mann war leise ins Wohnzimmer gekommen. Er nahm sich ein Stück Kuchen und trank eine Tasse Kaffee. Dann stand er auf und sagte mit unverändertem Gesicht, dass er draußen zu tun habe und indem er mir seine feuchte, etwas schlaffe Hand anbot: Kommen Sie doch mal wieder. Sicher wusste er nichts von der Anzeige, die mich hergebracht hatte. Seine Mutter sprach von der täglichen Arbeit in Haus und Garten, im Kuhstall und auf dem Feld – was ich von zuhause kannte. Und sie erzählte von ihren vier Söhnen. Einer hatte Landwirtschaft studiert, war der SS beigetreten und arbeitete für das Bodenamt in Prag, eine einflussreiche Position, die sowohl ihrem Ältesten, der Gutsverwalter in Pommern war, als auch Heinrich bei seiner Ausbildung zum Sonderführer zugutegekommen war. Heinrich Könneker hörte aufmerksam zu, sagte aber nichts. Der jüngste Sohn sei bei der Napola in Berlin, berichtete die Mutter stolz, habe damit seinen Traum, Pilot zu werden, verwirklichen können, sei aber als kaum Zwanzigjähriger bei Bombeneinsätzen über Coventry abgeschossen worden und nun schon zwei Jahre in Kanada in Kriegsgefangenschaft.

Aber ihm geht's ja gut, sagte Heinrich Könneker. Um ihn brauchen wir uns keine Sorgen zu machen. Ihm gefällt es in Kanada. Er hat das richtige Land erwischt und wir sind froh, dass er nicht in Russland gelandet ist.

Der zweitjüngste war mit zwölf Jahren vom Ochsen getreten worden und an Wundstarrkrampf gestorben. Seine Mutter hatte an seinem Bett gesessen und ihren Sohn festgehalten, als die Krämpfe ihn zu Tode schüttelten. Eine starke Frau, dachte ich, nicht wie meine Mutter, die sich immer vor ihren Kindern verkrochen hatte und zum Schluss niemanden mehr aushalten konnte, nicht mal sich selbst.

Die Tochter wird nun bald einen Gauleiter heiraten, sagte Frau Könneker, der sogar ein Auto fährt.

Einen DKW, sagte Heinrich Könneker, keinen Mercedes.

Immerhin ein Auto, erwiderte Frau Könneker. Und unser Heinrich, der lernt nun bald, wie man einen ganz großen Hof verwaltet. Dann wird er sich hier auf unserem kleinen Anwesen gar nicht mehr wohl fühlen.

Doch, Mutter, was denkst du denn. Ich will aus unserem Hof ja was Grosses machen. Keine Bange, ich lasse euch nicht im Stich.

Dabei sah er mich an und nickte.

Ich muss nach Hause, sagte ich. Ich hatte genug über alle Könnekers gehört. Nach meinen Geschwistern fragte niemand.

Bevor ich Sie zurückbringe, möchte ich Ihnen den Hof zeigen. Heinrich Könneker stand auf, er trug wieder Reithosen und lange Stiefel. Er hatte mir vor der Motorradfahrt das Du angeboten, aber ich lehnte ab. Das geht mir alles zu schnell, sagte ich. Er respektierte meinen Wunsch. Der Rundgang begann mit der Küche auf der anderen Seite des Flurs. Terrazzoboden und die Decke so niedrig, dass ich fürchtete, meinen Kopf daran zu stoßen, wenn ich gerade ging – was ich selten tat. Statt einer Bank, wie bei uns, gab es ein Küchensofa, auf dem Vater Könneker gern seinen Mittagsschlaf halte, sagte Heinrich im Vorbeigehen. Die Mutter ruhe nur auf angewinkelten Armen für zehn Minuten auf dem Küchentisch. - Wie meine Oma. Über der Anrichte brummte eine elektrische Uhr.

Die Uhr ist neu, sagte Heinrich Könneker. Ich habe sie meiner Mutter zu Weihnachten geschenkt. Man braucht sie nicht aufzuziehen. Das Brummen würde ich nicht aushalten können. Neben der Küche war die Waschküche mit einem kupfernen Wasserkessel, der frisch poliert aussah.

Der Kessel fasst dreihundert Liter, sagte Heinrich Könneker. Er wird einmal im Monat zum Kochen von Wäsche benutzt und im Winter beim Schlachten zum Kochen von Fleisch und Wurst. Er sprach genau, wie ein Reiseführer, der den Rundgang gut vorbereitet hatte.

Beim Schweineschlachten verdrücke ich mich immer, sagte ich. Blutrühren mache ich nicht. Dabei wird mir schlecht.

Brauchen Sie bei uns auch nicht, sagte er. Das macht meine Mutter. Er fasste nach meiner Hand und führte mich schnell weg vom Schlachtekessel. Im Kuhstall, gleich neben der Waschküche, legte er seinen Arm um meine Taille und zog mich, als er Namen, Alter und Milchproduktion der Kühe aufzählte, ein wenig an sich heran, ganz vorsichtig, so als müsste er mich vor den bösen Kühen beschützen.

Ich mag Kühe, sagte ich. Die großen Köpfe, der schwere warme Körper, die treuen, traurigen Augen, die aussehen, als würden sie uns immer um etwas bitten.

Um was denn? Heinrich Könneker sah mich erstaunt an. Fliegen von den Augen verscheuchen, das Euter beim Melken sanft ziehen. Nicht mit Stöcken auf ihre Rücken schlagen. Ich muss die erste Person gewesen sein, die bei Könnekers etwas Nettes über Kühe zu sagen hatte.

Helfen Sie zuhause beim Melken?

Jetzt machen das Kasimir und mein Onkel, sagte ich, aber als meine Mutter starb, musste ich nach Hause kommen und jeden Morgen mit in den Kuhstall. Eigentlich wollte ich Kindern das Lesen und Schreiben beibringen, aber nach Mutters Tod habe ich die Lehrerausbildung aufgeben müssen.

Das war sicher eine große Enttäuschung, sagte Heinrich Könneker, vom Klassenzimmer in den Kuhstall.

Ja, aber ich versuch es wieder, wenn der Krieg vorbei ist.

Sie haben aber ganz richtig entschieden, sagte er, die Familie geht vor. Seine starken abgearbeiteten Hände hielten meine Taille fest und schoben mich zur Leiter, die auf den Heuboden führte.

Von dort oben können wir aufs Hausdach steigen und über das ganze Dorf sehen. Gehen Sie doch vor, dann fange ich Sie auf, wenn Sie daneben treten.

Er folgte mir auf den Fersen die lange Leiter hinauf. Wenn ich einen Schritt zur Seite machte, könnte ich ins weiche Heu fallen – wie mit Wolfgang bei Liesels Hochzeit. Aber Heinrich Könneker schob mich die Leiter hoch. Durch ein kleines Fenster krochen wir hinaus auf Teerboden und Ziegelsteine. Wir hatten kaum Platz zum Stehen, drückten uns gegen den Schornstein und sahen weit über den Kastanienbaum, der gerade zu blühen anfing, zur Kirche mit den zwei Türmen und weiter weg über das Dorf hinaus auf Wiesen und Felder.

Kastanien sind meine Lieblingsbäume, sagte ich.

Und Kühe Ihre Lieblingstiere und der Löwentisch gefällt Ihnen auch, sagte er mit einem Lächeln. Dann finden Sie bei uns ja alles, was Sie gern mögen. Er legte seine Hand auf meinen Arm und folgte meinem Blick in die Weite.

Welche Felder gehören Ihnen denn? Kann man sie sehen?

Die Weide unter dem Haus gehört uns, aber unsere Felder kann man von hier aus nicht sehen. Wir haben nicht viel Land, sagte er, ohne sich zu schämen. Aber das wird sich ändern.

Der Blick über Dächer, Bäume und Felder und der Duft von Heu machten mich schwindelig. Das Dach begann wie auf einem Schiff zu wanken. Mit Heinrich an meiner Seite würde ich nicht fallen. An ihm konnte man sich festhalten. Ich griff nach seiner starken Hand und ließ mich immer weiter auf dem Dach entlang führen um den Schornstein herum und zurück auf die Leiter bis ins Heu. Als wir uns umarmten, piekten die Grashalme durch meine Strickjacke. Ich mag dich, Karla, flüsterte er mir ins Ohr. Eine Hand taste sich unter meinen Rock. Ich schloss die Augen und wehrte mich gegen das neue Gefühl, das aus Schenkeln und Schoß in mir hochstieg. Bitte nicht, sagte ich. Oder Nicht so schnell. Ich weiß nicht, ob ich überhaupt irgendetwas sagte. Das Gefühl wurde stärker, es überwältigte mich. Ich griff nach seiner Hand fand aber nur Heu und hielt es fest, bis alles vorbei war. Er rollte sich von mir und lag wie ein Schneeengel erschöpft im Heu.

Plötzlich läuteten die Kirchenglocken und Frau Könneker rief: Wo steckst du? Die Kühe brauchen Futter und müssen gemolken werden. Es ist sechs.

Heinrich Könneker zog sich flink seine Reithose hoch. Die Stiefel hatte er nicht ausziehen können, dazu hätte er einen Stiefelknecht gebraucht. Er sammelte die Halme von meiner Jacke, drückte mir einen Kuss auf die Stirn und stieg die Leiter hinunter. Unten wartete seine Mutter.

Ich habe ihr das Dach mit der schönen Aussicht gezeigt, sagte er.

Na, nun aber an die Arbeit und wie kommt Fräulein Klages denn nach Hause?

Sie hilft mir beim Füttern, danach bringe ich sie zurück.

Ist dir das recht? fragte er, während ich die Leiter runter kletterte. Das Du war ihm ganz leicht über die Lippen gekommen.

Ich konnte nicht nein sagen, konnte gar nichts mehr ungeschehen machen. Ich bekam eine Schürze vorgebunden und warf den Kühen Heu in die Krippe.

Zum Abendbrot pünktlich um sieben Uhr war ich wieder zu Hause.

# DAS BUCH DER LIEDER

Wolfgang öffnete die Tür zum Taubenschlag. Er war völlig außer Atem. Es war spät. Alle im Haus schliefen, aber die Türen waren nie verschlossen. Ich hatte ihn wochenlang nicht gesehen, kein Anruf, keine Postkarte. Ich hatte ihn aufgegeben und Heinrich Könneker getroffen – nun stand er auf einmal wieder vor mir an dem Eichenbett, das unser Großvater für sich und seine Frau gezimmert hatte.

Für dich, meine Liebe. Er warf ein Päckchen aufs Bett. Etwas Wertvolles.

Ich rieb mir die Augen. War das wirklich Wolfgang und nicht ein Traum? Wo warst du? Warum hast du dich nicht gemeldet, wollte ich fragen. Aber ich warf mich an ihn und zog ihn ins Bett.

Öffne das, sagte er.

Erst küss mich.

Der Kuss wurde zu einer langen Umarmung, die das Eichenbett, wie die Planken eines Schiffes, zum Knarren brachte. Vom Kirchturm schlug es Mitternacht, als ich meine Augen öffnete. Wolfgang saß neben mir im Bett, die dunklen Locken von einer Seite mit dem Licht der Kerze wie ein Rembrandtgemälde beleuchtet. Gegenüber vom Bett stand die Waschkommode mit großem Spiegel. An der Wand daneben waren zwischen die dunklen Holzbalken des Fachwerkhauses Regale eingebaut, wo Wäsche, Handtücher, Jacken und Blusen und vor allem Bücher untergebracht waren. Neben dem Bett konnte man vom Fenster aus über die Obstbäume auf die Felder sehen. Im Sommer lehnten wir uns weit hinaus und holten uns aus den Kronen das beste

Obst zum Nachtisch. Im Frühling breitete sich unter dem Fensterbrett ein Teppich von weißen Blüten aus, der uns von dem Dorf unten abtrennte, was Toni genoss, weil sie die Jungen unten verabscheute. Sie heiratete schließlich einen Mann von weit weg und als sie zu ihm gezogen war, besuchte mich Wolfgang oft unangemeldet spät am Abend, wie jetzt, und verschwand früh morgens durch die Verandatür hinter dem Haus.

Er öffnete das Buch, das er mitgebracht hatte, und las:

*Mein Liebchen, wir saßen beisammen,*
*Traulich im leichten Kahn.*
*Die Nacht war still, und wir schwammen*
*Auf weiter Wasserbahn.*

*Die Geisterinsel, die schöne,*
*Lag dämmrig im Mondenglanz;*
*Dort klangen liebe Töne,*
*Und wogte der Nebeltanz.*

*Dort klang es lieb und lieber,*
*Und wogt' es hin und her;*
*Wir aber schwammen vorüber,*
*Trostlos auf weitem Meer.*

Wir bewegen uns in gefährlichen Gewässern, sagte er, halt dich fest. An ihn gekuschelt folgte ich den in Alt-Gotisch gedruckten Zeilen.

Es sei eine Sonderausgabe von Heines *Buch der Lieder* von 1886 mit echtem Gold verziert, sagte er und führte meine Finger über das Bild der Muse auf dem Einband, ihr wallendes Gewand, das goldene

Haarband, den goldenen Armreif, die goldene Kette. Auf einer goldenen Leier spielte sie für den Liebhaber zu ihren Füßen.

Hüte es gut, sagte Wolfgang und flüsterte in mein Ohr: Dies Gedicht ist über uns, meine Liebe.

Es ist so traurig, sagte ich und kuschelte mich tiefer in die Kuhle zwischen Schulter und Hals. Das ist doch nicht über uns.

Doch, sagte er. Heine hat genau das eingefangen, was wir nicht abschütteln können.

Aber wenn du bei mir bist, können wir das. Bleib bei mir.

Auch wenn das Boot kentert? Wärst du bereit, mit mir unterzugehen?

Ja, sagte ich, ohne zu zögern. Ich schlang meine Arme um ihn. Sollte ich ihm *mein* Gedicht zeigen? Da gab es kein trauriges Ende.

Ich wünschte, ich könnte Gedichte schreiben, sagte er, um das auszudrücken, was man wirklich fühlt, aber nicht sagen kann.

Er las die letzten Zeilen von Heines Gedicht noch einmal und sagte: Wenn ich Heine lese, werde ich immer an etwas erinnert, was eine andere große Dichterin gesagt hat: *Gute Gedichte machen meinen Körper so kalt, dass kein Feuer ihn mehr erwärmen kann.* Das fühle ich, wenn ich Heine lese.

Ich war verwirrt. Wollte er nicht mehr erwärmt werden, jedenfalls nicht von mir? Trieben wir schon auf offener See auseinander, wie in dem Gedicht. Ich streckte meinen Rücken und rückte von ihm ab, bis ich das harte Holz vom Bett spürte und sagte, dass ich lieber mit ihm ertrinken würde, als den Bauern heiraten.

Er stand auf und fragte: Wer ist das?

Mein Gesicht wurde heiß. Warum hatte ich den Bauern erwähnt?

Wer ist der Bauer? fragte er noch einmal.

Niemand. Vergiss es. Er ist überhaupt nicht wichtig

Er ging zum Fenster.

Woher kennst du ihn?

Ich stand hinter ihm und umklammerte ihn, aber er lehnte sich nicht in meine Arme. Er starrte in die Nacht, während ich zögernd von der Anzeige und dem Besuch im Café Schridde erzählte, in das Liesel ihn und mich gelotst habe und dass er mir am Ende leidgetan hatte und ich ihn auf seinem Bauernhof besuchte. Ich erzählte von den fünf Kühen, vier Schweinen und zwei Pferden, um die sich die Eltern kümmern mussten, während die Söhne weit weg von zu Hause waren, auch derjenige, den ich kennengelernt hatte, der bald in der Ukraine arbeiten sollte.

Ukraine? Wolfgang drehte sich um. Da war ich und würde es niemandem empfehlen. Dort bringen die Deutschen jeden Tag Juden um. Ich hoffe, dein Bauer ist nicht daran beteiligt.

Nein, nein! sagte ich. Das macht er nicht. Er leitet da eine riesige Kolchose.

Nicht ein Konzentrationslager? Er befreite sich aus meiner Umklammerung. Du weißt ja, was das ist, oder?

Ich ließ mich auf den Stuhl fallen und vergrub das Gesicht in meinen Händen. Ich hatte Wolfgang verloren. Er lebte in einer anderen Welt, zu der ich keinen Zutritt hatte. Unser Dorf lag weit weg von der Front, es gab keine Juden. Es gab Nazis, wie mein Onkel, die rumschnüffelten und Berichte schrieben, aber ich kannte niemanden, der im Gefängnis, geschweige denn im Lager gelandet war. Vom *Völkischen Beobachter*, der Zeitung, die Onkel August jeden Tag las, wusste ich, dass Kriminelle und Asoziale – Landstreicher, Alkoholiker und Juden – in Lager geschickt wurden, um dort zu arbeiten und das herzustellen, was wir brauchten, um den Krieg zu gewinnen.

Das sei nicht mal die halbe Wahrheit, sagte Wolfgang. Viele würden dort zu Tode geschunden, nur weil sie Juden oder Kommunisten oder Behinderte oder Homosexuelle seien. Ich wagte nichts mehr zu sagen, was uns tiefer in den Krieg und in die Geschichte von meinem Bauern hineinziehen könnte. Wolfgang setzte sich und schloss die Augen. Als er sie wieder öffnete, sah er mich mit einer Schwere an, die ich nie zuvor an ihm gesehen hatte.

Ich versuche, wenigstens einige vor dem Todesurteil zu bewahren, sagte er. Das macht mein Leben gefährlich. Wenn sie mich kriegen, ende ich im Gefängnis oder auch in einem von den Lagern.

Ich griff nach seiner Hand. Du liebst mich doch und möchtest bei mir sein, oder?

Er zog mich an sich. Ich muss das machen, Karla. Es gibt so viele Menschen, die Hilfe brauchen. Ich muss ihnen helfen, was nicht bedeutet, dass ich dich weniger liebe.

Aber es bedeutet, dass unsere Liebe hoffnungslos ist, weil du jederzeit in einem Lager umkommen kannst?

Ja, sagte er leise. Das ist wahr. Was ich mache, ist gefährlich und wenn ich nach Hause komme, können wir uns nicht immer sehen. Unsere Zeit müssen wir mit denen teilen, denen ich helfe.

Dann will ich auch helfen, sagte ich entschlossen. Wir können zusammenarbeiten und zusammen sein. Lass uns zusammen den Menschen helfen, die in Not sind.

Er nahm mich in seine Arme und sagte, dass ich ihm am meisten helfen würde, wenn ich sein Leben nicht teilte, sondern auf dem Bauernhof bliebe, bis alles vorbei sei. Und er fügte hinzu, dass ich mit dem Bauern in Kontakt bleiben solle, all das könne vielleicht mal irgendwann von Nutzen sein.

Wie kann er uns denn nützen?

Wer weiß, sagte er, während er über das *Buch der Lieder* streichelte. Aber zeig ihm dieses Buch nicht. Heine war Jude und ist in unserem Land verboten. Seine Augen wurden plötzlich feucht.

Ich sehne mich Tag und Nacht nach dir, sagte er, aber die Umstände sind gegen uns. Er küsste mich auf einmal heftig und Tränen liefen ihm übers Gesicht.

Ich hatte ihn noch nie weinen sehen – nicht bei der Beerdigung meiner Mutter, als der Pastor, sein Vater, Mutters Lieblingsgedicht von Goethe vorlas, was kein Auge trocken gelassen hatte, und nicht bei Liesels Hochzeit, als sie ihren betrunkenen Ehemann wegjagte. Mein Wolfgang, der Mann, den ich bewunderte und liebte, der alles wusste und kühn gegen Ungerechtigkeit kämpfte, ihm kamen die Tränen. Ich nahm ein Taschentuch und tupfte ihm das Gesicht ab. Er schob mich nicht weg, er schämte sich nicht. Ich fing auch an zu weinen und presste mich im großen Eichenbett an ihn, bis unsere Körper eins waren, wie zwei Uhren, die zusammen tickten und die gleiche Zeit anzeigten.

Bevor er am nächsten Morgen davonschlich, untersuchte er den engen Raum unter den Dachsparren, den nur die Katze kannte. Man kann sich nicht mal umdrehen, sagte er, als er rückwärts ins Zimmer zurückkroch. Nur ganz am Ende gebe es eine Öffnung mit einem kleinen Loch nach draußen, vielleicht ein alter Taubenschlag. Der Rest sei eng und dunkel, ein sicheres Versteck.

Was willst du denn da verstecken? Sein Gesicht verspannte sich.

Vielleicht mich selbst.

# DIE HOCHZEIT

Die Hochzeit fand am 13. Februar 1943 statt, ohne Wolfgang. Eine Woche vorher war ein Geschenk von ihm mit der Post angekommen.

Wenn du mit deinem Bauern zum Altar gehst, werde ich dich begleiten, schrieb er, mit meinem Brautchor. Du sollst mich hören und fühlen. Ich bin bei dir. Und für deinen Mann habe ich etwas von dem Lieblingskomponisten unseres Führers eingeflochten, was er sicher nicht erkennt, aber du wirst es hören und dich daran erinnern, wenn wir Männer unter den Trümmern des Krieges vermodert sind. Du wirst den Brautchor nicht vergessen. Ich bin immer bei dir – immer.

Mir kamen die Tränen. Sollte ich Heinrich Könneker wirklich heiraten? Wenn der Krieg vorbei war, könnte ich mit Wolfgang ein gemeinsames Leben beginnen – er glaubte nicht daran, aber ich. Ich wollte an seiner Seite an den Traualtar treten, mit ihm und dem Kind in meinem Bauch zusammenleben. Nicht mit Heinrich Könneker. Nur ein paar Tage blieben bis zur Hochzeit. Was sollte ich tun? Zu meinem Geliebten fliehen? Aber ich wusste nicht mal, wo er war. Und er würde mich nicht mit offenen Armen empfangen, so wie Heinrich es getan hatte. Der erbte einen Bauernhof, war fleißig, ehrlich und sicher auch treu. Nicht wie Wolfgang, der nicht nur mich liebte, sondern eine Sache, für die er sich viel leidenschaftlicher einsetzte als für mich. Heinrich liebte mich, aber ich liebte ihn nicht. Das wusste er und wollte mich trotzdem heiraten mit einem Baby im Bauch. Er sei ein anständiger Mensch und würde mir nie weh tun, sagte Liesel, nicht wie ihr Mann. Und nicht wie Wolfgang, der vielleicht auch andere Frauen im Kopf hätte.

Hatte sie Recht?

Für Karla zum Hochzeitstag stand auf dem Geschenk. Die Entscheidung war gefallen – Wolfgang, Heinrich Könneker, Onkel August und Liesel hatten für mich entschieden. Ich dagegen hatte mich für das Baby entschieden.

Zwei Tage vor der Hochzeit zeigte ich die Noten unserer Organistin, einer zierlichen Frau, die schon bei meiner Taufe die Orgel gespielt hatte.

So spät kommst du noch mit deinen besonderen Wünschen rief sie kopfschüttelnd. Das kann ich doch nicht mehr alles lernen.

Bitte, es ist ganz wichtig.

So, so, ganz wichtig? Sie sah mich fragend an: Was steht denn sonst zur Wahl?

Onkel August hätte lieber eine von den Nazi-Hymnen, wie *Die Wacht am Rhein* oder das Horst Wessel Lied.

Auf keinen Fall, sagte sie. Auf gar keinen Fall spiele ich das auf unserer schönen Orgel, also her damit. Sie griff nach dem Umschlag und machte sich auf den Weg zur Kirche.

Heinrich Könneker hatte nur zwei Tage Urlaub bekommen, was zur Trauung in unserer Dorfkirche und zum Ehrenwalzer im Gasthaus Ehlers reichte, aber nicht zu einer Nacht mit seiner Ehefrau. Er müsste noch am Abend mit seinen Eltern zurückfahren, sagte er, und dürfe früh am nächsten Morgen unter keinen Umständen den Zug nach Berlin verpassen.

Ich war froh, dass mir die Hochzeitsnacht erspart blieb. Er kam mit seinen Eltern in einem von den Nachbarn ausgeliehenen, überdachten Kutschwagen angereist. Seine Schwester und ihr Mann, der einen höheren Posten in der Partei hatte als Onkel August, fuhren im DKW auf den Hof. Kasimir schlich mit leuchtenden Augen dicht um das Auto herum, befühlte das Chrom, den Lack und die Polster. Am liebsten hätte er sich hineingesetzt, aber Onkel August scheuchte ihn weg.

Ich trug das lange, weiße Kleid, das Toni sich zu ihrer Hochzeit selbst genäht hatte. Für meinen Bauch mussten ein paar Nähte und etwas vom Rocksaum ausgelassen werden. Toni hatte mir kurz vor dem Abmarsch eine Kette aus bunten Holzkugeln um den Hals gelegt, um dem grauen Tag etwas Farbe zu geben, sagte sie. Liesel hatte Kinder zum Schleiertragen aus der Nachbarschaft besorgt und ein Bouquet von gelben Tulpen, die ich wie ein Baby im Arm trug. Es war ein nasskalter Februartag. Ein paar Fotos zeigen den kleinen Hochzeitszug, wie er auf der matschigen Dorfstraße von unserem Hof bis zur Kirche ging. Kinder liefen nebenher. Liesels Mann hatte keinen Heimaturlaub beantragt, Otto war auch nicht dabei. Der Bräutigam blickte geradeaus einem Ziel entgegen, und die Braut nach unten, vielleicht auf die weißen Schuhe, die bald nicht mehr weiß sein würden. Er trug eine graue Uniform mit schwarzen Streifen an der Hose, keine Reitstiefel. Als wir zum Traualtar schritten, hallte Wolfgangs Brautchor von den hohen Steinwänden der Kirche wie Donner zurück. Meine Beine wurden weich. Wolfgang war bei mir. Er umgab mich mit seiner gewaltigen Musik, die ich kaum hörte, aber fühlte. Sie trug mich davon, weit weg, wie ich es so oft mit ihm erlebt hatte. Ich klammerte mich an einen Arm, um den Boden unter mir nicht zu verlieren. Es war nicht Wolfgang. Es war der starke Arm von Heinrich Könneker.

Ein Taschentuch, bitte, flehte ich ihn an. Er zog ein weißes gefaltetes Tuch aus seiner Hosentasche und reichte es mir. Als der Pastor die entscheidende Frage stellte, brachte ich keinen Ton hervor. Ich nickte mit dem Taschentuch auf Augen und Nase gepresst. Heinrich Könneker schob mir den Ehering auf den Finger. Ich sah nichts durch den Tränenschleier und schluchzte weiter. Er zog ein zweites Taschentuch heraus und tupfte mir die Augen ab. Kein Kuss, nur zartes Tupfen. Er musste sich selbst den Ring auf den Finger schieben. Befiehl du deine Wege, spielte die Orgel. Ein Beerdigungslied, ging es mir durch den Kopf, und das machte Sinn. Ich begrub meine große Liebe hier am Traualtar, meine Sehnsucht, mein Verlangen, alles, was ich für meinen Geliebten gefühlt hatte und nie wieder fühlen würde. Meine Tränen flossen weiter.

Und der Herr schütze euch und behüte euch.

Mit erhobener Hand machte der Pastor ein großes Kreuz zwischen Heinrich Könneker und mir, als wollte er trennen, was er gerade zusammengefügt hatte.

Im Gasthaus Ehlers, wo Onkel August jeden Abend seine Parteigenossen beim Stammtisch traf, wurde das Hochzeitsmahl an einem langen Tisch auf weißem Tischtuch serviert. Toni hatte Namen mit dem Menu in feiner Schrift auf Karten geschrieben: Hochzeitssuppe – Schweinebraten mit Petersilienkartoffeln, dazu Erbsen und Karotten – Schokoladenpudding mit Vanillesauce. Dasselbe wie auf meiner Konfirmation. Als der Nachtisch aufgetragen wurde, erschien Liesel als die böse Fee aus Dornröschen in langem schwarzem Rock, roter Bluse, bunten Ketten um Hals und Armen, schwarzen Lippen und einem Hexenhut über blauen Locken. Am Ende des Tisches fing sie an, den Gästen aus der Hand zu lesen. Die Musiker spielten nach jedem Vers einen Tusch. Es wurde gelacht und geklatscht, dann wieder Schweigen, wenn Liesel auf die nächste Hand sah. Was würde sie zu Heinrich und mir sagen? Sie griff nach beiden unseren Händen beugte sich tief darüber und sagte, dass sie nur für den nächsten Monat März unsere gemeinsame Zukunft voraussagen könne, weiter nicht. Und dann begann sie zu singen:

*Im Märzen der Bauer die Röslein anspannt*

Ich sah Toni am Ende des Tisches ihre Schultern hochziehen und die Nase rümpfen. Ein Kinderlied für das junge Paar schien ihr nicht zu gefallen. Ich dagegen fand es passend für die harte Arbeit, die auf uns zukam. Darum ging es ja in dem Lied – um weiter nichts.

Oma saß neben Heinrich Könneker, sie fing an mitzusingen und als Liesel die zweite Strophe anstimmte, sangen alle mit.

Beim Ehrenwalzer für das Brautpaar presste sich mein Mann mit seiner Uniform und den harten Knöpfen gegen meinen dicken Bauch und drehte mich links und rechtsherum, bis mir schwindelig wurde.

Hör auf, flehte ich ihn an. Bitte hör auf.

Aber Heinrich hörte nicht auf. Er war ein guter Tänzer. Und Walzer, raunte er mir ins Ohr, tanze er am liebsten und seit heute am allerliebsten mit seiner Frau. Nach der letzten Drehung zog er mich an sich und drückte mir einen Kuss auf die Lippen. Ich liebe dich, sagte er schüchtern und dann: Wir packen das schon. Er streichelte meinen Bauch und führte mich zu seinem Vater, der den Walzer fortsetzen sollte, aber nur freundlich lächelnd den Kopf schüttelte und mich an seine Frau weiterreichte. Ohne zu zögern fasste Frau Könneker um meine Taille und drehte mich, wie ihr Sohn, links- und rechtsherum an den klatschenden Gästen vorbei.

Ich wünschte, Wolfgang wäre dagewesen, versteckt unter einem Tisch um Fotos zu machen, die zeigten, wie fremd mir meine neue Familie war.

# DIE MITGIFT

Alle Mann fest anpacken.

Onkel August kommandierte eine kleine Brigade von Helfern: Kasimir und zwei Fremdarbeiter von Liesels Hof, unsere Nachbarn Bernd Busse, Oma, Tante Luise, Toni und mich. Das Klavier und sechs Sack Weizen mit Mutters Namen darauf gedruckt mussten auf den Ackerwagen geladen werden.

Willst du wirklich die Säcke mit Mutters Namen drauf in dein neues Zuhause mitnehmen? Toni schüttelte den Kopf. Mutter, die ihr Leben so schrecklich beendet hatte, solle nicht am Anfang von meinem neuen stehen. Aber Oma sagte, dass die Säcke aus gutem Leinen seien und lange halten würden. Die Druckerei in Peine hatte Juden gehört, die längst verschwunden waren und wenn der Krieg weiter gehe, gäbe es auch bald keine stabilen Leinensäcke mehr. Nimm sie mit, riet Oma mir, du kannst später Kopfkissen daraus nähen, die hundert Jahre halten.

Dann lass doch wenigstens das elegante Klavier hier, sagte Toni. Es passt nicht auf den Ackerwagen. Der bricht zusammen, falls der Obernazi mit seinen Helfern es da überhaupt rauf kriegt. *Schimmel, Braunschweig* stand in Goldbuchstaben auf dem schwarzen Lack des Klaviers, das über Holzplanken auf den Ackerwagen geschoben werden sollte.

Es ist ein Geschenk von Mutter, erinnerte ich Toni. Das Klavier kommt mit. Es passt genau in die Nische von Könnekers Stube. Toni zuckte die Achseln. Wir stimmten selten überein.

Nochmal alle anpacken, rief Onkel August wieder. Ich muss vor

Dunkeln wieder zuhause sein.

Als die kleinen Räder des Klaviers auf die Holzrampe rollten fingen die Bretter an zu knacken. Die Pferde scheuten und zogen in entgegengesetzte Richtungen. Bernd Busse versuchte sie zu halten, aber Onkel August lief zu ihnen, um sie zu beruhigen. Er wusste, wie man mit Pferden umgeht, schlug sie nie, gebrauchte keine harten Worte, besonders nicht für Irene, sein Lieblingspferd.

Tante Luise, steif wie eine Kerze, stand abseits mit Stricken um den Arm gewickelt, die man gar nicht brauchte während Oma – klein, flink, leicht gebeugt wie ein Läufer, der in den Startlöchern hockt und loslegen will – sich der Rampe näherte.

Geh zu Luise, kommandierte Onkel August seine Mutter, hier haben alte Frauen nichts zu suchen.

Schwangere auch nicht, zischte Toni und warf ihrem Onkel einen grimmigen Blick zu, während sie mich auf die Bank unter das Küchenfenster zog.

Hilf du uns lieber, statt dumme Reden zu halten, fauchte Onkel August sie an. Du bist weder alt noch schwanger. Er musterte Toni von der Seite wie seine Kühe im Stall, wenn sie verkauft werden sollten, und versuchte, sie am Rock näher an sich heranzuziehen. Sie schlug ihm hart auf die Hand und rückte auf der Bank näher an mich heran.

Er hat sich nicht geändert, der alte Sack, sagte sie. Lass deine Tochter, falls du eine bekommst, nie mit ihm allein.

Oma hatte es gehört, schüttelte den Kopf und murmelte: Muss das sein? Kannst du deiner Schwester nicht gute Wünsche mit auf den Weg geben?

Was ich ihr sage, braucht sie viel dringender als gute Wünsche.

Als kleines Mädchen war sie der Liebling von Onkel August. Ihr jagte er über den Hof nach, mich hatte er kaum bemerkt. Einmal kam sie laut schreiend aus dem Scheunentor, rannte ins Haus die Treppen hoch in unser Zimmer und verschloss sich. Oma kümmerte sich um sie, sagte aber kein Wort. Ich durfte an dem Abend nicht neben ihr schlafen, nicht mal Mutter wurde zu ihr gelassen. Als Toni endlich wieder in der Küche erschien und Onkel August grinsend fragte, wie es denn seiner kleinen Prinzessin gehe, schlug ihm Mutter ins Gesicht und verließ die Küche. Niemand sprach darüber.

Was hat Onkel August denn mit dir gemacht?

Schreckliches, sagte sie. Oma kann es dir erzählen.

Ich legte meinen Arm um sie. Sag du es mir. Oma sagt nichts Schlechtes über ihren Sohn. Ich bin schwanger und vielleicht mit einer Tochter. Ich möchte alles wissen.

Unser Vater war dafür bekannt, dass er hinter den Dienstmädchen im Dorf her war, sagte Toni mit festem Blick auf Onkel August gerichtet. Und du weißt ja, dass er mindestens eins geschwängert hat. Und sein Bruder, der Obernazi da vor uns, war hinter mir her. Ihre Stimme veränderte sich nicht.

Zwei Kinderschänder in einer Familie. Das sind harte Worte, flüsterte ich. Sie sind doch keine Verbrecher, oder? Toni drehte sich zu mir.

Wie würdest du das denn nennen?

Ich sah meine Schwester an. Ich war immer eifersüchtig auf so viel Schönheit gewesen. Jetzt sah ich die andere Seite – man hatte sie belästigt, verfolgt, misshandelt, sogar hier auf unserem Hof. Sie konnte zwar schneller laufen als Onkel August, aber er konnte das Scheunentor verriegel. Ich griff nach ihrer Hand.

Und niemand hat dir geholfen? Weder die Oma, seine eigene Mutter, noch unsere Mutter?

Niemand hat mir geholfen. Und ich bin fertig damit, sagte sie mit einer Handbewegung, die alles wegzuwerfen schien und wechselte abrupt das Thema: Wer steht denn da bei den Pferden mit einer Krücke auf einem Bein?

Als wir den Taubenschlag teilten, hat Toni oft das Thema so wie jetzt gewechselt. Wir saßen auf dem Bett und sprachen über unsere Mutter oder die Oma oder über die Jungen im Dorf. Toni sah sich dabei im großen Spiegel an, ihre roten Haare zu einer Krone geflochten, die blasse Haut, die grünen Augen – sie sah wirklich wie eine Prinzessin aus. Und mitten im Gespräch sagte sie plötzlich: Soll ich meine Haare lieber offen tragen? Nur dann können die Locken ihr eigenes Leben zeigen.

Ich blickte sie verwundert an, eifersüchtig auf so viel Schönheit, von der sie noch mehr haben wollte.

Du willst immer nur bewundert werden, sagte ich, deine Mutter oder deine Schwester interessieren dich nicht. Alles, was du willst, ist meine Aufmerksamkeit, sonst nichts.

Ja, sagte sie. Ich habe Glück gehabt, aber glücklich bin ich deshalb nicht. Dann löste sie die geflochtenen Haare und schüttelte sie, bis ihr Gesicht davon verdeckt war.

Tonis Gedankengänge änderten sich so unerwartet wie jetzt, als sie fragte, wer denn da auf einem Bein bei den Pferden stehe.

Ich konnte nicht antworten, der Kindesschänder saß mir noch tief in den Knochen. Da stand er mitten auf dem Hof, klein und gedrungen, die kurzgeschnittenen Haare unter der grauen Mütze. Das kantige, hölzerne Gesicht schien mit einem stumpfen Messer geschnitzt zu sein, nur die runden, kleinen Augen hatte ein schärferes Instrument herausgemeißelt. Sie bewegten sich nervös hin und her und kamen erst zur Ruhe, wenn er betrunken war. Oma wusste, was er mit Toni gemacht hatte. Mutter wusste es. Warum hatten sie das zugelassen? Mutter hatte ihm ins Gesicht geschlagen. Und was hat Oma gemacht?

Wer ist denn der junge Mann da auf Krücken? fragte Toni noch einmal und zog mich am Ärmel.

Erinnerst du dich denn nicht an ihn? Ich griff nach ihrer Hand. Bernd Busse. Er war einer von deinen Verehrern.

Was ist mit seinem Bein?

Beim Pflügen hat er eins verloren, sagte ich. Die Pferde sind ihm im Feld plötzlich durchgegangen und die Pflugscharen haben ein Bein abgeschnitten. Er hat Glück gehabt, dass er überhaupt noch am Leben ist.

Und warum ist er hier? fragte Toni ohne eine Spur von Mitleid. Mit einem Bein kann er das Klavier doch nicht schieben.

Er wollte dich sehen.

Aber ich bin doch verheiratet und erinnere mich nicht mal an ihn.

Ich sah sie an. Erinnerst du dich überhaupt an irgendeinen von deinen Verehrern?

Ich erinnere mich an Herrn Peters, sagte Toni, den Handlungsreisenden, der einmal im Monat auf seinem Motorrad auf den Hof knatterte und über die Steintreppe durch die große Tür eingelassen wurde. Kaffee und Kuchen haben wir beide ihm serviert, während Mutter immer ein grünes Hemd von ihm abkaufte, was niemand trug. Toni lachte laut in mein Gesicht. Er interessierte sich nicht für mich – vielleicht für unsere Mutter. Für sie spielte er Klavier. Konnte nur die ersten paar Takte vom Triumphmarsch aus Aida sonst nichts. Dabei schüttelte er seine grauen Locken so wie dein Wolfgang, wenn er Klavier spielte. Dann fingen Mutters Augen an zu strahlen und das ganze Haus bebte von den paar Akkorden, die er ins Klavier haute. Mutter war verliebt in ihn, sagte Toni. Wie sie ihn immer ansah. Peinlich. Während wir ihm Topfkuchen servieren mussten. Was hätten sie wohl gemacht, wenn wir nicht dabei gewesen wären? Sie fasste nach meiner Hand und grinste über alle Backen.

Und ich erinnere mich an den Tag, als Mutter das Klavier zu deinem zehnten Geburtstag kaufte, sagte Toni. Als sie es im Laden sah, kostete es fünfhundert Mark. Am nächsten Tag tausend und als sie es kaufte, musste sie dreitausend bezahlen.

Und ich wollte gar kein Klavier, sagte ich. Ich hatte mir ein Fahrrad gewünscht, mit dem ich zum kleinen Teich fahren wollte, wo sich im Sommer alle Kinder versammelten, nur du nicht. Die Jungen schnitzten sich Stöcke, um damit Frösche aufzuspießen. Die Mädchen haben Kaulquappen in Einweckgläsern gesammelt. Das wollte ich auch, mein eigenes Aquarium mit Kaulquappen im Einweckglas auf dem Fahrrad durchs Dorf fahren, damit alle Jungen es sehen könnten - besonders Bernd Busse, der lauteste und wildeste von allen. Ihm wollte ich imponieren mit einem neuen Fahrrad und dem Einweckglas voller Kaulquappen. Und weißt du noch, was du gesagt hast, als ich dir das beichtete?

Toni schüttelte den Kopf.

Vergiss es, hast du gesagt, du willst doch keinen Tierquäler zum Freund haben! Dann gib mir dein Fahrrad, flehte ich dich an. Ausgeschlossen, hast du gesagt. Das brauche ich, um von solchen Kerlen, wie Bernd Busse, abhauen zu können.

Das habe ich gesagt? Toni lachte aus vollem Hals, gab mir einen Kuss auf die Backe und sagte: Ich bin so froh, dass du Bernd Busse nicht geheiratet hast.

Nochmal alle Mann kräftig schieben, donnerte Onkel August. Hau-Ruck! Hau-Ruck! Die Bretter knarrten gefährlich und beim zweiten Hau-Ruck brachen sie auseinander. Das Klavier plumpste auf die Erde und gab dabei einen breiten dissonanten Ton von sich, der die Pferde aufscheuchen ließ. Bernd Busse hielt sie fest, und als seine Krücke hinfiel, war es Toni, die aufsprang, zu ihm lief und sie ihm aufhob. Ich ging zum Klavier, öffnete den Deckel und fing an zu spielen. Alle Tasten funktionierten, die Akkorde, etwas verzerrt, hörten sich immer noch wie der Triumphmarsch an, was Oma und Toni mit Klatschen bestätigten. Tante Luise starrte auf das Instrument, als ob sie nicht glauben konnte, dass es sogar nach einer Bruchlandung mitten auf dem Hof noch so schöne Töne hervorbringen konnte. Die Fremdarbeiter nickten zufrieden und warteten auf weitere Befehle von Onkel August, der mit einer Flasche Bier am Küchenfenster stand.

Mein Umzug in die neue Heimat wurde auf den nächsten Tag verschoben - ohne das Klavier, das später von einer Umzugsfirma geliefert würde, sagte Onkel August. Vorerst ging es zurück ins Wohnzimmer. Kasimir brachte die Pferde in den Stall, Bernd Busse folgte ihm auf seiner Krücke, während Oma und Tante Luise Bier für alle aus dem Keller holten. Und ich freute mich auf eine letzte Nacht mit Toni im Taubenschlag.

# ALPTRÄUME

Frau Könneker sagte: Nachts, wenn du aufs Klo musst, mach auf keinen Fall das elektrische Licht an. Wir wollen die Bomber nicht anlocken.

Bei uns kann ich immer Licht anmachen.

Wir sind näher an der Stadt, sagte sie. Hier hören wir jede Nacht die Flugzeuge.

Ich wollte mich nicht in Könnekers Haus im stockdunklen Flur an den Wänden entlang tasten bis zum Klo im Waschraum hinter der Küche – ein langer, düsterer Weg.

Stell dir einen Nachttopf unters Bett, sagte Frau Könneker. Sicher kennst du das von zuhause.

Ja, ja. Das kannte ich vom Taubenschlag. Ich war froh, endlich mal nachts aufs Klo gehen zu können statt auf den Topf mit dem Baby im Bauch.

Mach eine Kerze an, aber nicht das elektrische Licht, sagte sie, hier gibt es Spitzel, die durchs Dorf gehen und der Leitung berichten, wo die Gardinen Licht durchlassen. Bei euch ist das anders. Dein Onkel ist ja die Leitung. Sie sagte Gute Nacht und knipste das Licht aus. Ihr Mann war gleich nach dem Abendbrot verschwunden und Pawel, der polnische Arbeiter, der, wie Kasimir im Feld half und die Kühe versorgte, aß abends auf seinem Zimmer über dem Kuhstall. Er kam nur zum Mittagessen in die Küche, nicht wie Kasimir, der alle Mahlzeiten am Tisch mit uns aß. Bei uns ist es anders, sagte Frau Könneker. Onkel August hätte es auch gern anders, sagte ich, aber die Oma besteht darauf, dass Kasimir mit uns isst. Er ist ja schließlich ein Mensch und keine Kuh, sagt sie immer.

86

Da hat sie recht, sagte Frau Könneker. Aber bei uns ist es eben anders.

In der ersten Nacht im neuen Haus träumte ich, ich fuhr in einem Zug, der über die Gleise rumpelte und holperte, als lägen schwere Steine drauf. Warum rumpelt es so? fragte ich meinen Nachbarn. Er steckte den Kopf aus dem Fenster und sagte, da liegen Leichen auf den Gleisen. Ich lehnte mich weit hinaus, konnte aber nichts sehen. Der Nachbar zog die Notbremse und der Zug hielt mit einem Ruck. Ich wachte auf, ich hatte geschrien. Mein Nachthemd klebte an der Haut. Ich suchte nach dem Lichtschalter. Plötzlich brummten Flugzeuge über mir. Ich fummelte nach Kerze und Streichhölzern. Im flackernden Kerzenschein streckte der Schrank gegenüber von meinem Bett seine massiven Pfosten wie Arme nach mir aus. Die Flugzeuge, die Decke, die Pfosten, alles raste auf mich zu. Und da am Pfosten hing eine Leiche. Ich zog die Bettdecke über meinen Kopf. Weg! Schrie ich. Aber die Leiche am Schrankpfosten kam näher. Meine Mutter. Wie lange hatte sie am Pfosten gehangen, bevor Onkel August die Zimmertür aufgebrochen und sie vom Strick losgeschnitten hatte? Wie oft hatte sie den Pfosten wohl angestarrt, bevor sie auf den Stuhl gestiegen, den Hals durch die Schlinge gesteckt – und gesprungen ist? Ich war gar nicht zuhause, als es passierte. Oma erzählte mir alle Einzelheiten – die hervorgequollenen Augen, der rote Hals, der umgefallene Stuhl, das aufgeschlagene Gedichtbuch auf ihrem Bett – ich wollte alles genau wissen

Ich hielt das Federbett fest über meinen Kopf und glitt immer tiefer in die Nacht. Erst nach Stunden, so schien es, wagte ich die Decke anzuheben. Es war immer noch dunkel, aber nicht mehr das tiefe Schwarz, in dem alles stillstand. Hinter der Tapete hörte ich Kraspeln von Mäusen, die in der Wand auf und ab liefen. Ich zog die Gardine zur Seite und ein sah einen grauen Streifen hinter dem Kastanienbaum, der den Morgen ankündigte. Ich musste aufs Klo, dringend. Mit der Wolldecke über die Schulter geworfen tastete ich mich an den Wänden entlang bis zur Küche hin. Wie beruhigend war es, dort die elektrische Uhr brummen zu hören. Es war fast fünf.

Auf dem Weg zurück von der Waschküche war die Katze durch die Tür gehuscht und setzte sich zu mir auf die Bank neben dem Ofen. Könnekers standen um sechs auf, um die Kühe zu melken, Pawel etwas vorher, um den Stall zu misten. Meine Aufgabe war es, morgens das Feuer in der Küche anzumachen und für das Frühstück zu sorgen.

Die Katze schnurrte behaglich auf meinem Schoß. Auf keinen Fall wollte ich in das Zimmer zurückgehen, wo ich Mutter am Schrankpfosten gesehen hatte. Stattdessen wollte ich das Feuer früher als sonst anmachen, um Könnekers schon vor der Arbeit mit einer warmen Küche zu begrüßen. In der Kiste neben dem Ofen fand ich Papierreste und etwas Holz, ich brauchte nicht mal nach draußen unter den Schuppen zu gehen. Denk dran, dass du jeden Abend, bevor du ins Bett gehst, Holz von draußen holst, das über Nacht trocknen kann, hatte Frau Könneker gesagt, als sie das Licht ausmachte. Aber im Dunkeln wagte ich mich nicht in den Schuppen und war gleich ins Bett gegangen. Sie hinterließ die Küche immer sauber und ordentlich. Nach dem Essen schrubbte sie den Tisch, bis alle Brotkrumen und Fettflecke verschwunden waren. Auch ein Andenken an ihren Vater, sagte sie, und pflegte es so gut, wie den Löwentisch in der Stube. Ich ließ die Ofentür weit offen und sah ins Feuer. Sobald das Holz anfing zu knistern, fing die Katze auf meinem Schoß an zu schnurren. Mir fielen die Augen zu.

Zieh dich an! fauchte mich plötzlich jemand an. Frau Könneker stand mit angewinkelten Armen vor mir. Was soll das denn?

Sie zeigte auf die offene Ofentür hinter der noch ein paar Holzstücke glimmten.

Willst du das Haus abbrennen? Gibt es nicht schon genug Bomben, die das besorgen?

Tut mir leid. Ich bin eingeschlafen.

In der Küche! Du hast doch ein Bett, wenigstens jetzt noch.

Ich habe schlecht geträumt und bin aufgewacht.

Schlechte Träume habe ich jede Nacht, sagte sie. Alle meine Söhne sind im Krieg.

Ich starrte auf die Glut im Ofen.

Zieh dich an und sieh zu, dass das Feuer wieder in Gang kommt.


Nach einer Woche hielt ich es bei meiner Schwiegermutter nicht mehr aus. Sobald ich in die Küche kam, brummte mein Kopf noch lauter als die elektrische Uhr. Lieber wollte ich Onkel August ertragen als dieses Gebrumme. Ich sehnte mich nach Oma und nach Liesel. Meine Schwiegermutter mochte mich nicht. Bei unserem ersten Treffen war sie höflich – ihr Sohn brauchte eine Frau – nun war er verheiratet und weit weg und konnte mich nicht in Schutz nehmen. Ich war ihrer Nörgelei ausgeliefert. Morgens stand ich zu spät auf, lüftete die Betten nicht genug, packte zu viele Holzscheite in den Ofen, kochte zu starken Lindeskaffee, goss zu viel Milch hinein. Wenn sie nach dem Melken in die Küche kam, gab ich Übelkeit wegen der Schwangerschaft vor und versteckte mich in meinem Schlafzimmer. Im siebten Monat gibt es das nicht mehr, meinte sie kopfschüttelnd. Klug war sie und sehr fleißig, das musste ich gestehen. Ohne sie wären ihre Kinder und ihr Mann sicher irgendwo als Tagelöhner geendet. Nun hatten zwei Söhne das Gymnasium besucht und Heinrich hatte auf einem großen Bauernhof eine Lehre gemacht, bevor der Krieg anfing. Sie wollte ihnen ein besseres Leben schaffen, wie auch meine Mutter. Aber sie wurde von ihren Kindern bewundert und verehrt, wenigstens von Heinrich, der mit seiner Versetzung in die Ukraine eine Lücke geschaffen hatte, die ich nicht füllen konnte. Vater Könneker war selten zu sehen, nur zu den Mahlzeiten saß er am Tisch und aß schnell und schweigend.

Ich war diejenige, die sie herumkommandieren konnte.

Mein Kind muss zuhause mit der Hebamme, die mich kennt, auf die Welt kommen, sagte ich beim Abendbrot. Vater Könneker nickte freundlich und Frau Könneker stimmte zu. Ich war überrascht. Alle ihre Kinder seien mit derselben Hebamme geboren worden, sagte sie, ohne mich zurückzuhalten. Sie schien eher froh zu sein, dass ich sie verlassen wollte. Ich packte meine paar Sachen und verabschiedete mich am nächsten Morgen.

Wenn Heinrich wieder da ist, komme ich zurück, sagte ich.

Ja, sagte sie mit einem Lächeln. Darauf freuen wir uns alle.

Ich fuhr mit meinem Fahrrad denselben regennassen Feldweg zurück, auf dem ich eine Woche vorher von Pferd und Wagen acht Kilometer gegen den Wind gezogen worden war. Jetzt fühlte sich alles leichter an, der Wind blies von hinten.

# HONIGBROT

Onkel August saß auf der Bank vor dem Küchenfenster und grinste, als hätte er mich erwartet.

Ich weiß, dass du es mit zwei alten Frauen im Haus nicht aushalten kannst, sagte ich, bevor er zu Worte kam. Er brummte, dass ich auch nicht mehr die Jüngste sei mit dickem Bauch und so, nahm mein Fahrrad und schob es in den Schuppen. Ich ging über den Hof zur Küche, wo Oma und Tante Luise Semmel backten. Es roch köstlich und ich freute mich auf Semmel mit viel Butter und Honig. Onkel August schnaufte hinter mir her. Er hatte mich fast eingeholt, als er sagte:

Willst du gar nicht wissen, wer gestern für dich angerufen hat? Ein Mann war's und nicht dein Ehemann.

Für mich?

Nach Frau Könneker hat er gefragt, nicht Fräulein Klages. Hörte sich an, wie der Sohn vom Prediger.

Meine Knie wurden weich. Hast du die Nummer aufgeschrieben?

Er hat keine dagelassen.

Wolfgang. Auf einmal stand er wieder vor mir. Ich hatte ihn nie angerufen, er besaß kein Telefon. Er rief mich an, wenn er mich sehen wollte. Vor langer Zeit hatte er mir eine Nummer für den Notfall gegeben. In meinem Kopf drehte sich alles und Onkel August klebte an mir.

Mein Fahrrad muss geölt werden, wies ich ihn an. Und der Sattel ist lose, schraub ihn bitte fest. Ich schupste ihn weg. Er grinste und trottete über den Hof. Ich keuchte die Treppe hoch. Mein

Bauch machte mir zu schaffen. Meine Finger zitterten beim Durchsuchen der Kiste, wo ich alle Briefe von Wolfgang aufbewahrte. Da endlich war die Nummer. Das Telefon stand im Flur neben der Garderobe. Am anderen Ende meldetet sich eine ältere Frauenstimme.

Wolfgang wer, bitte?

Wolfgang Mommsen. Meine Stimme versagte.

Wie ist Ihr Name bitte, und die Telefonnummer? Ich musste alles dreimal sagen, legte auf und wartete eine Ewigkeit, so schien es, bis das Telefon klingelte.

Kann ich dich sehen? fragte er ohne Umschweife.

Mich? Du weißt doch, dass ich verheiratet bin. Und eigentlich sollte ich schon auf dem Hof von meinem Mann wohnen.

Aber das tust du ja scheinbar noch nicht. Wann ziehst du denn da hin?

Nicht so bald. Wenn der Krieg vorbei ist. Mein Kind möchte ich hier zu Hause auf die Welt bringen.

Gut, sagte er. Wann kann ich dich sehen? Möchtest du zu mir kommen?

Was ist denn so eilig?

Das erzähl ich dir, wenn wir uns sehen.

Ich war furchtbar aufgeregt, als säße er neben mir auf dem gelben Sofa. Warum wollte er mich sehen? Unsere Liebe hatte ich schon am Traualtar begraben. Und nun sollte ich den Sarg wieder öffnen. Ich wollte ihn sehen, aber zu mir konnte er nicht kommen, unmöglich. Onkel August schlich durchs Haus oder führte wichtige Telefongespräche mit der Gauleitung. Oma spitzte immer die Ohren. Kasimir lief zwischen Stall und Scheune hin und her. Ich würde Wolfgang tagsüber nicht ungesehen auf mein Zimmer schleusen können. Vielleicht wollte er auch gar nicht zu mir in den Taubenschlag.

Hier kannst du nicht herkommen, sagte ich zögernd: Ich kann

zu dir kommen. Morgen.

Gut. Ich hole dich wie immer am Bahnhof ab. Er legte auf.

Was hatte ich gerade gesagt? Ich hätte mir am liebsten die Zunge abgebissen. Sollte ich zurückrufen? Ich durfte Wolfgang nicht wiedersehen. Ich war verheiratet, hochschwanger. Das wusste er doch. Ich brauchte endlich Abstand. Nein, ich sollte nicht zu ihm fahren. Da kam Onkel August durch die Tür.

Dein Rad ist wieder in Ordnung, sagte er und sah mich an, als hätte ich etwas verbrochen. Damit kannst du nun um die ganze Welt trampeln.

Nur bis zum Bahnhof, sagte ich. Morgen fahre ich mit Liesel nach Hannover.

Wolfgang stand auf dem Bahnsteig, suchte aber nicht nach mir, sondern schien in Gedanken versunken, als ich ihn von hinten antippte. Erinnerst du dich an mich? Er drehte sich überrascht um und hauchte mir einen Kuss auf die Stirn.

Du siehst gut aus, sagte er, was ich ihm nicht glaubte. Verheiratet, bald Mutter, der Ehemann hat einen Hof. Was willst du mehr. Und wie lange wohnst du denn noch bei deinem Onkel? Die Frage hatte ich gestern schon am Telefon beantwortet. Er erinnerte sich scheinbar nicht. Oder wollte er die Antwort bestätigt haben? Ich hakte mich bei ihm ein und wir gingen auf dem windigen Bahnsteig bis zur Wartehalle.

Möchtest du dich ein paar Minuten setzen? Du bist sicher ganz erschöpft von der langen Reise. Und nach einer kleinen Pause: Wir können vielleicht in der Bäckerei an der Ecke halt machen? Vielleicht gibt es noch etwas Zuckerkuchen. Es gab nur ein paar Roggenbrote, keinen Kuchen. Wir gingen in seine Wohnung. Über dem gelben Sofa hingen keine Fotos mehr.

Warum hast du sie abgenommen?

Er antwortete nicht. Er war mit Kaffeekochen beschäftigt.

Hast du deine Leica noch?

Er drehte sich um und nickte.

Und wo ist Ellie Schürmann? Die Frage hatte mir auf der Zunge gebrannt.

Ellie Schürmann, sagte er, die gibt es auch immer noch.

Er kam mit dem Tablett in die Wohnstube und breitete Tassen und Teller auf dem Tisch beim Sofa aus.

Kuchen habe ich nicht, aber Honigbrot mit Kunsthonig. Magst du das? Natürlich mochte ich Brot mit viel Honig oder Kunsthonig und er wusste es.

Bevor du den Teller vollschmierst, hier ein kleines Geschenk.

Er legte das Foto von mir auf der Brücke vor dem Rathaus auf den Tisch. Ich starrte aufs Wasser, als ob ich hineinspringen wollte.

Hier warst du nah dran, wegen Ellie Schürmann von der Brücke zu springen, sagte er mit einem Lächeln. Ich wäre hinterher gesprungen, um dich zu retten und jetzt ist Ellie Schürmann in Gefahr und ich möchte, dass du sie rettest.

Ich soll sie retten? Wie denn?

Du kannst mir und ihr helfen - was du ja immer wolltest.

Ich konnte ihn nicht ansehen, während er weitersprach.

Sie braucht dringend Hilfe. Ich möchte dich bitten, sie für ein paar Tage bei dir zu verstecken.

Ich konnte kein Wort hervorbringen.

Ellie Schürmann verstecken? Bei mir? Ich griff nach dem Honigbrot, stopfte es in mich hinein. Vielleicht arbeitete sie mit Wolfgang zusammen, vielleicht wohnen sie zusammen, schlafen zusammen? Das Brot blieb mir im Hals stecken. Onkel August hatte beim Frühstück von der *Weißen Rose* erzählt, Studenten, die in München Flugblätter gegen die Nazis verteilt hatten und seit einigen Tagen vor Gericht standen. Ob Ellie Schürmann und Wolfgang zu dieser Gruppe gehörten?

Gehört sie zur *Weißen Rose*? Ich fing an zu husten.

Nein, sagte er. Er stand auf und holte ein Glas Wasser.

Sie ist Jüdin, wie du ja weißt, und braucht Hilfe. Sofort. Sie muss sich verstecken, um nicht in ein Lager verschleppt zu werden.

Jüdin! Ich griff nach dem Wasser.

Ich dachte, sie hätten dunkle Locken und große Nasen.

Hör auf, sagte Wolfgang. Du weißt genau, dass das nicht stimmt.

Ja, ja, stammelte ich, aber ich kenne gar keine Juden.

Dann wird's Zeit, dass du sie kennenlernst.

Ich soll eine Jüdin verstecken? Ich starrte auf das Foto vor mir auf dem Tisch. Das ist doch strafbar.

Bitte, Karla. Du wolltest mir doch helfen, erinnerst du dich? Ja, ich erinnerte mich gut an die Nacht, als er mir das traurige Gedicht von Heine vorgelesen hatte und anfing zu weinen. Ich wollte ihm helfen, hatte ich gesagt, mit ihm arbeiten, damit wir zusammenbleiben konnten. Er hatte von Juden in der Ukraine gesprochen, die von Deutschen umgebracht wurden, dort, wo Heinrich Könneker eine Kolchose leitete. Sicher hat Ellie Schürmann bei ihm gewohnt und das Bett mit ihm geteilt, während er mir geraten hatte, den Bauern zu heiraten. Damit könnte ich ihm vielleicht helfen, hatte Wolfgang gesagt. Aber in Wirklichkeit wollte er mich an Heinrich abschieben, um von mir loszukommen, um endlich frei zu sein.

Wolfgang fasste nach meiner Hand. Ich frage *dich*, weil du deine Hilfe angeboten hast und weil ich dich liebe.

Sag das noch einmal, flüsterte ich. Er lehnte sich an mich und hauchte einen Kuss auf meine Stirn.

Ich liebe dich. Bitte, glaub es mir.

Ich setzte mich aufrecht hin und sah ihm in die Augen. Aber wo soll ich sie denn verstecken? Auf unserem Hof wo Leute ein und **aus gehen** und Onkel August Ortsgruppenleiter ist, immer misstrauisch, und Oma immer neugierig, ihr entgeht nichts.

Niemand wird auf den Gedanken kommen, dass im Haus des Ortsgruppenleiters eine Jüdin versteckt ist. Dein Zimmer unter dem Dach ist groß und unter den schrägen Seitenwänden kann man leicht jemanden verschwinden lassen. Und Hunde habt ihr nicht. Nur Katzen, die nicht bellen.

Bei seinem letzten Besuch hatte Wolfgang mein Zimmer genau untersucht, er war sogar zwischen Wand und Dach herumgerutscht und wollte sich selbst dort verstecken. Ich erinnere mich genau an seine letzten Worte. Ihn hätte ich gern in meinem Zimmer versteckt, aber Ellie Schürmann?

Ich brauche etwas Zeit, um das zu entscheiden, sagte ich. Ich müsse mit jemanden reden, vielleicht Liesel oder Toni. Liesel würde sicher begeistert sein. Ein gefährliches Abenteuer. Ich konnte es nicht so allein auf mich nehmen. Auf Wolfgang hatte ich schon gehört, als Heinrich mich zum Traualtar führte. Nun sollte ich wieder das tun, was ihm helfen würde. Nicht nur ihm, vor allem Ellie Schürmann. Sie musste untertauchen. Sie war in Gefahr verschleppt zu werden und ich konnte ihr helfen. Nur für zwei Tage, hatte er gesagt.

Viel Zeit hast du nicht, sagte Wolfgang. Ellie kommt morgen Abend zu mir und muss in der folgenden Nacht eine andere Bleibe finden. Ich kann sie bei mir nicht länger verstecken. Am besten, ich bringe sie nachts, wenn alle schlafen, zu dir in deinen Taubenschlag.

Ich fühlte mich überrumpelt.

Wirklich nur für zwei Tage?

Ja, nicht länger, dann habe ich bestimmt was anderes für sie gefunden.

Und wenn meine Wehen auf einmal einsetzen und das Kind mit soviel Aufregung zu früh auf die Welt kommt?

Dann finden wir einen Weg, sagte er ganz ruhig. Ellie hat schon ganz andere Hindernisse überwunden.

Und du? Liebst du sie? Soll ich vielleicht deine Geliebte verstecken?

Du bist die Frau, die ich liebe, sagte er, und immer lieben werde, auch wenn du verheiratet bist. Und dann fuhr er fort mit den zusammengekniffenen Augen, die ich fürchtete: Ich will ihr helfen, in diesem furchtbaren Land zu überleben. Du hast ein großes Haus, genug zu Essen und du bist mit einem Nazi verheiratet. Das erleichtert vieles. Der Verdacht fällt nicht gleich auf dich.

Wann fällt der Verdacht denn auf mich? Wenn sie rausfinden, dass ich deine Geliebte war, dass wir beide im gleichen Dorf aufgewachsen sind. Dass ich *dich* heiraten wollte und nicht Heinrich Könneker.

Er sah mich mit der tiefen Falte zwischen den Augen an und sagte, Sie suchen Ellie, die nur zwei Tage bei dir sein wird, nicht mich. Über uns wissen sie nichts.

Aber *du* sollst es wissen. Ich habe den Mann geheiratet, den du mir aufgezwungen hast. Ich wollte ihn nicht. Dich wollte ich heiraten.

Ich hätte dich auch gern geheiratet, sagte er leise. Aber es ging nicht. Das weißt du doch. Er nahm meine Hand. Eine Entscheidung zu treffen ist für uns beide eine Qual, denn bei jeder Entscheidung verdoppeln sich in unserer Einbildungskraft all die Dinge, die wir hätten tun können, aber nicht getan haben und nicht mehr zurücknehmen können.

Wir saßen auf dem gelben Sofa.

Das Baby hat dir sicher auch schlaflose Nächte bereitet. Du hast dich für das Kind entschieden und dabei an alle Möglichkeiten gedacht, die du nun nicht mehr hast. Hab ich recht? Weißt du, Karla, sagte er, wir sind aus dem gleichen Holz geschnitzt. Wir versuchen niemandem wehzutun, außer uns selbst.

Ich rückte näher an ihn heran und lehnte meinen Kopf an

seine Schulter. Ob das stimmte – wir aus dem gleichen Holz geschnitzt konnten niemandem wehtun nur uns selbst? Er hatte mir wehgetan, weil er mich nicht geheiratet hat. Seine gefährliche Arbeit hätte unsere Liebe, unsere Ehe und das Kind zerstört, das befürchtete er. Seine Arbeit war ihm wichtiger als unsere Liebe, das hatte ich verstanden. Er hatte großen Mut, den Menschen zu helfen, die in Not waren und brauchte nun endlich auch mich dazu. Wir hätten etwas, um das wir uns gemeinsam kümmern müssten: Ellie Schürmann. In meinem Zimmer könnte sie nicht mehr seine Geliebte sein. Sie würde mit mir das Bett teilen. Er würde sie bringen und abholen und sie vielleicht auch zwischendurch besuchen, falls sie doch länger als zwei Tage bliebe. Wir würden uns sehen. Eine gemeinsame Sache verfolgen. Ja, ich wollte ihn an mich binden und wenn Ellie Schürmann ihn mir zurückbringen könnte, dann war ich bereit, sie in meinem Zimmer zu verstecken.

Ja, sagte ich mit halb geschlossenen Augen. Ich helfe dir.

Er drückte meine Hand. Das bedeutet mir sehr viel. Ich wusste, du wirst mir – und Ellie – helfen. Dann streichelte er vorsichtig meinen Bauch und sagte:

Wann soll das Baby denn kommen?

Ich schwieg.

Er beugte sich über mich, küsste mich zärtlich und flüsterte das Heine Gedicht zwischen den Küssen in mein Ohr:

*Mein Liebchen, wir saßen beisammen,*

*Traulich im leichten Kahn.*

*Die Nacht war still, und wir schwammen*

*Auf weiter Wasserbahn.*

Er hielt mich lange in seinen Armen. Dann zog er mich aus, die Jacke, die Bluse, alles, was ich anhatte, und holte seine Kamera.

Ich möchte Fotos von unserem Kind machen Er löste die Kämme aus meinem Haar und fotografierte mich. Von vorn, von der

Seite, auf dem Sofa sitzend, liegend, immer wieder. Schließlich legte er die Kamera beiseite, zog sich aus und kam zu mir. Zum letzten Mal, dachte ich, und wünschte, dass die Zeit für immer stehenbleiben würde.

# NACHTWACHE

Nach dem Abendbrot setzte ich mich zu Oma und Tante Luise in die Stube. Onkel August war zu seinem Stammtisch gegangen und Kasimir auf sein Zimmer neben dem Kuhstall. Oma sah mich misstrauisch an, als ich die Wohnstube betrat. Was ich denn im Schilde führte, wollte sie wissen. Ich käme doch sonst abends nicht mit in die Stube.

Ich öffnete die Zeitung, die auf dem Nähtisch lag. *Der Stürmer,* das offizielle Organ der Nazis, berichtete nichts von dem, was Onkel August von den Studenten, die in München beim Verteilen von Anti-Nazi Flugblättern geschnappt waren, erzählt hatte. Man hätte sie unter dem Vorsitz von dem Schreihals aus Berlin zum Tode verurteilt, hatte Onkel August gesagt. Er mochte Richter Freisler nicht, den man für ein paar Stunden nach München eingeflogen hatte, um das Urteil zu verkünden. Die Eltern waren im Gerichtssaal anwesend, hatte Onkel August gesagt, sie durften ihren Kindern sogar *Auf Wiedersehen* sagen, bevor sie mit dem Fallbeil, nach Onkel August dem einzig Nützlichen, was je aus Frankreich eingeführt worden war, enthauptet wurden. Mir war das Essen im Hals stecken geblieben. Ich schaffte es gerade noch bis zur Waschküche, wo ich alles auswürgte. Den Rest des Tages verkroch ich mich im Taubenschlag, versuchte zu schreiben, las Gedichte, aber das furchtbare Ende der jungen, mutigen Studenten ging mir nicht aus dem Sinn.

Alles in Ordnung? fragte die Oma. Wo warst du denn den ganzen Nachmittag?

Die Studenten gingen mir nicht aus dem Kopf. Das Mädchen war nicht mal so alt wie ich, schluchzte ich. Den ganzen Tag stand mir ihr Bild vor Augen. Die letzte Umarmung mit den Eltern, der letzte Satz. Was mochte sie gefühlt haben? Was hätte ich gefühlt?

Denk nicht darüber nach, sagte Oma. Wir können ja doch nichts ändern.

Ich starrte durch die dünne Gardine in die Nacht hinaus. Wolfgang musste auch mit der Angst vor dem Fallbeil leben. Und das kam nun sogar auf mich zu. Wie konnte ich mich nur auf so etwas eingelassen haben. Sollte ich alles abblasen? Oma könnte ich einweihen. Sie könnte die beiden später an der Tür in Empfang nehmen und wieder zurückschicken. Ob sie das machen würde? Liesel hätte sicher gleich ja gesagt. Es gab niemanden, mit dem ich darüber sprechen konnte.

Vielleicht stimmt es auch gar nicht, was Onkel August von seinen sogenannten ganz geheimen Quellen gehört hat, sagte Oma. Hol doch lieber das Buch, das Toni dir zur Hochzeit geschenkt hat. Ich würde gern mal die Bilder ansehen. Ein Bildband über Amerika. Da wollte Toni immer hin. Seit ihrer Schulzeit war Amerika ihr Traum, der nun wohl ausgeträumt war. Ihr Mann war eingezogen worden und ein zweites Kind unterwegs. Ich raffte mich auf und stieg die Treppen hoch. Die Katze begleitete mich. Auf jedem Absatz machte ich eine Verschnaufpause. Dann noch die steile Treppe. Ich ließ mich aufs Bett fallen, das ich für den Besuch vorbereitet hatte. Das zweite Federbett war überzogen, das zweite Kopfkissen aufgeschüttelt, so als käme Wolfgang unerwartet zu Besuch. Von allem gab es zwei – Handtücher, Waschlappen, Nachttöpfe. Jedoch nur ein Bett. Ein großes knarrendes Bett. Wenn Ellie es nicht mit mir teilen wollte, könnte sie zur Not auch auf einer Matratze hinter der Trennwand in dem niedrigen, dunklen Raum schlafen den nur die Katze und die Mäuse besuchten. Dort würde sie sich vielleicht sicherer fühlen. Vor Mitternacht kämen sie nicht, hatte Wolfgang gesagt.

Morgen früh müsste ich Milchkaffee und Brot hochbringen.

Als ich in die Stube zurückkam, war Oma eingeschlafen. Die Katze sprang auf meinen Schoß. Tante Luise saß aufrecht in ihrem Schaukelstuhl und starrte nach draußen. Sie schaukelte nicht. Das schien zu viel Kraft zu kosten. Irgendetwas zu verändern, wie ihre Sitzhaltung oder im faltenlosen Gesicht die hellen Augen auch nur zusammenzukneifen, die von geraden Augenbrauen, wie von Laternenstangen gehalten wurden, war zu anstrengend. Wie eine Wachsfigur saß sie im Stuhl. Seit Ende des ersten Krieges war sie mit Onkel August verheiratet, der fast zehn Jahre jünger war. Eine Cousine hatte ihren Cousin geheiratet, um zwei Höfe zusammenzubringen, sagte Oma, nicht zwei Menschen. Sie redeten nicht miteinander, sie fassten sich nicht an und ihre Betten standen weit voneinander entfernt. Toni hatte alles genau untersucht. Das Nachtschattengewächs und der Kotzbrocken machen keine Kinder, sagte sie. Der Führer hat's verboten und stell dir nur vor, was dabei herauskäme. Undenkbar! Sie schüttelte sich vor Abscheu.

Oma öffnete die Augen, als sich Tante Luise aus dem Schaukelstuhl erhob.

Willst du mit uns noch ein paar Fotos ansehen? fragte ich.

Nein, sie sei müde, immer müde, sagte sie und hoffe, etwas zu schlafen, bevor August zurückkomme. Sie verließ leise die Stube.

Deine Mutter und Tante Luise haben etwas gemeinsam, sagte Oma. Sie sind ja Cousinen und das sieht man.

Wie meinst du das?

Wenn Luise in die Weite starrt, sieht sie, so wie deine Mutter, kein Licht am Ende vom Tunnel, nur ein schwarzes Loch. Aber Luise hat Angst in das schwarze Loch zu fallen, deshalb sind ihre Augen immer offen und sie findet keinen Schlaf. Deine Mutter dagegen hatte keine Angst, sie wollte fallen. Das war für sie der einzige Weg, aus dem

Tunnel rauszukommen.

Und ich bin ihre Tochter, nicht eine entfernte Cousine – was habe ich denn von Mutter geerbt?

Du fällst nicht in das schwarze Loch, sagte Oma ohne nachzudenken. Du siehst immer ein Licht am Ende vom Tunnel.

An dem Abend sah ich kein Licht. Ich hörte auf die Geräusche von draußen. Wann würde sich die Verandatür öffnen? Sollte ich mich auf die Treppe setzen, oder oben im Taubenschlag auf sie warten, wo ich auf der Maschine tippen könnte. Das hatte mich immer beruhigt. Aber oben würde ich die Haustür nicht hören. Oma blätterte im Fotoalbum. Schöne Bilder, sagte sie. Ob Toni da mal hinkommt?

Onkel August kam zurück, warf ein paar Zeitungen auf den Tisch und nuschelte, dass die Deutschen wieder die Oberhand hätten – gottseidank.

Wo haben sie die Oberhand? fragte Oma.

Im Krieg natürlich.

Hatten sie die nicht von Anfang an?

Er schüttelte den Kopf und verließ die Stube.

Als Oma auch zu Bett gegangen war, setzte ich mich, in eine Decke gewickelt, auf die Stufen neben den großen Truhen, die einen feinen Geruch von Zucker und Sirup verbreiteten. Es erinnerte mich an Herbstabende mit Rübenwagen und Laternen auf den dunklen Dorfstraßen und an den Duft von Backäpfeln auf der glühenden Ofenplatte. Die Kirchturmuhr schlug jede Viertelstunde. Von der Bahnstation mussten sie zu Fuß kommen. Ellie mit einem Koffer und Wolfgang neben ihr. Er würde ihren Koffer tragen. Obwohl ein Hund zu bellen anfing? Und wo wird Wolfgang hingehen, wenn er sie abgeliefert hat? Nachts fahren keine Züge mehr. Er hatte mich nicht gefragt, ob er hier übernachten könne. Vielleicht geht er zu seinem Vater.

Die Kirchturmuhr schlug wieder. Ich musste eingenickt sein.

Auf einmal sah ich den Schein einer Taschenlampe, Schatten, Schritte. Die Taschenlampe leuchtete mir ins Gesicht.

Hier sind wir, flüsterte Wolfgang. Geh voran, ich leuchte.

Ich erhob mich vorsichtig auf meine wackeligen Beine. Er fasste mich unter den Arm. Ich streckte meinen Rücken und ging schweigend an den Truhen vorbei, die kleine Leiter hoch bis zur Tür zum Taubenschlag. Wolfgang griff von hinten mit einer Hand über den Schalter. Er wollte kein Licht. Im Schein der Taschenlampe setzten wir uns aufs Bett. Ellie hatte einen dunklen Mantel an, die Kapuze war weit über die Augen gezogen. Wolfgang stellte eine Tasche hinter die Trennwand und gab mir einen Zettel. Meine Telefonnummer, sagte er. Hier kannst du mich erreichen. Am besten du behältst die Nummer im Kopf und verbrennst den Zettel.

Ich steckte ihn in meine Schürzentasche.

Könnt ihr im Dunkeln zurechtkommen? fragte er. Ich brauche die Taschenlampe für den Rückweg. Macht kein Licht an. Redet ganz leise oder am besten gar nicht. Und kann ich die Verandatür auf lassen?

Ja, ja. Sie ist nie verschlossen.

Dann verschwand er und ich war allein mit meinem Gast. Eine trübe, regnerische Nacht. Durch das Fenster fiel kaum Licht. Ellie saß in Mantel und Kapuze auf der Bettkante mit dem Rücken zu mir.

Ich bin Karla, sagte ich.

Stille.

Sie können Ihren Mantel ausziehen und ins Bett gehen. Oder ich kann Ihnen das Zimmer zeigen.

Sie bewegte sich nicht. Ich machte eine Kerze an.

Hier ist das Waschbecken und ein Krug mit Wasser. Ich deutete auf die Waschkommode. Ellie drehte sich nicht um. Ich sprach leise weiter, machte hinter jedem Satz eine Pause und wartete auf eine Antwort. Sie sagte nichts.

Und unter dem Bett ist ein Nachttopf. Bitte fühlen Sie sich wie zuhause. Ich kümmere mich um alles. Morgen früh, wenn es hell ist, zeige ich Ihnen das Zimmer. Wir schlafen zusammen in diesem großen Bett, wenn Ihnen das Recht ist. Oder möchten Sie lieber auf der Matratze unter dem schrägen Dach schlafen. Dort ist es eng und dunkel, es gibt keine Fenster.

Sie schwieg.

Neben der Kommode steht ein Stuhl, wo Sie ihre Kleider hinlegen können, und vor dem Fenster ist ein kleiner Tisch, da stelle ich morgen das Essen hin. Sie können alles benutzen, was hier im Zimmer ist, die Bücher in den Regalen, meine Sachen in der Kommode, alles, außer der Schreibmaschine, denn das Tippen könnte man hören.

Sie zog die Schuhe aus und verkroch sich im Mantel unter dem Deckbett. Ich verriegelte die Tür und hängte den Schlüssel an den Haken daneben. Im Dunkeln zog ich mein Nachthemd an, setzte mich gegen mein Kopfkissen gelehnt ganz auf die rechte Seite des Bettes und streichelte meinen Bauch. Das Baby strampelte.

Wissen Sie, dass ich schwanger bin?

Keine Antwort

Im sechsten Monat, sagte ich. Vielleicht ist es schon der siebte.

Sie sagte nichts.

Bis zur Geburt ist alles längst vorbei, fügte ich schnell hinzu. Bis dahin haben Sie bestimmt eine bessere Bleibe. Wolfgang hat ja nur von ein oder zwei Tagen bei mir gesprochen.

Ellie rührte sich nicht.

Ich saß noch lange gegen die Kopfleiste vom Bett gelehnt. Wer war Ellie Schürmann? Wirklich nur eine zufällige Bekanntschaft von Wolfgang, die Hilfe brauchte? Oder doch seine Geliebte? Was wusste sie von mir? Morgen würde ich mehr erfahren. Bei Licht würde alles anders aussehen, auch Ellie Schürmann. Vielleicht bringt

Wolfgang sie ja morgen schon ins nächste Versteck.

Ellie Schürmann atmete regelmäßig und leise neben mir. Ob sie noch wach war? Ich rutschte schließlich unter mein Federbett und schlief irgendwann ein.

# STUMME BETTGENOSSEN

Am nächsten Morgen lag Ellie nicht mehr neben mir. Ich rief leise ihren Namen, aber es kam keine Antwort. Ich lugte in die Öffnung bei der schrägen Wand und unters Bett. Die Tür war immer noch verschlossen, der Schlüssel hing an seinem Platz. Ich öffnete das Fenster, ein kalter Nieselregen blies herein. Ich sah in den Garten. Keine Spur von ihr. An der Hauswand gab es nichts zum Festhalten, Klettern war unmöglich und einen Sprung aus dem Fenster hätte sie nicht überlebt.

Ich zog mich an, setzte mich auf den Stuhl am Fenster und wartete einige Minuten, ob sich mein Gast wohl zeigen würde. Nichts bewegte sich hinter der Trennwand, alles war still. Gestern Abend waren Mäuse in der Wand hinter dem Bett herumgekrochen, jetzt schlief alles, vielleicht auch Ellie. Ich ging nach unten. Onkel August saß am Küchentisch aß ein Butterbrot und ein weichgekochtes Ei. Die Frauen wuschen Geschirr und rührten Teig für den Semmel. Ich schnitt ein paar Scheiben Brot ab, schmierte Butter und Marmelade darauf und lud alles mit einer großen Tasse Lindeskaffee und viel Milch auf ein Tablett.

Bitte, mach die Tür auf, bat ich Onkel August. Ich frühstücke oben.

Was sind das denn für Manieren, grummelte er. Bist du was Besonderes?

Seit Mutters Tod aßen wir jeden Morgen nach dem Misten und Melken in der Küche zusammen Frühstück, eine Sitte, die zu Mutters Zeiten undenkbar gewesen wäre. Sie machte, was sie wollte. Ohne

Rücksicht auf die Familie kam sie selten zum gemeinsamen Kaffeetrinken und nach dem Zwischenfall mit Toni – als sie Onkel August ins Gesicht geschlagen hatte – erschien sie auch nur noch selten zum Mittagessen, verzog sich stattdessen in den Garten oder auf ihr Zimmer.

Das habe ich von Mutter gelernt und bei Könnekers wieder entdeckt, sagte ich. Mit meiner Schwiegermutter konnte ich nicht an einem Tisch sitzen. Sie hatte an allem, was ich machte, etwas auszusetzen. Dort habe ich gelernt, allein zu essen und das mache ich erst mal weiter so. Heute esse ich auf meinem Zimmer, morgen vielleicht in der Küche.

Komische Sitten. Onkel August wandte sich an die Frauen. Wie findet ihr das denn?

Oma sagte, Karlchen muss das selber entscheiden. Sie ist schwanger und das verändert ihren Appetit und ihre Stimmung. Lass sie in Ruhe. Sie zwinkerte mir zu und öffnete die Tür.

Ich jonglierte das Tablett, zählte die Stufen – zuerst zwölf, dann acht und dann die Leiter mit den breiten Sprossen. Von Ellie Schürmann keine Spur. Sie musste im Zimmer sein. Ich hatte den Schlüssel bei mir. Ich stellte Brot und Kaffee auf den Tisch vors Fenster. Ich rief leise ihren Namen wartete eine Weile und ging schließlich wieder nach unten.

Im Flur stand das Telefon. Ich wählte die Nummer, die Wolfgang mir gegeben hatte. Ob er wohl am Abend käme, um Ellie wieder abzuholen? Aber niemand antwortete.

Zu Mittag gab es Weißkohleintopf, was ich wieder nach oben brachte, als die alten Leute ihr Nickerchen hielten. Von Ellie keine Spur. Aber als ich das Abendbrot hochbrachte, war der Teller vom Mittag leer und das Brot verschwunden. Ich spannte Papier in die Maschine und begann zu tippen. Ich musste mit jemand reden, auch wenn es nur meine Schreibmaschine war. Wolfgang hatte mir eingehämmert Namen nirgendwo aufzuschreiben, überhaupt nichts Schriftliches über sie zu hinterlassen. Ich tippte eine Geschichte ohne Namen ohne Ort, ohne Zeit. Meine Schreibmaschine verstand alles. Die Kirchturmuhr schlug zehn. Ich zerriss das Papier und ging ins Bett. Da kroch Ellie ganz leise hinter der Trennwand hervor. Im dunklen Mantel mit Kapuze über dem Kopf tastete sie sich rückwärts bis ans Bett heran und schlüpfte hinein.

Ellie? fragte ich. Wie geht es Ihnen? Brauchen Sie etwas?

Keine Antwort.

Ellie, bitte, sagen Sie was. Sie atmete ganz gleichmäßig und schien, als ich immer wieder versuchte, mit ihr zu reden, schon eingeschlafen zu sein.

Am nächsten Tag das gleiche. Sie versteckte sich tagsüber unter der Dachschräge und kroch nachts, wenn alles dunkel war, ins Bett Sprechen wollte sie nicht. Irgendwo ganz am Ende der schrägen Wand hatte sie vielleicht den alten Taubenschlag gefunden, wo sie sich sicher fühlte. Ich stellte ihr Essen auf den Tisch vor das Fenster, füllte den Wasserkrug, leerte Waschwasser und Nachttopf, ohne ein Wort mit ihr zu sprechen. Dann legte ich Stift und Papier neben den Teller. Vielleicht würde sie mir ja was schreiben wollen? Nein, das tat sie nicht. Auch ihr hatte Wolfgang sicher eingebläut, keinerlei schriftliche Spuren zu hinterlassen, nichts, auch kein *Guten Morgen* oder *Danke.*

Wolfgang meldete sich nicht. Am Telefon hörte man nur das Besetztzeichen.

# DEUTSCHSTUNDE

Sonntag. Oma und Tante Luise sind zur Kirche gegangen. Danach saßen wir um den Küchentisch zum Mittagessen – Kartoffeln mit viel Soße und wenig Fleisch, dazu Kohlgemüse. Oma griff zum Messer und hielt es Kasimir vor die Nase.

Messer, sagte sie und wartete bis er es wiederholte. Dann zeigte sie auf den Teller und ließ ihn das Wort nachsprechen. Dasselbe mit Löffel, Gabel, Stuhl, Tisch. Sie sagte jedes Wort ganz langsam und ließ ihn alles wiederholen.

Genug! wetterte Onkel August plötzlich und schlug mit der Faust auf den Tisch. Wir wollen doch aus ihm keinen Deutschen machen.

Wir wollen uns aber mit ihm unterhalten, erwiderte Oma, denn du sagst ja nie was.

Wir wär's denn mit *Jude*? Onkel August zeigte auf ein Foto in der Zeitung, die er vom Stammtisch mitgebracht hatte. Ein typischer Jude, stand unter dem Foto, mit hängenden Schultern, großer Nase, lockigem Haar und dicken Lippen.

Ja, das sollte er lernen, sagte er, aber sicher kennt er das alles schon, denn die Polen mögen auch keine Juden.

Kennst du denn Juden? fragte ich.

Selbstverständlich, fauchte er. Witte, der Besitzer vom Textilladen ist Jude und er weiß, wie man den Leuten das Geld aus der Tasche zieht.

Falsch, sagte Oma, Witte ist kein Jude, er hat den Laden von einem Juden gekauft, der wegzog, als Hitler an die Macht kam. Aber unser Viehhändler Nussbaum war Jude.

Der kleine Nussbaum von Rosenthal? Onkel August schien überrascht.

Ja, er wohnte in der Judengasse, sagte Oma, erinnerst du dich nicht?

Hmm, murmelte er und sah auf das Foto in der Zeitung.

Hat er so ausgesehen? fragte ich.

Weiß ich nicht mehr. Er schob die Zeitung weg.

Nein, sagte Tante Luise auf einmal, er hatte immer eine Mütze auf, so wie du, die alle Haare bedeckte. Ob die lockig waren, sah man nicht. Seine Nase war klein und die Lippen dünn.

Meine Frau hat ihn scheinbar genau angesehen, wenn er Vieh abgeholt hat, brummte Onkel August.

Und du mochtest ihn, sagte Oma.

Er war ein guter Geschäftsmann. Hat immer pünktlich gezahlt.

Jetzt gibt's in der Judengasse keine Juden mehr, sagte Oma.

Besser ohne die, zischelte Onkel August.

Warum? fragte ich.

Ihr wisst alle, warum, rief er, stieß gegen den Tisch, dass die Teller klirrten, stand auf und ging. Kasimir sah Oma an, die resolut und unbeeindruckt vom Abgang ihres Sohnes die Deutschstunde fortsetzte: Kartoffeln, Soße, Salz. Kasimir wiederholte jedes Wort. Was dachte er wohl? Konnte er schon besser Deutsch, als er vorgab? Er sprach selten, aber verdrehte die Augen und neigte den Kopf so als ob er alles verstand.

Zum Abendbrot gab es Sülze auf Brot mit sauren Gurken und Brühe. Ich machte einen Teller für Ellie in der Speisekammer fertig. Nur Oma sah mich mit vollen Händen rausgehen, öffnete mir die Küchentür und sagte:

Sei vorsichtig, Karlchen, ganz vorsichtig.

Der Regen war stärker geworden, er trommelte auf das Dach. Ich zündete die Kerze an und kroch ins Bett. Ellie kam schließlich -

immer noch in Mantel mit Kapuze - aus ihrem Versteck hervor und näherte sich rückwärts dem Bett.

Ich blies die Kerze aus.

Bitte, Ellie, rede mit mir. Sag mir, wie du Wolfgang kennengelernt hast.

Ich lag auf dem Rücken und starrte die Holzbalken über mir an.

Wann soll dein Kind kommen? sagte sie plötzlich mit ängstlicher Stimme. Die ersten Worte, die ich von ihr hörte.

Die Hebamme sagt Ende Mai.

Und was haben wir jetzt?

Mitte März. Heute ist Sonntag. Ich bin nicht in die Kirche gegangen, aber meine Oma und meine Tante Luise sind hingegangen und haben sicher auch für uns gebetet.

Für mich haben sie nicht gebetet, sagte Ellie zögernd. Ich bin Jüdin.

Meine Oma betet für alle auf der ganzen Welt, auch für dich. Sie weiß allerdings nicht, dass du hier oben bist.

Bist du sicher?

Nicht wirklich. Aber sie würde es niemand erzählen. Was möchtest du sonst noch über die Leute wissen, die hier im Haus wohnen? Ich versuchte krampfhaft, unsere Unterhaltung weiterzuführen.

Dein Onkel, sagte sie.

Was über meinen Onkel? Er arbeitet den ganzen Tag auf dem Feld und abends geht er in die Gastwirtschaft.

Mehr, sagte Ellie. Ist er in der Partei?

Ja, und das ist gut für dich. Er hat eine wichtige Position in der Partei. Deshalb wird die Polizei hier nicht nach dir suchen.

Wenn sie Verdacht schöpfen, kommen sie auch hierher, sagte sie.

Lass uns über was anderes reden. Ich drehte mich zu ihr um. Sie drehte sich auch, aber weg von mir und fragte: Was passiert, wenn dein

Kind früh geboren wird?

Bis dahin hat dich Wolfgang längst bei anderen Leuten untergebracht, wo es hoffentlich größer und bequemer ist als hier. Eigentlich wollte er dich schon längst woanders versteckt haben, aber er meldet sich gar nicht.

Ellie lag mit dem Rücken zu mir, die Kapuze über ihre Augen gezogen und schwieg. Ob sie sich um Wolfgang auch Sorgen machte? Warum er sich gar nicht meldete. Ich wählte jeden Tag die Nummer, die er mir gegeben hatte, aber keine Antwort. Wo er wohl war? Wieder an der Front? Sie wollte das Thema nicht anschneiden.

Der Krieg ist bald vorbei, sagte ich, um sie auf andere Gedanken zu bringen.

Woher weißt du das?

Ich habe meinen Onkel am Telefon gehört, er hat von einer Demonstration in Berlin gesprochen, ganz leise, das sollte sicher niemand hören, aber ich habe die Ohren gespitzt. In Berlin sollen Frauen auf der Straße stehen und die Freilassung ihrer jüdischen Männer fordern und die Polizei hat sie nicht festgenommen. Mein Onkel findet das unglaublich. Sowas hätte es unter Hitler noch gar nicht gegeben, dass Frauen für ihre jüdischen Männer den Kopf hinhalten und die Polizei nicht eingreift. Ich denke, es muss ein Zeichen dafür sein, dass alles bald vorbei ist.

Erzähl mehr darüber, bitte.

Ich weiß nicht viel mehr, mein Onkel nuschelt furchtbar und hat leise gesprochen. Er hat die Rosenstraße erwähnt. Dort steht ein Gebäude, wo die Männer gefangen gehalten werden und die Frauen draußen ihre Freilassung. verlangen. Die Polizei hat die Frauen aufgefordert, nach Hause zu gehen, aber sie sind scheinbar immer noch da. Und es werden immer mehr.

Kennst du Berlin?

Ja, ein bisschen.

Erzähl was von Berlin. Warst du mal da? Ich kenne es gar nicht und würde gern mal hinfahren, wenn der Krieg vorbei ist.

Ich habe dort einen Onkel, sagte Ellie leise, den ich früher öfter mit meiner Mutter besucht habe. Er wohnt in der Oranienburgerstraße in einem Hinterhof, ganz in der Nähe von der Synagoge und ist mit einer Christin verheiratet.

Vielleicht sitzt er auch in dem Gebäude und deine Tante kämpft auf der Straße für seine Freilassung?

Vielleicht.

Und wenn er rauskommt, kannst du nach Berlin fahren und bei ihm wohnen. Vielleicht sind deine Eltern auch dort.

Nein, sagte Ellie. Meine Eltern sind nicht in Berlin. Man hat sie schon vor einem Jahr abgeholt. Ich war nicht zu Hause, deshalb bin ich noch am Leben.

Sag das nicht, Ellie, sie kommen sicher wieder zurück, wenn der Krieg vorbei ist. Weißt du denn, wo sie hingekommen sind?

Nach Riga, sagt der Onkel aus Berlin.

Riga. Das ist weit weg.

Das muss sie erschreckt haben. Sie zog sich die Decke über den Kopf. Ich rückte näher an sie heran und griff nach ihrer Hand. Sie zog sie weg und sagte nichts mehr.

Ich konnte nicht einschlafen und wäre am liebsten an die Schreibmaschine gegangen, um alle Fragen, die ich hatte, auf weißes sauberes Papier zu tippen. Die Gastwirtschaft in Hannover – war sie da schon untergeschlüpft, als Wolfgang und ich nach dem Spaziergang zur kleinen Brücke, wo er mich fotografiert hatte, dort einkehrten? Hatte sie gar keine Familie mehr? Hat Wolfgang ihr die Familie ersetzt? Was für eine Beziehung hatte sie zu meinem Geliebten? War er überhaupt noch mein Geliebter? Oder hatte Ellie mich ersetzt und alles war längst vorbei? Nicht für mich, nein. Ich kuschelte mich unter das Deckbett und flüsterte ganz leise meinen Namen: Karrrla, so

114

wie er es immer gesagt hat, Karrrla mit dem gerollten R. Meine Beine zitterten. Ich presste sie zusammen. Wo war er nur? An der Front? Nein, bei mir. Neben mir im Bett. Ich fühlte seinen Atem in meinem Gesicht, eine Hand auf meinem Arm; Finger betasteten meine Wangen, meine Brüste; seine Lippen berührten meine Augen, küssten meinen Mund. Ich zog mir das Deckbett fest über den Kopf und wanderte mit meinen Fingern dahin, wo ich ihn gefühlt hatte. Immer tiefer tasteten sie sich in mich hinein und suchten nach dem, was Wolfgang mir gegeben hatte.

Karla, hörte ich auf einmal. Karla. Sag was.

Schweißgebadet warf ich das Deckbett von mir. Ellie beugte sich über mich. Zöpfe baumelten mir ins Gesicht.

Waren das die ersten Wehen? fragte sie ängstlich.

Nein, nein.

Du hast gestöhnt. Ich habe Angst.

Ich stand auf und wischte mir mit dem nassen Waschlappen über Gesicht und Hals.

Es waren keine Wehen, sagte ich. Ich habe nur geträumt.

# HAUSDURCHSUCHUNG

Freitagabend. Wir Frauen machten die Küche sauber, als Onkel August die Tür aufstieß und außer Atem auf einen Stuhl fiel. Seine kleinen runden Augen flackerten wie eine defekte Glühbirne. Tante Luise griff nach seiner Hand. Was ist los? Du zitterst ja. Er versuchte seine Hand wegzuziehen, aber seine Frau hielt sie fest. Sie setzte sich neben ihn. Sag, was ist passiert?

Onkel August schnappte nach Luft: Die Gestapo hat gestern Nacht das Haus vom Prediger durchsucht.

Meinst du Pastor Mommsen? Tante Luise blickte zur Oma.

Wen denn sonst? zischte er seine Frau an. Sie stand auf und ging ans andere Ende vom Tisch.

Und was ist passiert? fragte Oma ruhig.

Sie haben alles durchgewühlt. Mitten in der Nacht. Er schnappte wieder nach Luft.

Und dann? Seine Mutter stand vor ihm.

Mitten in der Nacht haben sie ihn aus dem Bett geklingelt. Er konnte sich nicht mal anziehen.

Wonach haben sie denn gesucht?

Nach einer Frau – Jüdin. Wolfgang soll sie kennen. Er sank tiefer in den Stuhl, sein Kopf schlug auf die Tischplatte.

Und haben sie was gefunden?

Nichts. Gar nichts haben sie gefunden.

Warum denn dann die Aufregung?

Einen Saustall haben sie hinterlassen.

Das machen sie doch immer so, sagte Oma und sah zu mir herüber.

Die Wohnung von seinem Sohn in Hannover haben sie auch durchsucht. Onkel August drehte sich zu mir um. Kasimir war in der Küchentür erschienen und hatte alles mit angehört. Ich hielt mich an der Tischkante fest. Meine Beine schienen unter mir wegzusacken.

Was ist? fragte die Oma. Kommen die ersten Wehen?

Ich weiß nicht, sagte ich. Mir ist so komisch. Ich glaube, ich muss brechen.

Luise, schnell, hol einen Eimer. Oma griff mir unter die Arme, aber bevor Luise auf die Beine kommen konnte, hatte Kasimir schon einen Kücheneimer geschnappt und hielt ihn vor mich.

Tief durchatmen, sagte die Oma. Langsam und gleichmäßig atmen und dabei zählen – eins – zwei – drei – vier, ganz tief atmen und zählen. Sie fühlte an meinem Bauch herum.

Alles ruhig, meinte sie. Wird noch ein Weilchen dauern. Ist ja auch noch zu früh.

Alle standen um mich herum und beguckten meinen Bauch. Da sagte Onkel August: Du kennst doch den Sohn vom Prediger. Hast du ihn vielleicht neulich in Hannover besucht? Wenn die Gestapo hier auch noch auftaucht, dann bist du schuld. Und nach kurzer Pause, Ich habe eine reine Weste.

Nun mal langsam, sagte Oma, sollen wir über die Spanferkel und die zwei-Minuten-Eier reden, ohne die du nicht auskommen kannst?

Das hat damit nichts zu tun. Onkel August sah hilfesuchend zu seiner Frau, die sich in Schweigen hüllte. Kasimir spitzte die Ohren und die Oma schimpfte, Mach Karlchen doch nicht so Bange – in ihrem Zustand.

Na ja, sagte er, Wolfgang Mommsen suchen sie auch und ich hoffe, er taucht hier nicht auf. Mit denen ist nicht zu spaßen.

Ich schloss die Augen und drückte Omas Hand ganz fest.

Wolfgang war verschwunden oder vielleicht schon geschnappt. Ich würde ihn nie wiedersehen. Und Ellie war in meinem Zimmer. Wenn man sie findet, dann enden wir alle im Gefängnis.

Wird schon alles werden, Karlchen, sagte Oma als ob sie meine Gedanken lesen könnte. Mach dir man keine Sorgen. Ich bring dich jetzt auf dein Zimmer, oder willst du in der Stube auf dem Sofa schlafen?

Nein, nein. Ich geh nach oben. Das schaff ich schon.

Sie half mir auf die Beine und brachte mich zur Treppe. Sei vorsichtig, sagte sie wieder, ganz vorsichtig. Kasimir kann dich begleiten. Geh jetzt nicht allein die vielen Stufen hoch.

Ich setzte mich auf den Treppenabsatz, kalt und zittrig, und überlegte, ob Kasimir der richtige Begleiter war. Da kam er schon mit einer Taschenlampe und setzte sich neben mich. Nur ein paar Minuten, sagte er. Ganz still. Dann nahm er behutsam meinen Arm und stützte mich auf dem Weg nach oben. Als wir die Tür zum Taubenschlag erreichten, drehte ich mich um und sagte laut:

Danke Kasimir und Gute Nacht, so dass Ellie mich hören und sich verstecken konnte, falls sie im Bett lag. Kasimir hielt die Taschenlampe auf die Fußmatte gerichtet, als wüsste er, dass unter ihr der Schlüssel lag. Er machte keine Anstalten, wegzugehen. Sobald ich die Tür aufgeschlossen hatte, fasste er mit der Hand nach dem Lichtschalter. Ich nahm seine Hand von der Wand weg und zog die Tür zu.

Der Schalter ist nicht neben der Tür.

Warum? fragte er.

Weil es mein Zimmer ist.

Etwas hatte sich im Zimmer bewegt, was Kasimir auch gemerkt haben musste. Besuch? sagte er.

Nein, sagte ich und fühlte, wie mir das Blut in den Kopf stieg.

Die Katze schläft gern unter der Bettdecke. Ich schob ihn von der

Tür weg.

Die Katze, wiederholte er und verschwand.

Würde er mich verpetzen? Aber an wen? Einem polnischen Gefangenen glaubte niemand. Und wenn die Gestapo käme – was würde ich tun? Ich besaß weder die Kraft noch den Mut oder die Stärke, die Wolfgang hatte, um Ellie zu beschützen. Ich fürchtete, dass ich sie verraten würde, wenn die Gestapo mich in die Zwänge nähme. Solche Gedanken rüttelten durch meinen Kopf, als wäre er eine leere Kugel. Im Nachtschrank fand ich Aspirin. Dann hob Ellie die Decke hoch. Das Zimmer war dunkel.

Was ist passiert? fragte sie leise.

Ellie, ich atmete tief durch. Willst du es wissen?

Sie bewegte sich nicht.

Es geht um Wolfgang.

Schweigen.

Soll ich weiterreden? Ich drehte mich zu ihr hin, konnte ihr Gesicht nicht sehen, aber ich hörte ein knirschendes Geräusch, vielleicht von ihren Zähnen.

Ellie, ich rückte näher an sie heran und legte meinen Arm auf ihre Decke.

Die Gestapo war gestern Nacht hier.

Sie zog die dicke Decke über ihren Kopf. Hör auf, schien das zu bedeuten, aber ich redete weiter. Sie waren nicht bei uns, aber bei Pastor Mommsen, Wolfgangs Vater.

Sie lüftete die Decke.

Dann haben sie Wolfgangs Wohnung in Hannover durchsucht.

Sie kroch aus dem Bett und setzte sich auf die Kante mit dem Rücken zu mir.

Sie suchen nach dir und nun hat Kasimir dich auch schon fast gesehen. Aber ich glaube, sie kommen nicht zu uns. Mein Onkel hat einen Parteiposten. Niemand wird hierherkommen und nach einem ...Flüchtling...suchen. Ich wollte *Juden* sagen, konnte aber das Wort nicht über die Lippen bringen.

Wo ist Wolfgang? fragte sie.

Sie suchen ihn auch.

Langes Schweigen.

Möchtest du über Wolfgang reden? fragte ich zögernd.

Oder sollen wir überlegen, was wir machen, wenn die Gestapo an unsere Tür klopft?

Da gibt's nichts zu überlegen. Ich springe aus dem Fenster.

Ich auch, sagte ich leise.

Ellie drehte sich ganz langsam um und sah mir durch das Dunkel hindurch ins Gesicht. Zum ersten Mal sahen wir uns in die Augen, ohne viel zu erkennen, Sie hatte die Kapuze immer noch tief im Gesicht und es war dunkel.

Spring nicht, sagte sie ganz ruhig. Du wirst überleben. Wolfgang rettet dich bestimmt.

Wolfgang? Möchtest du über ihn reden? Sie starrte mich an, als wäre ich aus Glas.

Ich kenne ihn schon lange. Wir sind zusammen in der Bahn zur Schule gefahren. Und du? Wo hast du ihn denn kennengelernt?

Ellie sagte nichts mehr.

Warum sagst du denn nichts? – Wir beide kennen Wolfgang und ich würde gern wissen, wie du ihn kennengelernt hast und was er dir bedeutet.

Schweigen.

Nichts als Schweigen kommt von dir, wenn ich dich frage. Er sagte, dass er dich nach ein paar Tagen abholen würde. Das war vor einigen Wochen. Nun suchen sie auch nach ihm und du sagst kein Wort.

Meine Schläfen pochten. Ich presste meine Hände fest dagegen und fühlte das Blut durch die Adern pumpen. Fieber, dachte ich, oder die ersten Wehen. Oder Anzeichen einer Frühgeburt, die das Baby nicht überleben würde und ich auch nicht? Und Ellie? Wie lange könnte sie es wohl ohne mich hier oben aushalten? Ich stand auf und öffnete das Fenster. Die Mondsichel schien durch die Wolken, die Zweige vom Apfelbaum kratzten am Fensterbrett. Ein kalter Wind wehte ins Zimmer.

# BARUCH ATAH ADONAI

Erzähl mir von deiner Familie, begann ich am nächsten Abend, obwohl ich wirklich über Wolfgang sprechen wollte.

Du hast bestimmt Geschwister und was haben deine Eltern in Hannover gemacht?

Ich bin nicht aus Hannover, sagte sie. Da habe ich nur gearbeitet, in der Gastwirtschaft, in der du mit Wolfgang gegessen hast.

Das wusste sie also.

Meine Eltern hatten eine Schlachterei in Pattensen, einem kleinen Ort bei Hannover, und haben die Gastwirtschaft mit Wurst und Fleisch beliefert.

Eine Schlachterei? Ich dachte, die Juden sind alle Geschäftsleute.

In unserem Ort gab es viele jüdische Schlachterfamilien. Ich drehte mich zu ihr hin. Die Kapuze hielt sie fest unter dem Kinn zusammen. Es war dunkel im Zimmer, kein Mondlicht, keine Kerze.

Kurz nachdem meine Familie deportiert worden war, habe ich Wolfgang kennengelernt. In Hannover in der Gaststätte, die du ja kennst.

Ellie saß gegen das Kopfende des großen Holzbettes gelehnt und blickte geradeaus in den Spiegel auf der Waschkommode. Sie sprach nicht mit mir, sondern mit ihrem Spiegelbild, so wie Toni es gemacht hatte. Im Kerzenschein erkannte ich die Ähnlichkeit mit dem kleinen Foto, das ich in Wolfgangs Manteltasche gefunden hatte. Helle Augen, blonde Haare.

Was hat Wolfgang denn über mich gesagt?

Auf die Frage antwortete sie nicht, sprach aber weiter über ihre Familie. Immer flüssiger, als hätte sich nach langem Schweigen ihre Zunge gelöst. Die Geschichte ihrer jüdischen Familie hörte sich so an, wie eine Familiengeschichte aus unserem Dorf. Sie war auf die evangelische Volksschule gegangen, zum Religionsunterricht in die Synagoge, arbeitete nach Abschluss der Schule zwei Jahre zu Hause in der Schlachterei und fand dann eine Stelle in der Gastwirtschaft in Hannover, die ihr Vater beliefert hatte. Der älteste Bruder sollte das Geschäft übernehmen, der jüngste versuchte sein Glück in der Großstadt Berlin. Sie ging nicht regelmäßig in die Synagoge, nur zu den jüdischen Feiertagen und davon gab es viele, sagte sie. Sie hatte kein Bar Mitzwa, wie ihre Brüder. Für Mädchen gab es das in ihrer Gemeinde nicht, aber etwas hebräisch hatte sie gelernt.

*Baruch Atah Adonai,* sagte sie zu ihrem Spiegelbild. Zum ersten Mal hörte ich ihre Sprache – geheimnisvoll, hart und melodisch.

*Baruch Atah Adonai ...*

Ein leises Klopfen an der Tür mitten in ihrem Gebet schien sie nicht zu hören. Ich spitzte die Ohren, aber sie sprach weiter,

*Elohejnu Melech Haolam, Ascher Kideschanu bemizwoitav veziwanu lehadlik ner schel Schabbat.*

Da wieder das Klopfen und jemand flüsterte meinen Namen. Ich sprang aus dem Bett. Ellie zuckte zusammen und verkroch sich unter dem Deckbett.

Wer ist da? Meine Stimme hörte sich schrill an.

Besuch. Es war Kasimir. Ich öffnete die Tür einen Spalt.

Besuch, sagte er aufgeregt, nicht Freund.

Ich trat vor die Tür und schloss sie hinter mir.

Nazi Besuch, sagte er. Wir standen im Dunkeln.

Freunde vom Onkel? fragte ich.

Nein, sagt er. Nicht Freund. Ich lauschte in die Dunkelheit, konnte aber nichts hören.

Kasimir zeigte nach unten und wiederholte Nicht Freund. Polizei.

Geh runter, flüsterte ich. Ich komme gleich. Ich zitterte am ganzen Körper und wankte ins Zimmer zurück. Ellie war verschwunden, ohne auch nur die geringsten Spuren hinterlassen zu haben. Das Bett war gemacht, nichts von ihren Sachen lag herum, nirgendwo ein Hinweis, dass noch eine Person bei mir wohnte. Sie wusste, was man im Ernstfall tun musste. Ich dagegen wusste nichts. Ich saß auf dem Bett und bibberte vor Angst. Sollte ich nach unten gehen oder hier oben warten? Vielleicht würden sie gar nicht hochkommen, wenn Onkel August unten alles regeln könnte. Ich ging zum Fenster und öffnete es weit. Ein kalter Wind blies mir ins Gesicht.

Geh runter! Das war Ellies Stimme. Ich hörte ihr Rutschen. Sie kam rückwärts hinter der Trennwand hervor und wiederholte: Geh runter bevor sie hochkommen.

Bitte setzt dich eine Minute neben mich aufs Bett. Kriech nicht zurück. Ich brauche dich.

Sie bewegte sich nicht, blieb auf Händen und Knien sitzen wie eine Katze, die jederzeit bereit war, in die Dunkelheit zurückzuspringen.

Wieder Klopfen an der Tür. Die Türklinke wurde heruntergedrückt, aber die Tür war verschlossen. Ellie verschwand unter dem Dach. Ich biss hart ins Deckbett, um mein Zähneklappern nicht hören zu müssen. Kasimirs Stimme:

Komm, jetzt. Wichtig!

Ich komme.

Ich suchte nach meiner Jacke, als ich vor der Tür schwere Schritte hörte, dann heftiges Klopfen und eine kommandierende Stimme:

Aufmachen!

Immer noch im Nachthemd griff ich nach einer Decke.

Sofort aufmachen!

Die Stimme klang schärfer. Mit zittrigen Fingern drehte ich den Schlüssel um. Ein Polizist stand vor der Tür, Kasimir hinter ihm. Als er mich im Nachthemd sah, trat er einen Schritt zurück und sagte,

Ziehen Sie sich an, bevor ich reinkomme.

Ich suchte nach meiner Strickjacke. Sie hing über dem Stuhl. Zuknöpfen konnte ich sie mit den zittrigen Fingern nicht, presste beide Arme vor der Brust zusammen und ließ mich aufs Bett fallen. Ob der Polizist das bemerkt hatte? Er ging an mir vorbei und sah sich um. Kasimir stand vor der Tür.

Wie heißen Sie?

Karla Klages, sagte ich verwirrt.

Klages?

Nein, nein, das ist falsch. Ich habe ja gerade geheiratet, stotterte ich, und heiße jetzt Könneker.

Nicht Mommsen?

Nein, Könneker.

Und wo ist Ihr Mann?

Weit weg, in der Ukraine. Er ist Sonderführer und verwaltet dort eine riesige Kolchose.

Wie heißt er?

Heinrich Könneker.

Wem gehören die Bücher? Er zeigte auf die Bücher auf dem Tisch.

Die gehören mir. Würde er sie öffnen und Wolfgangs Widmungen lesen? Ich zeigte auf die Titel, *Madame Bovary, Effie Briest, Anna Karenina.*

Bücher über Frauen für Frauen, sagte ich.

Liebesromane. Er schüttelte den Kopf.

Wer wohnt hier sonst noch?

Niemand, seit meine Schwester ausgezogen ist.

Die Haargummis gehören ihrer Schwester? Er zeigte auf zwei

Gummibänder vor dem Spiegel, die Ellie sicher für ihre Zöpfe benutzte. Ich hatte sie nicht bemerkt.

Ja. Meine Kehle schnürte sich zu. Was würde er noch finden?

Er hob die Bettdecke hoch und sah hinter das Kopfkissen.

Warum schlafen Sie mit zwei Federbetten?

Ich friere leicht, sagte ich, und manchmal kommt mein Mann unerwartet zu Besuch. Er ist Sonderführer und verwaltet in der Ukraine eine riesige Kolchose, wiederholte ich und sah ihm dabei fest in die Augen.

Er drehte sich plötzlich um und ohne weitere Fragen verließ er das Zimmer. Kasimir folgte ihm wie ein Wachhund. Ich verschloss die Tür und ließ mich aufs Bett fallen. Was hatte das zu bedeuten? Warum hatte er mich nach meinem Ehenamen gefragt? Dass mein Mann in der Ukraine Sonderführer auf einer riesigen Kolchose war, hatte ihn scheinbar beeindruckt. Damit war der Besuch abrupt beendet worden. Wolfgang hatte Recht. Heinrich konnte uns helfen und das hatte er gerade getan. Ich stand auf und öffnete die Tür. Das Haus war still, auch Ellie unter dem Dach.

Ich ging nach unten. Die alten Frauen saßen, wie immer, mit ihrem Nähzeug im Sessel. Onkel August war auf ein spätes Bier zum Stammtisch gegangen.

Was wollte die Polizei denn bei uns?

Ein Schreck in der Abendstunde, sagte Oma. Jemand hat dich angezeigt und behauptet du seist die Frau von Wolfgang Mommsen. Lächerlich. Sie schüttelte heftig ihren Kopf und sagte, Sie sind gekommen, um das nachzuprüfen und ob du irgendwas mit der Jüdin zu tun hättest, die sie suchen. Natürlich nicht.

Wie wär's mit einer Tasse Tee? Tante Luise stand auf und ging in die Küche.

Du bist mit Heinrich Könneker verheiratet, sagte Oma, aber das war nicht zu beweisen, ohne die Heiratsurkunde, die dein

Mann scheinbar hat. Du solltest eine Kopie davon hierbehalten.

Ein Polizist kam bis nach oben in den Taubenschlag, sagte ich. Habt ihr das mitgekriegt?

Nein. Oma war erstaunt. Ich dachte, sie wären mit Onkel August rausgegangen. Er kannte ja den älteren Polizisten.

Das hat mir ganz schön Angst eingejagt.

Aber es gibt ja da oben nichts, was ihn interessieren könnte, sagte Oma mit zusammengezogenen Augenbrauen. Wolfgang Mommsen haben sie nicht in deinem Bett gefunden. Gottseidank.

Wo Wolfgang wohl ist? presste ich heraus.

Sie haben nichts erwähnt, was ja wohl heißt, dass sie ihn noch nicht gefunden haben.

Hoffentlich finden sie ihn nie.

Onkel August kam zurück und schwieg, während wir Frauen darüber rätselten, wer mich wohl angezeigt haben könnte.

Jemand, der dich nicht mag, sagte Onkel August schließlich.

Sorg dafür, dass das nicht wieder passiert.

Er sah mich böse an und verließ die Stube mit Tante Luise im Schlepptau. Oma nickte.

Er hat Recht. Wir wollen alle überleben.

# BEICHTE

Sie kommen bestimmt wieder, sagte Ellie, bevor sie unter dem Dach verschwand. Sie schlief nicht mehr neben mir, denn sie war überzeugt, dass der nächste Besuch in den frühen Morgenstunden stattfinden würde und nicht von Kasimir angekündigt.

Kennst du Wolfgangs Wohnung in Hannover? fragte ich, bevor sie sich verkroch. Das gelbe Sofa? Die Fotos an der Wand? Viele Fotos von mir, wollte ich sagen. Aber ich schwieg.

Ja, ich kenne seine Wohnung, sagte sie. Und ich habe auf seinem gelben Sofa gesessen, aber die Fotos kenne ich nicht. Was willst du sonst noch wissen?

Alles, sagte ich. Ich will alles wissen.

Bestimmt nicht, sagte sie. Ich habe viel durchgemacht.

Ich meinte alles über Wolfgang und dich.

Sie bat mich, die Kerze auszublasen. Ich lehnte mich gegen das Kopfende vom Bett und versuchte, ihre Augen im Spiegel zu erkennen, aber es war zu dunkel.

Ich lernte Wolfgang in der Gastwirtschaft in Hannover bei einer von seinen Versammlungen kennen, begann sie. Etwa zehn Leute saßen um einen großen Tisch herum, neben der Kegelbahn, abseits vom Gastwirtschaftsbetrieb. Sie sprachen von Juden, die noch nicht abtransportiert waren und denen man noch helfen konnte. Ich war nicht auf ihrer Liste, denn offiziell war ich schon mit meinen Eltern deportiert worden. Meinen Reisepass müssen meine Eltern weggeworfen haben. Ich weiß nicht, was genau passiert. ist. Von meinem Onkel aus Berlin bekam ich die Anweisung unterzutauchen, aber nicht bei ihm. Die Gastwirtschaft die wir jahrelang mit Fleisch und Wurst beliefert hatten, nahm mich auf. Dort gingen andauernd Leute ein und aus und niemand vermutete, dass ich Jüdin war, mit blonden Haaren und blauen Augen. So wie du. Sie drehte sich zu mir um und sagte leise, Aber dich suchen sie nicht.

Ja, stammelte ich. Wir sprechen dieselbe Sprache, sehen ähnlich aus, wohnen im gleichen Land, machen die gleiche Arbeit und werden trotzdem ganz anders behandelt.

Wir gehen nicht in die gleiche Kirche, sagte Ellie. Das ist der Unterschied.

Aber mir gefallen eure Gebete. Ich griff nach ihrer Hand.

Eines Tages kam die Polizei und verlangte von der Wirtin die Papiere aller Mitarbeiter. Ich musste mich im Keller verstecken. Sie könne mich nicht mehr länger beschäftigen, sagte sie, aber Wolfgang und seine Leute würden mir helfen. Eine Woche später kam er und holte mich aus dem Keller. Ich weiß noch genau, wie er mich ansah, als wir uns gegenüberstanden, so, als kannten wir uns schon lange. Ich kümmere mich um dich, sagte er, mehr nicht.

Ich drehte mich auf die Seite und sah sie aus der Nähe an – helle Haut, gerade Nase, viel kleiner als meine, ein Muttermal auf der rechten Schläfe, hellbraune Augenbrauen, feine Lippen und blaue Augen, die mich nicht ansahen.

Er nahm mich mit in seine Wohnung. Auf dem gelben Sofa breitete er ein Betttuch aus, gab mir ein Kopfkissen und eine warme Decke und verließ das Zimmer. An dem Abend haben wir kaum zusammen gesprochen. Es gab keine Fotos an der Wand. Wer ist dieser Mann, dachte ich, der sich in so große Gefahr begab, um mir zu helfen. Er kannte mich gar nicht. Warum hat er das gemacht?

Und dann, wie ging es weiter mit euch beiden?

Wolfgang behielt mich in seiner Wohnung. Tagsüber arbeitete

ich in der Küche der Gastwirtschaft, die Gäste sah ich nie und musste immer bereit sein, in das Versteck im Keller zu rennen. Nachts schlief ich bei ihm. Ich hatte keine Papiere und sah nicht jüdisch aus. Das hilft, meinte er, aber am besten wär es, einen neuen Reisepass zu bekommen.

Hat er dir einen besorgt?

Er sei dabei, sagte er. Er sprach nicht über das, was er tagsüber machte. Und oft war er wochenlang weg. An der Front, sagte er, und kam beladen mit Filmrollen zurück, die er dann wohl irgendwo entwickelte. Ich weiß so wenig über ihn. Einen gefälschten Reisepass besitze ich immer noch nicht.

Hast du immer auf dem gelben Sofa geschlafen oder das Bett mit ihm geteilt?

Wollte ich das wirklich wissen? Bevor sie antwortete, stand ich auf und ging aus dem Zimmer.

Ich muss aufs Klo, sagte ich schnell und verschwand. Ich schloss die Tür hinter mir zu. Ich fürchtete mich vor der Antwort und Ellie würde nicht lügen, das fühlte ich. Ich setzte mich auf die Treppe bei den Vorratstruhen und wollte warten, bis sie hinter der Trennwand verschwunden war. Dann würde ich nie mehr danach fragen. Sicher haben sie zusammen geschlafen. Wolfgang war ihr Retter, er hat sich um sie gekümmert und seine Wohnung war nicht groß. Aber wusste sie, dass ich mit ihm geschlafen hatte? Dass wir uns liebten? Hat er ihr von mir erzählt? Dass er mich liebte und ich ihn? Sie sollte es wissen, und wenn Wolfgang es ihr noch nicht gesagt hatte, dann würde sie es von mir erfahren.

Ich ging zurück und schlüpfte unter das Deckbett.

Ellie, sagte ich zögernd. Liebst du Wolfgang?

Sie schwieg lange. Dann sagte sie: Ja.

Eine kurze, ehrliche Antwort warf sie mir an den Kopf. Sie hätte es umschreiben, etwas abschwächen können, stattdessen kam zum zweiten Mal: Ja, ich liebe ihn.

Ich hielt mich an der Bettkante fest.

Und liebt er dich?

Ich weiß nicht. Das hat er mir nicht gesagt. Aber er hat so viel für mich getan. Warum hätte er sein Leben für mich aufs Spiel gesetzt, wenn nicht aus Liebe?

Habt ihr denn zusammen geschlafen? Die Frage, die ich nicht stellen wollte, war herausgerutscht.

Ja, sagte sie schüchtern. Das haben wir, wenn er zu Hause war. Aber er war ja oft weg.

Ich faltete meine Hände und presste sie fest gegen meinen Bauch. Am liebsten hätte ich geschrien, ihr irgend etwas an den Kopf geworfen, sie geschüttelt, bis sie alles wieder zurücknehmen würde. Nicht oft, hatte sie gerade gesagt – oder war das gelogen? Er war ja oft weg, hatte sie gesagt. Wie oft denn? Er kam immer nur für ein paar Tage nach Hause zurück. Und einen davon durfte ich mit ihm verbringen. Hatte er seine Zeit genau zwischen uns aufgeteilt oder verbrachte er mehr Zeit mit ihr als mit mir?

Er hat immer gearbeitet, wenn er in Hannover war, sagte Ellie. Negative und Fotos hat er geordnet, aber gezeigt hat er sie mir nie. Aber mir, wollte ich ihr an den Kopf werfen. Bei jedem Besuch durfte ich seine neuen Fotos sehen. Nur ich durfte sie sehen, nicht du. Und von mir hat er viele Fotos auf die Wand über das gelbe Sofa geheftet. Nicht von dir. Aber ich schwieg.

Einmal kam ich früh von der Arbeit zurück und überraschte ihn beim Anheften von Fotos über dem Sofa, sagte Ellie. Er hatte nicht mit meinem kurzen Arbeitstag gerechnet und bat mich, die Fotos nicht anzusehen und den Nachmittag nicht in seiner Wohnung zu verbringen. Er hätte wichtige Sachen zu regeln. Ich sollte am besten auch die Nacht im Keller vom Gasthaus verbringen. Ich stellte keine und verließ seine Wohnung.

Hast du die Fotos angeguckt?

Nein, ich habe die Wohnung sofort verlassen.
Es muss der Tag gewesen sein, als Wolfgang mich auf der Brücke vor dem Rathaus fotografiert hat.

Ellie, hat er nie über mich gesprochen?

Ich weiß nicht, sagte sie. Er hat manchmal von einer Frau gesprochen, die mit ihm im gleichen Dorf aufgewachsen ist, die er nicht heiraten konnte, weil er keinen Hof hatte.

Er hätte die Frau aus seinem Dorf gern geheiratet?

Wolfgang meinte, dass er den Krieg nicht überleben werde. Darüber hat er oft gesprochen. Sie werden ihn einkassieren, sagte er, oder an der Front zerreiben und er wollte niemand mit sich in den Abgrund ziehen, ganz bestimmt nicht die Frau, die er liebte.

Hat er denn ihren Namen nie erwähnt?

Nein.

Ellie, weißt du wirklich nicht, wer die Frau ist, die er gern geheiratet hätte?

Statt zu antworten sagte sie: Wo ist denn dein Mann?

Im Krieg, wie alle Männer, sagte ich gereizt. Ich will jetzt nicht über meinen Mann sprechen. Woher weißt du überhaupt, dass ich verheiratet bin? Hat Wolfgang dir das gesagt?

Sie sah mich an. Du kriegst doch ein Baby. Deshalb dachte ich, dass du einen Mann hast.

Heinrich Könneker war weit weg und hatte mit dem, was wir besprachen, nichts zu tun. Ich wollte jetzt nicht an ihn erinnert werden.

Liebst du ihn denn nicht? Fragte sie.

Wen meinst du? Wolfgang?

Nein, deinen Mann.

Wie kannst du das fragen? Interessiert dich mein Mann? Willst du ihn mir auch noch ausspannen?

Sie zuckte zusammen.

Lass meinen Mann aus dem Spiel, sagte ich. Es geht hier um uns, um dich und Wolfgang und mich. Ich reiße mir ein Bein aus, um dir hier das Leben so angenehm wie möglich zu machen. Dir, meiner Rivalin, die den Mann liebt, den ich eigentlich heiraten wollte. Wie kannst du nach meinem Mann fragen?

Entschuldige, stammelte sie. Das wollte ich nicht.

Was wolltest du nicht? Du siehst doch, dass ich hochschwanger bin, dass ich mich hier jeden Tag abmühe, heimlich Essen hochbringe, den Nachttopf ausleere, Wasser hole. Und nun höre ich auch noch, dass du Wolfgang liebst. Lass meinen Mann aus dem Spiel. Er hat mit dem, was wir hier bereden, nichts zu tun.

Aber doch mit dem Kind in deinem Bauch, oder? Sie sah mich ängstlich an.

Ich stand auf und öffnete das Fenster. Ein feuchter Wind blies mir ins Gesicht. Ich blieb lange vor dem offenen Fenster stehen und sah in die Nacht hinaus. Die Bäume rauschten, dunkle Wolken zogen über den Himmel.

Bitte Karla, mach das Fenster zu.

Sie war aus dem Bett gekrochen und stand hinter mir. Du holst dir noch den Tod.

Ich drehte mich um und sah ihr ins Gesicht.

Ja, der Tod. Der holt uns noch alle. Dich und mich und Wolfgang.

Mit klammen Fingern verriegelte ich das Fenster und kroch unter das Deckbett.

Ich schlafe heute Nacht hier im Bett neben dir, sagte sie nach einer Weile. Du hast mir solche Angst eingejagt. Wir müssen uns wieder vertragen.

Ja, flüsterte ich. Du hast recht.

Die Kirchturmuhr schlug Mitternacht. Ich lag wach neben Ellie, die sich von einer Seite auf die andere wälzte. Ganz vorsichtig tastete sich ihre Hand zu mir herüber. Ich zog meine zurück, aber ihre Hand tastete sich weiter vor, bis sie mich gefunden hatte und wir uns nicht mehr losließen.

# ROTE RÜBENSUPPE

Jeden Sonntagvormittag um neun, wenn die Standuhr in der Stube anfing zu schlagen, rief Heinrich Könneker an und berichtete für genau zehn Minuten über seine Kolchose in der Ukraine. Seine gehobene Position als Sonderführer über zehn Dörfer von der Größe seines Heimatdorfes kam mit Telefonanschluss, Dolmetscher, Verwalter, zwei Bürokräften und mit Ludmilla, einer Köchin. Von einer kleinen Klitsche zum Gutsverwalter, sagte Onkel August stolz, als er das hörte. Was für ein Aufstieg für deinen Mann. Und die Nazis haben's möglich gemacht.

Ludmilla hat neulich Kartoffelpuffer mit Preiselbeeren serviert, mein Lieblingsessen, sagte er an einem Sonntag. Und vorher gab's eine hervorragende Suppe aus roten Rüben. Das Rezept bringe ich mit, dann kannst du es mal ausprobieren.

Der Heinrich Könneker, den ich kannte, war weder an Kochrezepten noch an gutem Essen interessiert. Er aß, was seine Mutter auf den Tisch stellte, aber das hatte sich scheinbar mit Ludmilla geändert. Ich fragte Kasimir, ob er die rote Suppe auch kochen könnte. Ja, sagte er, die Suppe kennen Polen, Russen, alle essen rote Suppe, immer.

Na, dann koch sie doch mal.

Onkel August sah mich böse an. Kasimir ist hier nicht das Küchenmädchen, sondern ein Kriegsgefangener, der draußen arbeitet. Ist das klar?

Aber sonntags wird doch draußen nicht gearbeitet, meinte Oma, dann kann er doch mal die Küche übernehmen. Vielleicht schmeckt dir ja die Suppe auch?

Wat de Buer nich kennt, dat fret he nich, murrte Onkel August und verschwand aus der Küche.

Also, Kasimir, was brauchst du für die Suppe? Ich machte eine Liste und suchte mit Oma im Keller nach den Zutaten. Kasimir wetzte die Messer.

Stell dir vor, schrieb ich an Heinrich Könneker, gestern hat Kasimir uns die rote Suppe gekocht, von der du so geschwärmt hast. Sogar Onkel August hat klein beigegeben und na ja genuschelt, als die Oma ihm die Pistole auf die Brust setzte. Saure Sahne hat uns Liesel besorgt, die unbedingt beim Kochen helfen wollte. Du glaubst gar nicht, wie unsere Küche aussah. Auf Anrichte und Herd und in der Abwäsche war alles blutrot. Kasimir stand am Kochtopf, schmorte und rührte und gab Liesel Anweisungen in einem Gemisch aus Polnisch und Deutsch. Die Suppe schmeckte vorzüglich. Rote Suppe auf Empfehlung vom Sonderführer Könneker, gekocht vom polnischen Fremdarbeiter Kasimir mit Unterstützung von der Schauspielerin Liesel und verspeist vom Ortsgruppenleiter Klages und seiner Familie und Ellie, setzte ich in Gedanken dazu. Ein leckeres Mittagessen. Danke für die Empfehlung.

Sofort kam ein Anruf. Onkel August beantwortete das Telefon.

Kasimir hat für euch gekocht? Seine Stimme war so laut, dass ich sie in der Küche hören konnte.

Das gibt's doch wohl nicht. Dafür wurde euch der polnische Gefangene nicht zugeteilt.

Ich schlich mich näher ans Telefon. In so einem Ton hatte ich Heinrich Könneker noch nie reden hören. Der Sonderführerton, dachte ich.

Der Stall ist sein Arbeitsplatz, sagte er. Auf dem Hof und im Felde soll er helfen nicht in der Küche. Das Kochen machen die Frauen.

Onkel August zischelte etwas von: Hab ich auch so gesehen, aber die Frauen hier ..., und gab mir den Hörer.

Du hast uns die Suppe schmackhaft gemacht, sagte ich. Wir wollen auch mal was anderes essen und haben keine Köchin. Und überhaupt, was ist schon dabei, wenn Kasimir eine Suppe kocht, die er ja aus Polen kennt.

Heinrich Könneker schwieg.

Was hat Ludmilla dir denn heute gekocht? Er antwortete nicht und sagte in strengem Ton:

Pass bitte auf, dass Kasimir nicht auch noch zum Kindermädchen wird. Und nach einer Pause: Wie geht's denn unserem Kleinen?

Ihm hat die Suppe auch geschmeckt, sagte ich.

Mit seiner Frau wollte er nicht streiten. Für ihn stand fest, dass ich einen Jungen zur Welt bringen würde. Er sagte nichts mehr über Ludmilla, stattdessen viel über das Wetter. Es gebe immer noch Eis und Schnee, keine Kohle und wenig Brennholz. Die Arbeiter hielten sich mit selbstgebranntem Wodka warm, den sie in großen Mengen tranken. Ihren Frauen fielen sie zur Last, immer betrunken und nicht genug Arbeit. Aber die Frauen seien starke Personen, die sich um alles kümmerten, die Familie, den Haushalt und abends sitzen sie zusammen, stricken, nähen und singen so schöne Lieder. Wenn der Krieg vorbei ist, sagte er, möchte ich dir diese Frauen zeigen. Sie gefallen dir bestimmt auch.

Er sprach nicht über Juden oder wie seine Arbeiter mit ihm, dem deutschen Sonderführer auskamen, der das Kollektiv als Nazi Befehlshaber übernommen hatte. Als ich danach fragte, sagte er nur, dass da, wo er in der Ukraine arbeite, Hitler und nicht Stalin bevorzugt würde und dass er mit seiner Köchin, dem Dolmetscher, und dem Verwalter, die alle Einheimische seien, gut auskäme.

Nach dem Mittagessen hielten die alten Leute ihr Nickerchen, wie Oma das nannte. Sie legte, wie Frau Könneker, den Kopf auf die angewinkelten Arme, am liebsten auch auf den Küchentisch, und schien nach zehn Minuten ausgeruht.

Heute muss das Nickerchen in der Stube gemacht werden, sagte Liesel und scheuchte alle aus der Küche. Wir räumen fürs nächste Essen auf.

Onkel August warf ihr einen skeptischen Blick zu, tat aber, was ihm befohlen wurde. Oma grinste und folgte ihrem Sohn. Liesel und ich machten den Abwasch, Kasimir brachte die Abfälle zu den Hühnern und fegte den Küchenboden. Dann half er Liesel beim Abtrocknen und ordnete das Geschirr in den Schrank. Er machte keine Anstalten, die Küche zu verlassen. Er blieb an ihrer Seite, wie ein treuer Hund. Ob er nicht mal wieder kochen dürfte? fragte er.

Na klar, sagte Liesel. Nur nicht bei uns, denn wir haben schon eine Köchin und zwei Arbeiter, die aber nicht mit am Tisch essen.

Liesels Mann diente in Nord-Afrika, ihr Schwiegervater war bettlägerig und die meiste Arbeit auf dem großen Hof wurde unter Anleitung ihrer Schwiegermutter von Fremdarbeitern aus Frankreich und der Ukraine gemacht, die sie, wie meine Schwiegermutter, an der Kandare führte. Kasimir hatte das bessere Los gezogen.

Wie findest du ihn? fragte Liesel, als er endlich die Küche verlassen hatte.

Kasimir?

Ja, Kasimir.

Wie schon? Fleißig, guter Koch, hilfsbereit.

Ist er nicht attraktiv? sagte Liesel mit einem Augenzwinkern. Dichtes blondes Haar, braune Augen, groß gewachsen. Und er ist so neugierig. Er kann schon so gut Deutsch und will immer noch mehr lernen. Ich könnte es ihm ja beibringen.

Was? Bist du total durchgedreht? Das ist strafbar. Lass die Finger von ihm.

Er will eine Gastwirtschaft aufmachen, das stelle ich mir gut vor. Wir könnten sie ja zusammen aufmachen. Oder ist das auch strafbar?

Lass das!

Ich hatte keine Zeit, mich auf Liesels Fantasien einzulassen.

Wir brauchen noch eine Mahlzeit für den Taubenschlag, sagte ich und gab ihr einen Teller.

Sie sah mich ungläubig an. Für wen denn?

Ich lud einen Teller Suppe und Brot auf ein Tablet und drückte es ihr in die Hand. Sie folgte mir nach oben.

Was das wohl wird? Liesel grinste. Auch was Strafbares?

Ja, sagte ich. Du hast recht.

Ellie war nicht zu sehen, das Bett war gemacht. Liesel stellte das Essen auf den kleinen Tisch.

Und nun?

Liesel, ich muss dir was sagen, was du niemand, wirklich niemand, weitersagen darfst. Ich sah sie ernst an.

Klar, auf mich kannst du dich verlassen, das weißt du doch. Verspreche ich hoch und heilig. Nun sag schon, was es ist. Ich bin wahnsinnig gespannt.

Ich erzählte von Ellie, von ihrer Familie, der Flucht, dem Versteck im Taubenschlag, dass sie unsere Unterhaltung sicher hörte, sich aber nicht zeigte. Selbst ich hatte sie erst nach einer Woche im Halbdunkel zu Gesicht bekommen. Liesel sah mich mit großen Augen an.

Was kann ich denn für sie tun?

Du musst dich um sie kümmern, wenn ich mein Baby habe und nicht mehr hier oben schlafen kann. Sie braucht jeden Tag etwas zu Essen, frisches Wasser und einen sauberen Nachttopf. Kannst du das? Und unten im Haus darf niemand was merken.

Ja, natürlich, mach ich. Kein Problem. Ich ziehe hier ein, wenn dein Baby da ist und versorge Ellie.

Einziehen brauchst du nicht, nur jeden Tag vorbeikommen. Sie blühte förmlich auf unter dem Druck, den die geheime Aktion von ihr forderte.

Ich würde sie so gern kennenlernen. Meinst du, sie wird sich mal zeigen? fragte sie mit glühenden Augen. In dem Moment raschelte es unter dem Dach.

Ellie? flüsterte ich. Beide sahen wir gespannt auf die Öffnung in der Trennwand. Da kam die Katze mit einem Satz hervor und setzte sich zu uns aufs Bett.

Wenigstens hat sie die Katze, sagte Liesel erleichtert. Ich kann ihr auch noch unseren Kanarienvogel bringen, der singt so schön.

Keinen Vogel, bitte, denk an die Katze.

Na klar, ich weiß schon.

# KARRRLA

Keine Juden und keine Gestapo mehr im Dorf, raunte Onkel August als er von seinem Stammtisch zurückkam und sich an seinen Schreibtisch setzte.

Die letzte Woche war ruhig. Und so soll's auch bleiben.

Ich sagte Gute Nacht und verschwand. Oben in meinem Zimmer spannte ich ein Blatt Papier in die Maschine und wollte anfangen, die Ereignisse des Tages hinein zu tippen, als die Türklinke sich plötzlich bewegte. Ich hielt die Luft an und starrte auf die Tür. Sie war verschlossen aber die Klinke wurde heruntergedrückt. Ellie war noch nicht aus ihrem Versteck hervorgekrochen, was sie seit dem Polizeibesuch nicht mehr oft machte. Und dann hörte ich ganz leise meinen Namen. Ich schlich zur Tür.

Karla, mit dem gerollten R.

Es durchzuckte mich wie ein Blitz.

Wieder: Karrrla. Mach bitte auf.

Ich stand wie eingefroren neben der Tür.

Karla, hörst du mich? flüsterte er in mein Ohr, das von seinem Mund nur durch die Holztür getrennt war.

Ja, hauchte ich und drehte den Schlüssel um. Da stand er vor mir, mein Geliebter. Mit zerzausten Haaren, im langen schwarzen Mantel, von der Gestapo gesucht und schon zum Tode verurteilt, mir gegenüber, die er mit sich in den Tod nehmen würde. Ich konnte keinen Ton hervorbringen, streichelte ihm über die Locken, küsste ihn auf die Wangen, den Stoppelbart, auf den Mund, den Hals, die Ohren, jedes Stück Haut, das ich an ihm fand. Er sah mich an, sagte nichts, bewegte sich nicht als könnte uns jeder Ton und auch nur die kleinste Bewegung verraten.

Darf ich reinkommen? flüsterte er schließlich. Er schob mich zum Bett und verriegelte die Tür. Ich ließ seine Hand nicht los.

Wo ist Ellie? war seine nächste Frage. Du kennst den Taubenschlag und weißt ja, wo man sich hier verstecken kann, sagte ich.

Er nickte, setzte sich zu mir aufs Bett und sagte leise: Dort ist es sehr eng.

Bitte verschwinde jetzt nicht gleich, flehte ich ihn an. Unterm Dach ist nicht genug Platz für zwei, das weißt du ja.

Ich hab ein paar Stunden hinter der Mehltruhe auf dich gewartet. Dahin kann ich zurückgehen und euch beide allein lassen. Ich bleibe nicht lange.

Bleib hier, bettelte ich. Komm ins Bett. Ellie wird es nicht mit uns teilen. Sie hat sich unter dem Dach versteckt und uns sicher gehört.

Wolfgang hatte keine Tasche dabei, gar nichts, nur sich selbst im langen schwarzen Mantel mit dem schwarzen Schal um den Hals gewickelt, den ich ihm zum Geburtstag gestrickt hatte. Wann war das? Nur sechs Monate her und mir schien es wie eine Ewigkeit. So viel hatte sich ereignet und ich wusste nur meine Hälfte, nichts von dem, was er durchgemacht hatte. Mit meinen Fingern fuhr ich durch seine braunen, zerzausten Locken, die sich immer noch voll anfühlten, aber, wie mit grauem Puder bestäubt, einer Perücke glichen.

Hab keine Angst, ich bleibe nicht lange, flüsterte er wieder. Brauche nur für heute Nacht eine Bleibe und bei dir ist es sicher. Du hast alles richtig gemacht. Hier finden sie uns nicht. Und hinter der Trennwand ist zur Not für zwei Personen Platz. Das muss ich noch mal ausprobieren.

Nicht jetzt, bitte bleib hier. Ich drückte ihn aufs Bett.

Erzähl mir, was mit dir passiert ist, seitdem du Ellie hier hergebracht hast. Er ging zum Tisch beim Fenster, griff nach den Resten von Ellies Abendbrot und stopfte es in sich hinein, als sei das die Antwort auf meine Frage.

Ich kann noch mehr von unten holen.

Nur, wenn dich niemand hört. Er fasste nach meiner Hand. Bleib lieber hier. Lass uns schlafen gehen, so wie immer. Im großen Bett. Nur wir zwei. Wie immer.

Er tauchte meinen Waschlappen in den Wasserkrug, fuhr sich über Gesicht und Haare, die den grauen Schimmer nicht verloren, trocknete sich mit dem Handtuch ab und zog erst dann den Mantel aus, ohne den Schal zu lösen. Den trage ich immer, sagte er. in der Hoffnung, dass er mir Glück bringt und sie mich nicht damit erhängen. Ein Lächeln flog über sein Gesicht.

Er nahm meinen Kopf in seine Hände und küsste mich zärtlich. So sauber habe ich mich seit Tagen nicht gefühlt. Bei dir kann ich immer alles vergessen.

Was denn? Erzähl's mir. Ich möchte alles mit dir teilen, nicht nur Ellie. Aber Wolfgang sagte nichts. Er hatte nicht mal meinen dicken Bauch gestreichelt und kein Wort über das Baby verloren. Er sank ins Bett und schlief sofort ein. Ich schmiegte mich an ihn. Er musste in großer Not sein, versteckte sich sicher schon seit Tagen ohne Essen, ohne Schlaf. Ich kuschelte mich in die Stelle an seinem Hals, die mir immer geholfen hatte, einzuschlafen. Sie war von dem schwarzen Schal bedeckt. Darunter fühlte ich seine Knochen. Er war abgemagert. Am Morgen würde ich Frühstück mit viel Butter und einem gekochten Ei für ihn machen. Sicher hatte Ellie ihn gehört und wartete darauf, dass er zu ihr kam. Ich klammerte mich an ihn. Er atmete tief und gleichmäßig.

Als ich aufwachte, lag Wolfgang nicht mehr neben mir. Wo war er? Hatte ich geträumt? Ich rieb mir die Augen und dachte an das, was am Abend vorher passiert war – oder war es gar nicht passiert? Ich hatte Wolfgang die Tür geöffnet, ein paar Sätze mit ihm gesprochen, ihn neben mir im Bett gefühlt. Er hatte neben mir gelegen.

Wie jeden Morgen, nahm ich den Nachttopf mit mir die Treppen runter, sah dieses Mal aber hinter die großen Truhen und das Gerümpel unter dem Dach. Kein Wolfgang. Hatte er das Haus schon wieder verlassen? Oder war er doch zu Ellie gekrochen? Ich öffnete die Truhen. Mehl und Zucker in einer, ein Eimer Sirup in der anderen, daneben hätte Wolfgang noch gepasst. Ich ging in die Küche. Oma hatte den Tisch gedeckt, die Männer waren noch im Stall.

Hast du schlecht geschlafen? fragte Oma. Sonst kommst du doch nicht so früh runter.

Es war sieben Uhr und es wurde hell. Ich setzte mich auf die Küchenbank und starrte auf die Uhr. Die Zeiger bewegten sich nicht, aber der kleine Sekundenzeiger lief so schnell wie immer im Kreis herum. Ich wünschte, er wäre gestern Abend stehen geblieben mit Wolfgang in meinem Bett neben mir.

Was ist los? Oma setzte sich zu mir.

Kann ich was für dich tun?

Ja, stammelte ich. Ich bin furchtbar hungrig und brauche ganz viel Frühstück mit Butterbrot und gekochten Eiern. Kannst du mir helfen, das zu machen, bevor Onkel August kommt und mir die Eier wegnimmt?

Oma schüttelte den Kopf. Das tut er sicher nicht. Er isst ja morgens nur eins und weiß, dass du ein Kleines mit ernähren musst.

Sie hatte schon heißes Wasser auf der Ofenplatte, und ohne weitere Fragen zu stellen, strich sie Butterbrote, stellte einen Topf mit Milch aufs Tablett und legte vorsichtig drei Eier ins kochende Wasser. Warum wohl drei Eier? Ahnte sie, wer oben im Taubenschlag war? Als sie in der Waschküche Geräusche hörte, nahm sie die Eier aus dem kochenden Wasser hielt sie kurz unter den Wasserhahn und drückte mir das Tablett in die Hand. Die Männer würden erst ihre Gummistiefel ausziehen und die Hände waschen, bevor sie in die Küche kämen. Bis dahin wäre ich verschwunden.

Ich stellte das Frühstück auf den kleinen Tisch beim Fenster und rief leise nach Ellie. Wolfgangs Namen wagte ich nicht laut zu sagen. Ellie rührte sich nicht. Frühstück hatte sie immer erst gegessen, wenn ich nicht mehr im Zimmer war, aber ich blieb, setzte die Schreibmaschine neben das Frühstück und begann, Zeilen von einem Gedicht zu tippen, an dem ich schon lange arbeitete. Jedes Geräusch würde ihn hellhörig machen, dachte ich, wenn er tatsächlich noch im Zimmer war.

*Am dritten Tag*
*uns immer noch fremd*
*sagtest du ...*

Was sagtest du? Und wer war das Du? Seitdem Ellie in meinem Zimmer lebte, wusste ich nicht mehr, ob sie es war, oder ob Wolfgang das Du war.

Plötzlich fühlte ich seine Hand auf meiner Schulter.

Was schreibst du? Hoffentlich nichts über mich.

Nein, nein. Kleine Gedichte. Das mache ich ja schon lange.

Und du hast mir nie was gezeigt.

Ich zeige sie dir, wenn sie fertig sind. Das verspreche ich.

Dann musst du dich beeilen.

Er setzte sich zu mir und begann zu essen. Ganz schnell schluckte er alles herunter. Die Eier waren weich, das ging leicht, aber das Butterbrot mit den harten Kanten schien er herunterzuwürgen, griff hastig nach der Tasse und spülte mit dem Kaffee nach, auf den Ellie heute verzichten musste.

Wo hast du denn geschlafen? fragte ich, als er nach meiner Zahnbürste griff. Du warst doch gestern Abend mit mir im Bett.

Oder habe ich das geträumt?

Er drückte sich Zahnpasta auf die Bürste.

Warum bist du zu Ellie gekrochen? Oder hast du bei der Mehltruhe Unterschlupf gefunden?

Er antwortete nicht sondern schien beim Zähneputzen nachzudenken. Schließlich drehte er sich um und sagte:

Ich möchte dich bitten, noch einen Flüchtling hier unterzubringen. Ein junges Mädchen, auch Jüdin, die in großer Gefahr ist. Deshalb bin ich hier und deshalb bin ich gestern Nacht zu Ellie gekrochen. Ich hätte gern die ganze Nacht mit dir verbracht. Das weißt du. In meinem Leben, was nicht mehr lange dauern wird, gibt es nur eine große Liebe und das bist du. Aber es gibt zurzeit wichtigere Dinge, an die ich denken muss. Deshalb bin ich hierhergekommen. Ich musste ausprobieren, ob unter dem Dach zwei Personen Platz haben und ich denke, das geht.

Ich war sprachlos. Ich dachte, er hätte Unterschlupf für sich gesucht. Oder er wollte Ellie in ein anderes Versteck mitnehmen, was ja längst überfällig war. Und seine Liebe zu mir, dachte ich, würde er in einer gemeinsamen Nacht zementieren. Nichts dergleichen. Er hatte die Hälfte der Nacht bei Ellie verbracht. Neben mir war er sofort in einen Tiefschlaf verfallen und irgendwann unters Dach gekrochen nicht aus Angst, sondern weil er zu Ellie wollte. Weil er ausprobieren musste, ob es dort Platz für zwei gebe sagte er. Das hätte er auch am Tage machen können. Und nun sollte ich noch eine Frau verstecken?

Sag was, Karla. Er setzte sich zu mir, nahm meinen Kopf in seine Hände und sah mir in die Augen.

Ich weiß, du hast schon viel mit Ellie zu tun, aber vielleicht ist es wie mit kleinen Kindern. Zwei sind geteilte Arbeit.

Das stimmt nicht, sagte ich. Zwei sind doppelte Arbeit. Frag meine Oma.

Die sollten wir jetzt lieber nicht fragen, sagte er.

Ich drehte mich weg von ihm und starrte aus dem Fenster.

Was sagt Ellie dazu? Das hast du doch sicher mit ihr besprochen? Oder hattet ihr keine Zeit dazu? Die Nacht war ja kurz.

Karla, bitte sei nicht eifersüchtig.

Das hast du mir schon einmal gesagt und mir dann empfohlen, Heinrich Könneker zu heiraten.

Das war richtig. Er hat uns vielleicht schon geholfen und wird es weiter tun, ohne es zu wissen, sagte er.

Wie kann ich denn nicht eifersüchtig sein, wenn ich dich liebe und dich nicht mit anderen teilen möchte.

Er hielt seine Hand über meinen Mund. Nicht so laut, man kann dich im ganzen Haus hören.

Ich hielt seine Hand fest und küsste sie heftig.

Ich liebe dich auch, sagte er zum zweiten Mal an dem Morgen. Ich werde nie aufhören, dich zu lieben und wenn wir überleben, finden wir einen gemeinsamen Weg. Davon bin ich überzeugt. Du hast einen Ehemann, der uns nicht davon abbringen wird. Ich habe andere Frauen kennengelernt, die unsere Liebe nicht berühren. Wenn wir diese Hölle überleben, wird uns nichts daran hindern zusammen zu sein.

So starke Worte hatte ich noch nie von ihm gehört. Die bedingungslose Zuversicht in unsere Liebe, die alle Hindernisse überstehen wird. Ich wollte ihm glauben, so sehr, dass ich bereit war, auf alle seine Wünsche einzugehen.

Da kam Ellie plötzlich hinter der Trennwand hervor. Sie setzte sich aufs Bett und starrte uns an, als ob sie uns noch nie gesehen hätte. Bitte keinen zweiten Flüchtling, sagte sie leise. Das halte ich nicht aus. Der Platz ist zu klein.

Wolfgang setzte sich zu ihr und legte seinen Arm um ihre

Schulter.

Es sind nur ein paar Tage, sagte er, und ihr beide, oder ihr drei kommt sicher gut zusammen aus. Anne ist jünger als ihr, noch nicht mal zwanzig und ihre Eltern sind verschwunden. Bitte, nehmt sie auf.

Ellie hatte sich aus seiner Umarmung gelöst und war, ohne noch etwas zu sagen, hinter der Trennwand verschwunden. Wolfgang sah mich an.

Es ist zu viel für Ellie und auch für mich, sagte ich. Ich setzte mich zu ihm. Sicher werden aus ein paar Tagen einige Wochen oder noch mehr und bald kommt mein Baby.

Bis dahin habe ich was anderes gefunden, glaub mir. Und wenn nicht, dann seid ihr hier in Sicherheit. Mich werden sie finden, ich verstecke mich nicht, ich muss weiterarbeiten. Aber hier, mit deinem Onkel im Haus, kommen sie nicht hoch.

Du weißt ja, was Ellie schon durchgemacht hat. Sie hat Angst.

Nächstes Mal klopft die Gestapo an die Tür. Bitte Wolfgang, das musst du doch einsehen.

Er stand auf und zog seinen Mantel an.

Willst du mitten am Tag aus dem Haus gehen, damit dich alle sehen?

Nein, sagte er. Ich suche mir hinter den Vorratstruhen noch einen Platz zum Schlafen und verschwinde, wenn es dunkel ist.

Leg dich ins Bett, bitte. Lass uns nur noch ein paar Minuten zusammen sein. Dann geh ich runter und komme erst am Mittag mit mehr Essen wieder hoch.

Er legte sich mit dem Mantel ins Bett. Ich legte mich zu ihm und presste meinen dicken Bauch an ihn. Er fragte nicht, wann das Baby kommen würde und wie ich mich fühle. Er hatte das Leben einer Achtzehnjährigen im Kopf, anstatt eines Ungeborenen das diese furchtbare Welt nicht betreten sollte.

Während wir schweigend eng umarmt beieinander lagen, dachte ich nach, wie ich ihm helfen könnte. Ob Wolfgangs Vater jemand verstecken würde? Das Haus war groß genug und die Gestapo schon dagewesen. Oder Liesel? Ihr Haus war groß und ihr Mann im Krieg. Vielleicht könnte Liesel ihr Zimmer zur Verfügung stellen, oder es mit Anne teilen, ohne dass ihre Schwiegermutter etwas davon mitkriegte. So wie ich das mache.

Lass uns doch gemeinsam überlegen, wo du Anne unterbringen kannst, flüsterte ich. Bei mir geht es wirklich nicht. Wenn ich mit dem Mittagessen zurückkomme, haben wir sicher gute Ideen. Ich habe schon zwei Vorschläge.

Geh noch nicht, sagte Wolfgang. Bleib noch eine Weile. Neben dir bin ich am liebsten. Er ließ meine Hand nicht los.

Möchtest du hören, an wen ich gedacht habe? Ich drehte mich zu ihm auf die Seite.

Er ließ mich nicht los und sagte nichts.

Bei deinem Vater im großen Pastorenhaus.

Er ließ mich los, rutschte gegen das Kopfende vom Bett und sagte laut:

Nein. Auf keinen Fall. Das geht nicht.

Warum denn nicht? Euer Haus ist groß und die Gestapo hat schon alles durchsucht.

Er hilft mir nicht, unsere Wege haben sich vor langer Zeit getrennt, das weißt du. Ich kann ihn nicht fragen.

Wie wär's mit Liesel?

Unmöglich. Da gehen zu viele Leute ein und aus, Fremdarbeiter, die nicht mal die gleiche Sprache sprechen, ein bettlägeriger Schwiegervater, der immer im Haus ist, die Schwiegermutter, die alles überwacht und ich denke, wie ihr Sohn Parteimitglied ist. Ich kenne sie gar nicht. Und Liesel ist eine starke Person, die meistens das Richtige für sich und andere tut, aber wenn die Gestapo an die Tür klopfen sollte, weiß ich nicht, was sie machen würde.

Und ich? Was würde ich machen?

Du hast die Polizei schon im Haus gehabt. Du würdest uns nie verraten.

Das war die Ortspolizei, die meinen Onkel kennt. Die Gestapo ist was ganz anderes. Ich weiß gar nicht, was ich machen würde, wenn sie mir die Pistole auf die Brust setzte.

Ich stand auf und holte das kleine Tablet mit dem Frühstücksgeschirr.

Lass uns nachdenken, sagte ich, und nochmal darüber reden, wenn ich mit dem Mittagessen hochkomme.

Ich gab ihm einen Kuss und ging, ohne die Tür abzuschließen.

Oma empfing mich unten mit den Worten:

Bist du ganz hungrig? Soll ich mehr Kartoffeln zum Mittagessen kochen?

Ja, bitte, sagte ich. Manchmal braucht das Baby viel zu Essen.

Das kenne ich, grinste Oma. Ich sage Luise Bescheid, mehr Kartoffeln zu holen.


Als ich mich mit einem vollen Teller nach oben schlich, war Wolfgang nicht mehr da. Ellie kam hinter der Trennwand vor und sagte, er sei weg. Er sei gegangen, nachdem ich das Zimmer verlassen hatte, wäre noch kurz zu ihr gekrochen und gleich wieder rückwärts zurück mit den Worten, ich muss eine Bleibe für Anne finden.

Ach Ellie, sagte ich, er wollte doch warten, bis es dunkel ist. Vielleicht hat er sich hinter den großen Truhen versteckt? Ich nahm die Taschenlampe mit und leuchtete jeden Winkel hinter dem Gerümpel aus. Wolfgang war nirgendwo.

Wir haben ihn enttäuscht und vertrieben.

Ich saß auf dem Bett und fing an zu weinen. Ellie hielt meine

Hand. Sie weinte nicht.

Wir haben versagt, wimmerte ich.

Sie nickte und ging zum Tisch wo die Schüssel mit dem Essen stand.

Ist das alles für mich? fragte sie. Ich nickte. Sie rührte im Kartoffeleintopf und begann sich große Löffel voll schnell hintereinander in den Mund zu stecken bevor es ihr jemand wegessen konnte. Morgens hatte Wolfgang drei Eier und alle Butterbrote verschlungen und nun war sie dran.

# DER BRIEF

Einige Tage später, abends – ich war gerade mit dem Abwasch fertig – klopfte es an der Haustür. Pastor Mommsen betrat den dunklen Flur.

Bitte entschuldigen Sie meinen unangekündigten Besuch, sagte er, während er lange meine Hand schüttelte. Ich wollte Ihnen nur sagen, dass sie meinen Sohn verhaftet haben.

Ich war dabei die Stubentür zu öffnen, wo Oma und Tante Luise saßen. Als er seinen Sohn erwähnte, zog ich sie zu, um allein mit ihm zu sprechen, aber zu spät. Oma winkte ihn in die Stube und bot ihm einen Sessel an.

Wollt ihr nicht Tee kochen? schlug ich den Frauen vor.

Luise, mach bitte Tee, sagte Oma und rutschte tiefer in ihren Sessel. Luise ging zur Küche.

Wo ist ihr Sohn denn? fragte Oma.

Er ist seit ein paar Tagen in Hannover im Gefängnis.

Und warum ist er im Gefängnis? bohrte Oma. Haben sie denn die Frau gefunden, die er angeblich versteckt haben sollte?

Nein, sagte Pastor Mommsen. Aber sie haben Fotos von ihr in seiner Wohnung gefunden und einen gefälschten Pass.

Oma schüttelte den Kopf. Nicht gut. Haben Sie ihn schon besucht?

Noch nicht, sagte er, Ich weiß nicht, ob ich die Erlaubnis bekomme.

Dann nehmen Sie auf jeden Fall etwas Wurst und Butter von uns mit, sagte Oma, sicher ist die Verpflegung nicht gut.

Pastor Mommsen nickte. Tante Luise kam mit dem Tee.

Ich möchte ihn auch gern sehen, sagte ich leise und fühlte die Röte in mein Gesicht steigen.

Wenn überhaupt dann haben nur Angehörige Zutritt, sagte er.

Wir reden mal mit August, sagte die Oma. Vielleicht kann er was machen. Er hat ja Beziehungen.

Der Pastor schüttelte den Kopf: Damit will er sicher nichts zu tun haben. Er trank hastig eine Tasse Tee und verabschiedete sich.

Ich begleitete ihn nach draußen und während er meine Hand schüttelte, steckte er mit der anderen einen Briefumschlag in meine Schürzentasche.

Für Sie von meinem Sohn, sagte er. Habe ich in meinem Briefkasten gefunden. Wie er da hinkam, weiß ich nicht. Wenn Sie antworten wollen, kann ich den Brief mitnehmen, wenn ich ihn besuchen darf. Aber denken Sie daran, dass alles geöffnet wird.

Er blickte hoch in den trüben Himmel und sagte leise, Der dort oben wird mir meinen Sohn hoffentlich zurückbringen.

Dann verschwand er.

Ich stand wie angewurzelt in der Haustür und versuchte, die furchtbaren Nachrichten, die er gerade überbracht hatte, zu begreifen. Er ist sicher geschnappt worden, als er am helllichten Tag zurück nach Hannover wollte. Ich war schuld. Wenn er das junge Mädchen hier untergebracht hätte, wäre er erst im Dunkeln gegangen. Im Gefängnis würde er bestimmt gefoltert, um das Versteck von Ellie zu verraten? Und wenn er die Schmerzen nicht länger ertragen könnte und anfing zu reden? Aber Wolfgang würde uns nicht mit in den Abgrund ziehen, hatte Ellie gesagt. Ob sein Vater wusste, dass Ellie bei mir versteckt war?

Ich zog den Umschlag aus der Schürzentasche, betastete ihn und hielt ihn gegen die Lampe über der Tür. Ein dünner Brief, fest verklebt, keine Adresse auf dem Umschlag, ohne Absender. Ich hatte Angst ihn zu öffnen. Noch mehr schlechte Nachrichten von Wolfgang konnte ich nicht ertragen. Ich steckte ihn zurück in die Schürzentasche und ging in die Stube. Beide Frauen waren wieder mit ihrem Flickzeug beschäftigt.

So traurig, was der Pastor über seinen Sohn berichtete, sagte Oma, ohne aufzublicken. Willst du ihm nicht etwas zu Essen mitgeben, wenn er ihn besuchen kann? Ich nickte und trug die Teetassen in die Küche, ein sicherer Platz, um den Brief zu lesen, solange Onkel August nicht hereinkam. Ich riss den Umschlag auf. Da stand:

*Die Fähigkeit, sich für eine Sache zu begeistern, die muss der Mensch haben. Wo sollte er sonst die Kraft hernehmen, zu kämpfen und den anderen verstehen zu können? Ich kann nicht bei Dir sein, aber im Geiste bin ich immer bei Dir und verfolge Deinen Weg.*

Das war alles. Nur ein paar Zeilen, wie ein Zitat aus einem anderen Brief. Ich las die Sätze immer wieder. Ohne Anrede, ohne meinen Namen. Ich versuchte einen Geheimcode daraus zu entziffern, las rückwärts, nur jedes zweite Wort, jeden dritten Buchstaben konnte aber keine versteckte Nachricht entdecken. War das Dir für mich bestimmt? Oder für Ellie und mich? Ich war mir auf einmal nicht mehr sicher. Der Brief könnte ja auch nur für Ellie gemeint sein. Hatte Pastor Mommsen das richtig verstanden? Woher wusste er überhaupt, für wen der Brief war?

Plötzlich stand Onkel August in der Küche.

Na, gute Nachrichten von deinem Mann? Er setzte sich neben mich auf die Bank. Ich rutschte an den Rand.

Rück nicht weg, Karla, ich hab doch nur noch dich hier im Haus.

Er war betrunken. Hastig faltete ich den Brief zusammen und stand auf und sagte: Deine Frau ist in der Stube, mit der kannst du jetzt ins Bett gehen. Ich schubste ihn weg. Er sah mich mit glasigen Augen

154

an und versuchte, nach meiner Schürze zu greifen. Ich schlug ihm auf die Hand: Lass deine dreckigen Finger von mir.

Ich rannte aus der Küche und schlug die Tür hinter mir so laut zu, dass Oma in der Stube aufwachte und *August* rief, während ich die Treppen hoch zum Taubenschlag lief.

Ellie war in ihrem Versteck. Was sollte ich ihr heute Abend erzählen? Sollte ich ihr den Brief zeigen? Wir stritten uns nicht mehr. Sie erwähnte meinen Mann nicht mehr und wir redeten kaum noch über Wolfgang. Stattdessen erzählten wir uns abends Geschichten. Ich gab ihr einen genauen Bericht vom Tage, von allem, was unten gemacht wurde, auch wenn es nicht viel war. Ich musste ganz genau berichten, wie viele dicke und wie viele kleine Kartoffeln in den Topf kamen, ob die Oma sie aus dem Keller oder Kasimir sie aus der Scheune holte, wer schneller schälte, Oma oder Tante Luise. Für sie, die den Tag im Dunkeln unter dem Dach verbrachte, wurde auch das Kartoffelschälen zu einer spannenden Geschichte. Ellie erzählte aus ihrer Kindheit – vom ersten Tag in der jüdischen Schule, wo der Lehrer nie bestrafte, sondern jedes richtig ausgesprochene hebräische Wort mit Süßigkeiten belohnte. Ganz anders als in der Volkschule, wo der Lehrer mit dem Lineal auf die Hände schlug, wenn man ein Wort falsch buchstabierte. Sie erzählte von dem Tag, als ihr jüngster Bruder beschnitten wurde. Sie hatte sich durch die Beine der Erwachsenen bis an den Mann mit dem Messer herangedrängelt und sah, wie dem Baby ein in Wein getränkter Wattebausch in den Mund gepresst wurde. Dann schnitt der Mohel zu. Ihr Bruder schrie fürchterlich, noch Tage danach, denn die Wunde verheilte nicht richtig. Wenn die Kirchturmuhr schlug, blies ich die Kerze aus. Sie sagte *Baruch Atah Adonai* auf und verkroch sich unter den Dachsparren.

Wolfgangs Brief lag neben mir auf dem Tisch. Ich spannte einen Bogen in die Maschine und begann zu tippen. *Liebster –*

*Mein Geliebter.* Sollte ich den Brief nicht besser mit der Hand schreiben? Ich zerriss alles in kleine Stücke. Ich spannte einen neuen Bogen Papier ein und konnte keinen Anfang finden. Was sollte ich schreiben? Einen Liebesbrief? Er liebte mich nicht mehr, nach alledem, was passiert war. Ich hatte ihm nicht geholfen, ich hatte ihm in großer Not die Tür vor der Nase zugeschlagen. Dieser Brief musste für Ellie gemeint sein. Ich verstand ihn gar nicht. Der Papierkorb neben mir füllte sich. Die letzte Seite war zerrissen und ich brauchte Nachschub vom Schreibtisch von Onkel August. Leise schlich ich die Treppen hinunter und horchte, ob alle im Bett waren. Der Schreibtisch stand in der Stube und das Papier war in der zweiten Schublade links. Als ich in den Taubenschlag zurückkam, war der Brief von Wolfgang nicht mehr aufzufinden. Hatte ich ihn ungewollt mit all den anderen Blättern zerrissen? Ich suchte verzweifelt im Papierkorb, besah jeden Schnipsel. Ich fand ihn nicht.

Da kam Ellie hinter der Trennwand hervor.

Wo ist der Brief?

Sie antwortete nicht.

Was hast du damit gemacht? Pastor Mommsen hat ihn mir gerade gebracht. Er war nicht für dich.

Ich möchte ihn noch mal in Ruhe lesen, morgen bei Tageslicht, bitte, gib ihn mir.

Sie schien abwesend. Sie drehte sich um und kroch zurück unters Dach. Keine Geschichten. Kein Gebet.

Das Baby in meinem Bauch war aufgewacht. Mit beiden Händen betastete ich die unregelmäßigen Stöße, die, wie eingebettet in dicke Watte, dumpf und angenehm gegen die Bauchwand trommelten. Ich bin auch noch da, schien es zu sagen. Vergiss mich nicht.

# DER HOCHSITZ

Am Sonntag nach der Kirche wollte ich dem Pastor ein paar Zeilen für Wolfgang geben, aber bis Donnerstag hatte ich noch nichts zu Papier bringen können. Handgeschrieben sollte es sein, hatte ich entschieden, nicht auf der Maschine getippt, auch wenn es nichts Persönliches enthielt. Ellie hatte mir mit Tränen in den Augen Wolfgangs Brief zurückgegeben. Wir würden ihn nicht wiedersehen, sagte sie, das stände darin. Aber wo denn? Ellie half mir nicht. Was sollte ich nur schreiben? Dass ich ihn immer noch liebte und dass ich mich schuldig fühlte? Ich hätte das junge Mädchen aufnehmen sollen, für ein paar Tage wenigstens, dann wäre er nicht im Gefängnis. Das konnte ich nicht schreiben, nur versteckt in Geheimsprache, wenn wir eine hätten, so wie er und Ellie, die aus seinen Zeilen viel mehr lesen konnte als ich. Oder bedeutete seine Festnahme für sie einfach das Ende. Ich konnte nichts aus ihr herausquetschen. Unter Tränen gab sie mir den Brief zurück und verkroch sich. Wo würde ich einen ruhigen Platz zum Schreiben finden? Nicht im Taubenschlag neben Ellie. Im ganzen Haus gab es kein Zimmer, in dem ich in Ruhe nachdenken konnte, selbst im Garten unter den Apfelbäumen könnte Onkel August auftauchen.

Ich entschied mich für den Teich bei dem Wäldchen, wo Wolfgang mir den ersten Kuss gegeben hatte. Dort gab es zwischen dem Schilf eine Öffnung zum Wasser hin, wo er Steine geworfen hatte, die über den ganzen Teich sprangen. Ich ging am Schilf entlang und suchte nach dem Platz, aber es gab nur Matsch, keine Öffnung zum Wasser,

157

keine Frösche im Gras, keine Kaulquappen. Auf der anderen Seite vom Teich hatten die Jäger einen Hochsitz gebaut mit guter Aussicht über die Felder. Bevor ich Wolfgang kannte, saß ich oft dort oben, beobachtete die Jungen unten am Teich, die die Frösche quälten und schrieb in mein Tagebuch.

Ich kletterte die steile Leiter hoch, was anstrengender war als die Treppen zum Taubenschlag. Oma hätte geschimpft, in meinem Zustand noch so etwas zu machen. Ich setzte mich auf die kleine Bank und streckte meine Beine gegen die Holzwand mit dem langen schmalen Schlitz, der für das Anlegen der Gewehre gemacht war. Ich schloss die Augen und lehnte mich gegen die Planken. Die Jagdsaison war sicher vorbei, Onkel August war lange nicht mehr mit einem Hasen nach Hause gekommen. Der Wind war stärker geworden. Zweige knackten, die Holzbohlen um mich herum knarrten, die Sitzbank begann leicht hin und her zu schwingen wie eine Wiege, die mich in den Schlaf schaukeln wollte. Plötzlich wurde der hölzerne Rahmen wie vom Sturm geschüttelt. Ich sah eine Hand, die sich am Pfosten an der Rückwand festhielt und dann ein Gesicht – Kasimir – er starrte mich durch die Zweige an.

Nicht fürchten! stotterte er. Hab gesehen und schnell versteckt hinter Baum.

Ich rückte auf die Seite. Er angelte sich an der Treppe herum. Kann ich sitzen?

Ja, ja. Es gab keinen Stehplatz auf dem Hochsitz. Was machst du denn hier?

Keine Arbeit mit Onkel heute. Ich mag Hochsitz. Gute Aussicht hier.

Was kannst du denn sehen? Rehe? Hasen? Hast du ein Gewehr?

Kein Gewehr. Kein Reh. Nur Felder und Leute. Suchen Essen und Holz.

Flüchtlinge? Kasimir sah mich verdutzt an. Er kannte das

Wort scheinbar nicht. Ich meine, Leute ohne Heimat, ohne Haus.

Ja, sagte er. Ohne Haus. Ich möchte mit Gewehr Hasen schießen für Leute ohne Haus. Sie sind arm und hungrig. Ich will helfen.

Onkel August hat Gewehre hinter verschlossener Tür und er hütete sie gut. Ob Kasimir das wohl wusste? Er sah in die Ferne und zeigte auf einen Pferdewagen, der sich auf dem Feldweg vom Teich zum Dorf hin bewegte, Bauern, die von der Arbeit kamen. Ein Ochsenkarren kam in unsere Richtung zum Teich hin. Auf dem Wagen konnte ich Leute erkennen. Der Ochse hielt und Leute, jung und alt, stiegen ab, liefen übers Feld und suchten nach etwas, was sie in Säcke stopften.

Wonach suchen Sie?

Kartoffel, Rüben, sagte Kasimir.

Und woher kommen sie?

Von große Stadt. Kasimir stand auf. Ich helfe Familie. Nicht Onkel sagen, bitte.

Ich schüttelte den Kopf, während er die Leiter runter stieg. Er ging zum Karren und half einer alten Frau auf den Wagen bevor der Ochse sie zum nächsten Feld immer näher zu meinem Hochsitz zog. Kannten sie Kasimir? Nur wenige Flüchtlingsfamilien hatten in unserem Dorf in den großen Häusern Unterschlupf gefunden. Pastor Mommsen hatte einem Ehepaar aus Hamburg Wolfgangs Zimmer angeboten.

Der Ochse hielt vorm Hochsitz. Alle sahen nach oben, konnten mich hinter der Holzwand aber nicht sehen. Die Kinder sprangen vom Wagen und rannten zur Leiter.

Steigt nicht hoch, rief der Vater. Das ist zu steil und da oben gibt es nichts zu Essen.

Ein Junge hörte nicht auf den Vater. Als er mich bemerkte, wollte er umkehren.

Keine Angst, sagte ich. Verstehst du mich? Er nickte.

Wie heißt du denn?

Er starrte mich an. Blass und dünn, vielleicht fünf oder sechs Jahre alt, kurze Hosen über langen, gestrickten Strümpfen; abgetragene Lederschuhe, ein dunkler Pullover mit Löchern an den Ellenbogen.

Wo kommt ihr her?

Er sagte nichts, sah mich nur erstaunt an und dann auf seine Familie unten.

Seid ihr von Hannover? Keine Antwort.

Von Hamburg? Er nickte.

Sucht ihr nach etwas zum Essen Er nickte wieder.

Wie heißt du denn?

Walter.

Ich suchte in meinen Jackentaschen, fand aber nur Bleistift und Papier für den Brief an Wolfgang.

Möchtest du das haben?

Er griff nach dem Stift und begann etwas auf das Papier zu kritzeln.

Wie alt bist du denn?

Sechs.

Seine Eltern riefen nach ihm. Er sah nach unten und malte weiter. Etwas Rundes, vielleicht den Teich oder eine Kartoffel. Ich wünschte, ich könnte ihm etwas zu Essen geben, Milch von unseren Kühen, Eier, Wurst.

Bleibt ihr hier über Nacht?

Ja, sagte er. Gestern, heute und morgen.

Kennst du den Mann, der gerade bei eurem Wagen war?

Er nickte und sagte: Der ist nett, gestern hat er uns Kartoffeln gegeben. Weißt du, wie er heißt?

Er schüttelte seine braunen Locken. Wie Wolfgang, dachte ich.

Seid ihr Juden?

Er sah mich an, als ob er das Wort noch nie gehört hatte – oder vielleicht schon zu oft.

Morgen komme ich wieder und bringe euch was zu Essen. Ich lasse es hier oben. Denk dran.

Er nickte. Sein Vater rief wieder. Mit Papier und Stift in einer Hand kletterte er runter und rief laut, Guckt mal, was ich habe. Er sprang auf den Wagen, der Ochse zog sie zum Teich und dann verschwand der Karren im Wäldchen.

Abends bat ich Kasimir, einen Beutel mit Kartoffeln, Zwiebeln und Eiern zum Hochsitz zu bringen. Oma holte etwas Wurst und Butter aus der Speisekammer.

Ja, Flüchtlinge, sagte sie, davon kommen noch viel mehr, die alle nach Essen suchen. Und bald klopfen sie an unsere Tür.

# IM PARADIES

Das Grab meiner Mutter am Nordrand des kleinen Dorffriedhofs war der Platz, auf dem ich schließlich etwas an Wolfgang schreiben wollte. Mit einem Bogen Papier und Füllfederhalter machte ich mich auf den Weg. Ein grauer Tag, kein Regen, keine Menschenseele, wie damals, als Wolfgang mich auf der Brücke beim Rathaus fotografiert hatte. Ich setzte mich auf die Bank unter der Birke, die am Feldweg außerhalb des Friedhofs stand, deren Zweige sich aber schützend über Mutters Grab ausbreiteten. Onkel August hatte eine kleine Holzbank aufgestellt, auf der aber selten jemand saß. In diesem Teil des Friedhofs verlief man sich nicht oft. Es gab nur ein paar Gräber entlang des Zauns, die nicht gepflegt wurden und nicht mal einen Stein hatten. Mutter bekam einen Findling mit ihrem Mädchennamen, dem Geburts- und Sterbedatum und der letzten Zeile von dem Goethe-Gedicht, was sie gelesen hatte, bevor sie vom Stuhl sprang: *Süßer Friede komm in meine Brust.* Das Buch lag aufgeschlagen auf ihrem Bett, als Onkel August sie fand.

Ich ging oft zu ihrem Grab und hoffte, dass Mutter den süßen Frieden gefunden hatte, nach dem sie sich so sehnte. Onkel August wollte ihren angeheirateten Namen Klages, der ja auch sein Name war, nicht auf dem Grabstein verewigen, nicht in diesem Teil des Friedhofs. Wenn ihr Mann daneben liegen würde, wär's anders, meinte er. Kurz vor Ausbruch des ersten Weltkriegs hatte er meine Mutter geheiratet, ihr drei Kinder gezeugt, immer wenn er von dem furchtbaren Krieg für ein paar Tage auf Urlaub nach Hause kam, und als ich unterwegs war, kam er nicht mehr zurück. Ich habe meinen

Vater nicht gekannt. Das einzige Foto, das ich von ihm gesehen habe, ist ein Hochzeitsbild. Er steht stramm, Hände auf dem Rücken, Kaiser-Wilhelm-Schnurrbart in rundem Gesicht und sieht mit stechendem Blick zuversichtlich in die Kamera. Mutter, die schöne Rosa hat man sie genannt, sitzt daneben im weißen Spitzenkleid mit einem Hauch von Melancholie in ihrem Blick. Vielleicht fehlte ihr schon damals die Freude am Leben.

Ich nahm die Hacke, die hinter dem Stein versteckt war, riss die Efeustränge vom Stein und von der Schrift los und warf sie hinter den Findling. Später würde ich sie zum Komposthaufen bringen, erst musste ich den Brief schreiben. Ich holte Papier und Füller aus der Jackentasche. Mir war warm von der Arbeit geworden. Ich streckte die Beine weit von mir, faltete die Hände über meinem Bauch und sah hoch in die Birke. Das Baby schlief, aber oben im Baum saß ein Schwarm von Spatzen, die drauflos tschirpten.

Hört auf mit dem Krach, rief ich ihnen zu, ich muss mich

konzentrieren. Als hätten sie mich verstanden, flogen sie auf einmal davon zu einem anderen Baum und schimpften weiter. Ich blinzelte in die Zweige und fühlte mich schläfrig. Vielleicht sollte ich erst ein Nickerchen halten und dann den Brief an Wolfgang schreiben. Zehn Minuten, sagte Oma immer, nicht mehr. Es musste etwa drei Uhr sein, noch nicht zu spät für ein Nickerchen. Wenn nur Wolfgang hier neben mir auf der Bank sitzen würde, wie schön wäre das. Dann brauchte ich keinen Brief schreiben und ich hätte eine Stütze für meinen Kopf. Fliegt zu ihm, ihr Spatzen, murmelte ich in die Birke, und sagt ihm, ich bin hier. Von weitem hörte ich ihr Tschirpen und dann war es auf einmal still. Ganz still. Ich wollte nicht einschlafen, nein, nur ein Nickerchen. Der Baum bog sich zu mir hin, ein leichter Windzug fuhr durch die Zweige. Da berührte mich etwas. Zarte Blätter, die, wie Fingerspitzen, über mein Haar fuhren. Dann ein sanftes Streicheln auf meinem Gesicht.

Wolfgang, flüsterte ich, bist du es? Keine Antwort. Da wieder die Finger auf meinen Wangen, meinen Haaren. Ganz deutlich fühlte ich das Streicheln. Setz dich zu mir, murmelte ich. Die Bank knarrte ein wenig. Ich fühlte sein dichtes Haar an meinem Hals, ich lehnte mich an ihn. Und nun legte er eine Hand auf meinen Bauch. Ich wagte nicht, mich zu bewegen. Dann hörte ich seine Stimme, leise und deutlich:

Ich kann nicht bei dir sein, flüsterte er in mein Ohr. Aber im Geiste bin ich immer bei dir.

Das war aus dem Brief, den er geschickt hatte. Es war Wolfgang, niemand anders würde mir diese Sätze zuflüstern. Ich fühlte seine Hand auf meinem Bauch, seinen Atem in meinem Ohr.

Vergib mir, stammelte ich. Es war meine Schuld.

Ich blieb lange so sitzen mit Wolfgang an meiner Seite. Er sagte nichts mehr, aber ich fühlte deutlich seine Hand auf meinem Bauch.

Die Glocken begannen zu läuten. Es war dunkel. Ich sah um mich. Wolfgang war nicht mehr da. Ich fühlte noch den Druck seiner Hände, den Klang seiner Stimme.

Neben mir lag der Bogen Papier und der Füllfederhalter. Etwas stand auf dem Papier. Ich liebe dich, stand da in Wolfgangs Handschrift oder hatte ich es geschrieben? Ich faltete den Bogen zusammen und steckte ihn in meine Jackentasche. Das Baby fing an zu strampeln. Ich presste meine Hände gegen die kleinen Stöße, die durch Bauch und Rücken zuckten. Schließlich raffte ich mich auf und ging auf wackligen Beinen erschöpft, aber glücklich, nach Hause.

Ich gehe mit dir mal zum Grab meiner Mutter, sagte ich zu Ellie. Da ist mir gestern Wolfgang erschienen und ich bin sicher, er kommt wieder, wenn wir beide dort sind.

Wolfgang auf dem Friedhof? sagte sie zögernd.

Ja, wie ein Wunder, sagte ich, immer noch erleuchtet von seiner Nähe.

Wann gehen wir?

Nachts, wenn alle schlafen.

Heute Nacht? Wie ein kleines Kind, dass sich aufs Christkind freut, glühten ihre Augen.

Wir müssen alles gut vorbereiten, sagte ich, besser morgen.

Bitte heute, drängelte sie. Ich bin bereit.

Seit fast zwei Monaten war sie bei mir und hatte den Taubenschlag nicht verlassen. Der Friedhof mitten in der Nacht schien mir ein sicherer Ort zu sein, keine Leute, keine Polizei, die dort herumstöberten. Sie griff nach meiner Hand und schüttelte sie, bis ich nachgab.

Wir müssen aber warten, bis das Dorf schläft.

Sie verschwand unterm Dach und kam nach fünf Minuten mit Kapuzenmantel und schweren Schuhen zurück.

Brauch ich sonst noch was?

Mut. Sehr viel Mut.

Den habe ich.

Kurz nach elf Uhr stiegen wir die Treppen hinunter. Ich hatte ihr genau erklärt, wie viele Stufen es gab. Sie sollte zählen. Die Taschenlampe würde ich nur im Notfall anmachen.

Ellie folgte mir, wie mein Schatten. Die Stufen knarrten viel mehr als sonst und die Katze, die zwischen unseren Beinen lief, schnurrte so laut wie eine Kreissäge. Wir verließen das Haus durch die Verandatür. Die Mondsichel war hinter Wolken versteckt, eine dunkle Nacht. Auf der Straße hakte ich sie ein und ging mit ihr dicht an den Häusern entlang. Beim letzten Hof fing ein Hund an zu bellen. Ellie zuckte zusammen.

Ich habe Angst vor Hunden, flüsterte sie.

Ich auch, gestand ich.

Wir bogen in den Feldweg ein, der um das Dorf herum und am Nordende des Friedhofs vorbeiführte. Der Weg war viel länger als quer durchs Dorf zu gehen, aber hier waren wir sicher, niemand würde uns begegnen.

Hast du immer noch Angst? fragte ich.

Ein bisschen, sagte sie. Und du?

Nein. Ich kenne den Weg. Hier passiert uns nichts mehr - keine Hunde, keine Leute. Die Katze hatte uns verlassen. Auf dem Feldweg gab es tiefe, von Pferdewagen ausgefahrene Spuren, die so matschig waren, dass wir mit unseren Schuhen darin steckenblieben. Ich knipste die Taschenlampe an und zeigte Ellie, wo sie hintreten sollte. Wir konnten nicht mehr nebeneinander gehen, der Mittelstreifen war zu eng für uns beide. Sie stapfte schweigend hinter mir her. Der Weg schien viel länger als sonst. Als die Kirchturmuhr halb zwölf schlug, erreichten wir die Birke am Grab meiner Mutter. Wir krochen durch die losen Bretter im Zaun und setzten uns auf die Bank. Ellie nahm meine Hand:

Danke, Karla, ich danke dir sehr, dass du mich aus dem Zimmer herausgeholt hast. Du glaubst gar nicht, wie sich das anfühlt, endlich mal draußen zu sein. Die Felder, der Himmel, die Bäume, die Luft. Ich bin dir so dankbar. Sie atmete tief ein und sah in den dunklen Himmel.

Es tut mir leid, dass dein erster Spaziergang zum Friedhof geht, sagte ich, nachts auf dem Friedhof passieren ja oft gruselige Sachen, aber heute Nacht wird sicher etwas Schönes passieren.

Zum ersten Mal huschte ein Lächeln über ihr Gesicht. Sie sagte, dass dieser Spaziergang so schön sei, sie könne sich gar nichts Schöneres vorstellen. Ich nahm ihre Hand und fragte, ob ihr der Friedhof mit den Toten um Mitternacht nicht Angst einjage. Sie schüttelte den Kopf. Sie musste schon so lange im Dunkeln leben, sagte sie, sei immer um Mitternacht von einem Haus zum nächsten geschickt worden. Hätte Monate in dunklen Räumen verbracht, wo die Sonne nicht hinkam. Keller, Scheunen, Ställe, die sie manchmal mit Schweinen, Kühen oder Ratten und Mäusen geteilt habe. Mein Haus unter dem Dach, wo es auch dunkel sei, gebe ihr ein Gefühl von Sicherheit, obwohl das täuschen könne, denn die Gestapo komme meistens in der Nacht.

Ich rückte näher an sie heran und fragte, ob sie so etwas schon erlebt habe. Sie nickte.

Möchtest du darüber sprechen? fragte ich, unsicher ob ich wirklich wissen wollte, was noch alles auf uns zukommen könnte.

Sie kamen nachts und durchsuchten das Haus, begann sie. Bis in den Schweinestall sind sie gekommen, wo ich mich versteckt hatte. Als die Tür geöffnet wurde, fingen die Schweine furchtbar an zu quieken, als würden sie geschlachtet. Der Schein von starken Taschenlampen raste durch den Stall, während ich mich durch ein Loch, das für die

Schweine gemacht war, nach draußen zwängte. Zwei Tage versteckte ich mich in ihrem Mist, bis der Bauer, den mein Vater kannte, mich nach Hannover brachte. Das war bislang das Schlimmste, was ich durchgemacht habe. Aber ich habe überlebt.

Ich legte meinen Arm um ihre Schultern. Sie schien erleichtert, darüber gesprochen zu haben und lehnte ihren Kopf gegen meine Schulter. Ich bin so froh, dass du überlebt hast, Ellie. Dass ich dich kennengelernt habe und dir etwas Besseres bieten kann, als einen Schweinestall.

Sie drückte meine Hand, ich danke für alles. Auch dafür, dass du mich hierher zum Friedhof gebracht hast.

Gestern ist mir Wolfgang auf dieser Bank erschienen, sagte ich. Deshalb sind wir hier, denn ich hoffe, er kommt heute Nacht noch einmal.

Ellie fragte, ob ich an Geister glaube. Wolfgang säße doch im Gefängnis und könnte gar nicht auf den Friedhof gekommen sein.

Du glaubst mir nicht?

Ich glaube nicht an Gespenster, sagte sie.

Aber Wolfgang ist doch kein Gespenst.

Nein, das ist er nicht, sagte sie. Er lebt hoffentlich noch und wenn wir ihn wiedersehn, dann ganz bestimmt nicht auf diesem Friedhof. Sie saß auf der Bank, die Beine von sich gestreckt und sah hoch in den Himmel. Ich suchte in meiner Manteltasche nach dem Beweis, dem Papier, auf dem *Ich liebe dich* stand. Sollte ich ihr das zeigen? Würde sie mir dann glauben?

Während ich noch suchte, war Ellie aufgestanden und fing an, zwischen den Gräbern herumzugehen, erst langsam, dann schneller und schließlich fing sie an, auf den schmalen Wegen zu laufen, immer schneller bis weit auf die andere Seite des Friedhofs, wo die Gräber wie Blumengärten gepflegt wurden. Außer Atem kam sie schließlich zurück und ließ sich neben mich auf die Bank fallen.

Das tut gut, schnaufte sie. Endlich mal wieder laufen können. Dieser Friedhof ist mein Paradies.

Wolfgang hatte sie vergessen.

Sie sah auf Mutters Grabstein und sagte: Erzähl mir von deiner Mutter. Warum ist sie hier ganz am Rande begraben und warum habt ihr nicht den gleichen Namen?

Ellie hatte viel mehr mitgekriegt, als ich glaubte, ihr erzählt zu haben. Nachnamen hatte ich in unseren Unterhaltungen nicht erwähnt.

Möchtest du das wirklich hören? sagte ich. Es ist eine traurige Geschichte.

Sie lehnte sich zurück und sagte, Ja, erzähl sie mir.

Sie hat sich erhängt. Deshalb liegt sie hier am Rande vom Friedhof und deshalb hat Onkel August ihren verheirateten Namen, der auch seiner ist, nicht auf den Grabstein setzen lassen.

Ellie sah mich an. Nun war sie es, die mich umarmte. Warum hat sie das gemacht?

Ich weiß nicht. Ich kannte sie nicht wirklich.

Wir saßen eine Weile still nebeneinander, ihr Arm noch um meiner Schulter.

Denk nicht an ihr Ende, sagte sie. Denk an das, was ihr im Leben Freude gemacht hat. Sie erzählte von einer Tante, die sie sehr gemocht hatte und die sich ein Schlachtemesser ins Herz gestoßenen hatte, als die Nazis über ihren Laden herfielen und alles zerschlagen hatten. Obwohl ich das nur aus der Erzählung meiner Mutter kannte, wurde ich die Bilder nicht mehr los, sagte sie, bis ich mich an all die Dinge erinnerte, die meiner Tante Freude bereitet hatten. Je mehr mir in den Sinn kam, desto weiter weg rückte ihr schrecklicher Tod. Sie drehte sich zu mir und fragte, was meiner Mutter Freude gemacht habe.

Ich musste lange nachdenken. Außer den Nachmittagen mit Herrn Peters fielen mir die Kühe ein, die sie alle mit Namen angeredet und mit Melkefett sanft massiert hatte. Sie mochte Bäume, besonders Birken. Ihr Gesicht hellte sich auf, wenn sie in der Sonne weiße Wäsche flattern sah oder im Winter steif gefrorene Bettlaken knistern hörte und wenn der erste Schnee den Garten mit einem dicken weichen Teppich bedeckte. Sie liebte ihre Bücher und kam die Treppe herunter, wenn sie Wolfgang Klavier spielen hörte.

Ich glaube, meine Mutter mochte Wolfgang, sagte ich, Wollen wir versuchen, ihn zu uns zu holen?

Ellie sah mich wieder skeptisch an. Ich würde lieber noch eine Runde laufen, bevor wir zurückgehen.

Ich nahm ihre Hand und bat sie den Text aufzusagen, den er geschickt hatte. Sie kannte ihn auswendig, das ahnte ich. Er war an sie gerichtet, nicht an mich. Sie setzte sich aufrecht hin wie vor eine Schulklasse und begann zu sprechen:

*Und wenn Dich eine Idee erfasst, so begeistere Dich an ihr. Aber diese Fähigkeit, sich für eine Sache zu begeistern, die muss der Mensch haben. Wo sollte er sonst die Kraft hernehmen, zu kämpfen und den anderen verstehen zu können? Ich kann nicht bei Dir sein und Dich führen und lenken, aber im Geiste bin ich immer bei Dir und verfolge Deinen Weg.*

Das sei aus einem Brief, den Ernst Thälmann seiner Tochter aus dem Gefängnis geschrieben habe, sagte sie. Er säße bestimmt immer noch, auch in Hannover.

Ob Wolfgang Kommunist sei, fragte ich.

Ellie wusste es nicht. Ihr gefiel die Stelle so gut, weil sie auch immer nach etwas gesucht hat, das sie begeistern könnte und für das sie kämpfen wollte. In ihrer Familie habe man nur gearbeitet und war am Sabbat in die Synagoge gegangen. Niemand hätte sich für oder gegen etwas eingesetzt. Sie kannte keine Juden, die gegen die Nazis gekämpft haben. Aber wenn sie überleben sollte, beteuerte sie, dann würde sie diesen Sätzen von Thälmann folgen und gegen das Unrecht kämpfen, das man ihnen zugefügt hat.

Du wirst überleben, sagte ich. Ich helfe dir dabei. Und hol Wolfgang zu uns, bitte. Der wird uns auch helfen.

Mir kann er nicht mehr helfen, sagte sie. Sie werden ihn in ein Lager verschleppen.

Woher weißt du das?

Wenn sie ihm Briefeschreiben verbieten, würde er mir als allerletzte Nachricht dieses Zitat irgendwie schicken. Das hatten wir abgemacht.

Sie schloss die Augen. Der Wind blies durch die Birkenzweige. Sie fegten über den Grabstein, als wollten sie alles auslöschen, was da stand, den Namen meiner Mutter, ihr Schicksal, die Erinnerung an sie. - Von Wolfgang keine Spur.

Wir sollten zurückgehen, sagte ich nach einer Weile. Wir können ja morgen wiederkommen.

Ja, ich würde gern morgen und übermorgen, jede Nacht wieder herkommen.

Und vielleicht kommt Wolfgang dann doch.

Bestimmt, wenn du allein hier bist, sagte Ellie. Meine Mutter hat auch auf dem Friedhof mit den Toten geredet, aber nur, wenn sie ganz allein dort war.

Aber Wolfgang ist doch nicht tot!

Entschuldigung, stammelte sie. So hab ich das nicht gemeint.

Ich stand auf und leuchtete mit der Taschenlampe auf das Loch im Zaun, durch das wir kriechen mussten, aber Ellie blieb sitzen. Ob sie überhaupt noch an Wolfgang dachte? Oder hatte sie ganz andere Sachen im Kopf - wie sie in unserem Haus überleben könnte, ob ihre Eltern und Geschwister noch am Leben waren. Die ständige Angst, die Ungewissheit, wie alles enden würde.

Ich stiefelte los. Die Furchen waren tief, ich rutschte hin und her und wünschte, Ellie wäre an meiner Seite zum Festhalten. Erst als ich die ersten Häuser erreichte, hatte sie mich eingeholt. Wir hakten uns ein und gingen gemeinsam durch die Verandatür zurück ins Haus.

# DIE POSTKARTE

Den Brief an Wolfgang habe ich nicht schreiben können – was sollte ich ihm sagen, das durch die Kontrollen gehen könnte, nicht meine Liebe, nichts über Ellie und unser Leben im Taubenschlag, nicht mal, dass ich immer an ihn denke und wünschte, dass er bald nach Haus komme. Aus allem könnte uns ein Strick gedreht werden. Sonntag nach der Kirche sagte der Pastor der Oma, dass Wolfgang ins Konzentrationslager Dachau verschickt worden war, wo Briefe nicht beim Empfänger ankämen, auch wenn sie den Vorschriften entsprächen. Er erhielt aber in regelmäßigen Abständen Postkarten von seinem Sohn. Das könnte immerhin ein Beweis dafür sein, dass er noch am Leben sei.

Ellie lag neben mir im Bett, als ich ihr die Postkarte zeigte, die Pastor Mommsen mir nach dem Gottesdienst zugesteckt hatte mit den Worten: Du kannst sie behalten. Ich bekomme noch mehr davon mit genau der gleichen Nachricht.

*Lieber Vater,*

*Mir geht es gut und ich hoffe, Dir auch. Hier kann ich alles kaufen. Wenn du mir schreiben willst, denk bitte daran, mein Geburtsdatum, sowie die Block- und Zimmernummer beizufügen, sie stehen auf der Postkarte. Ich schreibe bald wieder.*

*Herzlichst, Dein Sohn Wolfgang*

Neben der Adresse stand kleingedruckt:

*Folgende Anordnungen sind beim Schriftverkehr mit Gefangenen zu beachten:*

*1. Jeder Schutzhaftgefangene darf im Monat zwei Briefe oder zwei Karten von seinen Angehörigen empfangen und an sie absenden. Die Briefe an die Gefangenen müssen gut lesbar mit Tinte geschrieben sein und dürfen nur 15 Zeilen auf einer Seite enthalten. Gestattet ist nur ein Briefbogen normaler Größe. Briefumschläge müssen ungefüttert sein. In einem Brief dürfen nur 5 Briefmarken á 12 Pfg. beigelegt werden. Alles andere ist verboten und unterliegt der Beschlagnahme. Postkarten haben 10 Zeilen. Lichtbilder dürfen als Postkarten nicht verwendet werden.*

*2. Geldsendungen auf Postanweisungen sind gestattet, doch sind dabei genau Namen und Vornamen, Geburtsdatum und Gefangenennummer anzugeben.*

*3. Zeitungen sind gestattet, dürfen aber nur durch die Poststelle des K.L. Dachau 3K bestellt werden.*

*4. Pakete dürfen durch die Post in beschränktem Maße gesandt werden.*

*5. Entlassungsgesuche aus der Schutzhaft an die Lagerleitung sind zwecklos.*

*6. Sprecherlaubnis und Besuche von Gefangenen im Konzentrations-Lager sind grundsätzlich nicht gestattet.*

*Alle Post, die diesen Anforderungen nicht entspricht, wird vernichtet.*

*Der Lagerkommandant!*

Hast du gehört, was ich gerade vorgelesen habe? Ich hob das Deckbett hoch, unter dem sich Ellie verkrochen hatte.

Ich habe genug gehört, wimmerte sie. Sie drehte sich um, Tränen standen ihr in den Augen. Was wusste sie über Konzentrationslager? Hatte Wolfgang ihr davon erzählt?

Pakete sind nicht erlaubt, sagte sie, Briefe werden streng kontrolliert, Entlassungsgesuche zwecklos, Besuch verboten. Er kommt da nicht lebend raus. Sie drückte sich an mich und schluchzte: Meine Eltern sind vielleicht auch in so einem Lager. Meinem Onkel hat man nichts geschickt. Keine Postkarten. Nichts.

Vielleicht kann Onkel August ja was machen. Er hat so seine Beziehungen, sagt er immer. Ich rede mal mit meiner Oma.

Ellie reagierte nicht. Sie hob nicht mal den Kopf, als ich die Kerze auf dem Nachttisch anzündete und die Postkarte neben den Brief von Wolfgang mit dem Thälmann-Zitat stellte.

Unser Altar für Wolfgang, sagte ich. Lass uns jeden Abend für ihn beten.

Beten hilft nichts, sagte sie. Und die Postkarte von Dachau will ich nicht mehr sehen. Sie hört sich an, wie ein Todesurteil.

Aber wir wissen, dass er lebt. Das ist seine Handschrift.

Ellie sprang aus dem Bett. Ich muss raus, sagte sie. Ich brauche frische Luft.

Ich zog sie zurück.

Du kannst nicht allein gehen. Ich komme mit.

Bitte lass mich gehen. Ich kenne den Weg und bin vor Mitternacht zurück.

Als sie die Tür öffnete, schlich die Katze herein.

Nimm die Taschenlampe mit, rief ich. Aber sie war schon aus der Tür und kam nicht zurück. Die Katze schlängelte sich um meine Beine und schnurrte so laut, dass ich von Ellie nichts mehr hörte.


Es wurde Mitternacht und Ellie war immer noch nicht zurück. Ich nahm Taschenlampe und Regenschirm – es nieselte – und ging in Richtung Friedhof, der einzige Ort, den wir fast jeden Abend besuchten. Ohne Ellie an meiner Seite sahen die Gräber gespenstisch aus. Sie würde das Licht der Taschenlampe sehen können – aber kein Zeichen von ihr. Auf dem Rückweg ging ich am Teich und an dem Wäldchen vorbei, wo die alten Bäume ihre Äste verrenkten.

Ich hatte Angst. Als Kinder wurden wir abends in der Dunkelheit in die Weide geschickt und mussten bis ganz nach unten zum Kastanienbaum laufen, wo Oma Süßigkeiten versteckt hatte. Eine Mutprobe, sagte Onkel August, die uns später im Leben helfen würde. Toni und Otto kamen immer mit Leckereien zurück, ich schaffte es nie bis zum Kastanienbaum. Auf der Hälfte hatten mir die Apfelbäume mit den knorrigen Ästen, die nach mir zu greifen schienen, so viel Angst eingejagt, dass ich umkehrte und leer ausging. In dieser Nacht würde ich nicht aufgeben, ich war fest entschlossen durchzuhalten bis ich meine Belohnung gefunden hätte. Ich richtete die Taschenlampe auf den Hochsitz und rief ihren Namen, ging um den Teich und rief lauter nach ihr. Aber keine Spur von Ellie. Auf dem Weg zurück bemerkte ich weit vor mir eine schwarze Gestalt, die mir entgegenzukommen schien. Das musste sie sein. Niemand sonst ging nachts spazieren, nicht mal Flüchtlinge. Ich wollte laufen, aber der Nieselregen hatte den Feldweg in schlüpfrigen Matsch verwandelt. Die schwarze Gestalt hatte sich gewendet und schien in Richtung Dorf zu gehen. Warum wartete sie denn nicht auf mich? Sie muss doch meine Taschenlampe gesehen haben. Als ich die ersten Häuser erreichte, erkannte ich, dass die dunkle Gestalt an Krücken ging. Bernd Busse - wer sonst? Was trieb ihn um Mitternacht durchs Dorf? Ellie? Hatte er uns schon öfter auf dem Friedhof gesehen? Aber wo war Ellie? War er ihr begegnet und sie versteckte sich nun irgendwo oder hatte sie es bis nach Hause geschafft?

Ich kam näher, wusste aber nicht recht, was ich ihm sagen sollte. Er suchte eine Frau zum Heiraten, das wusste das ganze Dorf. Nach dem Unfall war er zu Onkel August gekommen und fragte, ob er mit mir ausgehen dürfe - er hatte sich nie für mich interessiert – und bekam eine Absage. Ein Bauer mit einem Bein sei nichts, meinte Onkel August. Und dieses eine Mal stimmte ich ihm zu.

Ich konnte den Mann mit den Krücken nicht erreichen. Er humpelte schnell und bevor ich in unsere Straße einbog, war er verschwunden. Vielleicht hatte er sich in die enge Gasse gegenüber von unserem Hoftor gezwängt, ein schauriger Ort, besonders im Dunkeln, wenn der Geruch von verschimmeltem Holz, Urin und verrotteten Tieren einem noch stärker entgegenschlug als bei Licht. Selbst während des Tages wagte ich nicht hineinzugehen. Ob Bernd Busse mit seinen Krücken da überhaupt durchhumpeln konnte? Oder hatte Ellie sich dort versteckt? Ich leuchtete mit der Taschenlampe in den Eingang, sah aber nur riesige Spinngewebe. Ich folgte dem Lichtstrahl, nahm all meinen Mut zusammen und stapfte bis zur Mitte, von wo aus ich die Öffnung am anderen Ende erkennen konnte. Weder Ellie noch Bernd Busse waren zu sehen. Ich machte die Taschenlampe aus und wartete im Dunkeln. Nichts raschelte, keine Katze, keine Mäuse, keine Ratten liefen durch die Blätter. Oma wäre stolz auf mich gewesen, wenn sie mich gesehen hätte.

Das Baby begann zu strampeln, als wollte es aus der Enge ausbrechen Ich streichelte meinen Bauch und ging zurück zum Haus.

Ellie war nicht im Taubenschlag. Die Katze kroch auf Ellies Kopfkissen und fing an zu schnurren.

Irgendwann muss ich eingeschlafen sein und als ich aufwachte, lag Ellie neben mir und stammelte: der Mann auf Krücken ...auf dem Friedhof ... in der engen Gasse ... immer hinter mir her

Lass uns später darüber sprechen, sagte ich. Versuch ein bisschen zu schlafen.

Sie sah sich im Zimmer um, als hätte sich der Mann mit den Krücken hinter den Balken versteckt. Sie klammerte sich an mich, wie ein ängstliches Kind an seine Mutter, aber ich fühlte mich nicht so stark, wie eine Mutter. Ihre Angst war mir auch in die Glieder gefahren. Ob Bernd Busse gesehen hatte, in welches Haus sie gelaufen war? Warum verfolgte er sie mitten in der Nacht? Er war es vielleicht auch, der uns die Polizei ins Haus geschickt hatte, weil er keine von

177

den Klages-Töchtern bekommen hatte.

Als der Morgen sich anmeldete, lagen wir immer noch Hand in Hand im Bett und zwischen uns die Katze, die als einzige in dieser Nacht ruhig geschlafen hatte.

# DIE HEBAMME

Ich saß auf der Bank vor dem Küchenfenster und pellte Zwiebeln für Kartoffelpuffer, als Bernd Busse durch das Hoftor auf Onkel August zuhumpelte, der damit beschäftigt war, schwere Kornsäcke in die Scheune zu karren. Wollte er Ellie wohl beim Ortsgruppenleiter anzeigen? Ihr Versteck verraten? Ihn vielleicht vor der Gestapo warnen?

Herr Klages, sagte Bernd Busse, die Augen auf Onkel August gerichtet. Ich habe eine Frage. Der sah irritiert auf und grummelte: Um was geht's?

Wohnt in Ihrem Haus eine junge Frau, die gern nachts spazieren geht?

Mir fiel das Messer aus der Hand

Onkel August schob seine Sackkarre weiter.

Sie hat blonde Zöpfe.

Onkel August funkelte ihn an: Siehst du nicht, dass ich zu tun habe und keine Zeit für Frauengeschichten?

Bernd Busse ließ sich aber nicht einschüchtern. Ich wollte Sie als Familienoberhaupt fragen, ob ich sie mal zum Bier einladen kann?

Onkel August hielt die Sackkarre an, streckte seinen Rücken, verschränkte seine Arme auf dem Bierbauch und sagte:

Ich bin hier im Dorf der Ortsgruppenleiter und nicht der Verkuppler. Und denk ein für alle Mal dran, dass die drei Frauen in unserm Haus alle verheiratet sind. Eine vierte ist vielleicht unterwegs aber viel zu klein zum Biertrinken. Er drehte sich um, rief nach Kasimir und ließ Bernd Busse mitten auf dem Hof stehen.

Ich beugte mich tief über die Schüssel, meine Augen tränten von den Zwiebeln. Ich wollte nicht mit ihm reden, hörte aber das Stapfen der Krücke näherkommen.

Guten Tag Karla, sagte er.

Guten Tag. Ich hob meinen Kopf nicht an.

Kann ich kurz mit dir reden?

Worüber denn?

Es geht um die junge Frau mit Zöpfen, die neulich nachts allein im Regen auf dem Friedhof spazieren gegangen ist. Kennst du sie vielleicht?

Eine junge Frau mit Zöpfen allein nachts auf dem Friedhof? Ich sah ihn mit stechenden Augen an.

Sie ging ganz allein auf dem Friedhof herum. Ist sicher ziemlich einsam. Aber als ich sie ansprechen wollte, lief sie weg.

Und dann? Was ist mit ihr geschehen?

Sie ist hier auf der Straße verschwunden, aber ich konnte nicht sehen, wo. Vielleicht in eurem Haus? Ich dachte, vielleicht ist sie ja mit euch verwandt, einsam und schwermütig. Ich dachte an deine Mutter.

Was ist mit meiner Mutter?

Na ja, ich dachte .... Deine Mutter... und die junge Frau... sind vielleicht verwandt.

Ich kenne die Frau nicht und lass meine Mutter aus dem Spiel, blitzte ich ihn an. Warum gehst du denn nachts allein spazieren?

Ich konnte nicht schlafen.

Bist du vielleicht auch schwermütig?

Sein Gesichtsausdruck veränderte sich plötzlich, er sah schmerzhaft aus. Er presste seine Lippen zusammen und sagte nichts mehr. Ich bückte mich tief über die Zwiebelschüssel und pellte weiter. Er drehte sich um und humpelte schnell durch das Hoftor. Meine Augen brannten, Tränen liefen mir über das Gesicht. Bernd Busse tat

180

mir auf einmal leid. Von allen wurde er abgewimmelt, Toni, Onkel August, von mir, selbst die Nazis haben keinen Platz für einen einbeinigen Bauern. Ich hätte mit ihm über die nächtlichen Spaziergänge reden sollen, vielleicht hätte er sich mir anvertraut und ich hätte ihm Ellie austreiben können. Jetzt würde er uns sicher die Gestapo ins Haus schicken.

Die Hebamme kam wenige Tage später, um meinen Bauch abzu tasten. In Omas Zimmer neben der Stube, legte ich mich aufs Bett und tat alles, was sie mir in ihrem kurzen, fast ruppigen Ton befahl: Beine anwinkeln, Beine strecken, auf die rechte Seite drehen, auf die linke. Frau Scheele hatte seit Menschengedenken in den umliegenden Dörfern alle Kinder zur Welt gebracht. Sie kannte alle Familienverhältnisse, redete aber nie darüber. Immer in Eile sauste sie mit dem Fahrrad auch mitten in der Nacht noch los. Wenn die Kinder im Bauch für ihre große Stunde doch nur den Wecker stellen könnten, sagte sie, ohne eine Miene zu verziehen. Sie war von kräftiger Statur, trug immer einen dunkelgrauen halblangen Mantel über einem hellgrauen Kleid mit weißer Schürze und einer weißen, steifen Haube, die an eine Krankenschwester erinnerte. Sie sei keine Schwester, betonte sie, zog sich nur so an, um bei den Müttern einen erfahrenen Eindruck zu machen, was sie gar nicht nötig hatte. Man sah ihr die Erfahrung überall an, besonders an den Händen. Breit und kräftig mit schmalen Fingern tasteten sie meinen Bauch vorsichtig ab, als stimmten sie ein Instrument. Die große Ledertasche, die sie auf dem Fahrrad immer begleitete, war voll von furchterregenden Zangen und Scheren, von vielen weißen Tüchern, einem dicken Nachschlagewerk und einem Kalender. Sie hielt keine langen Reden, ohne Umschweife kam sie auf den Kern der Sache zu sprechen und ging schon wieder, bevor man ihr all die Fragen stellen konnte, die eine junge Mutter bewegten. Sie meinte, dass sich der Muttermund bei mir schon etwas geöffnet habe und alles im Lot sei. Noch ist kein Kindskopf in Sicht, sagte sie todernst, außer denen, die sich sowieso schon in diesem Haus herumtrieben.

Gerade als sie den Satz mit den Kindsköpfen beendet hatte, wurde die Tür aufgerissen und zwei Männer mit Hut und langen Ledermänteln kamen herein, gefolgt von Onkel August und Kasimir, der vor der Tür blieb.

Frau Scheele stellte sich vor sie und sagte: Hier kommt gerade ein Kind zur Welt. Wollen die Herren vielleicht dabei helfen? Sie sahen zu Onkel August und drehten sich um. Nächstes Zimmer, kommandierte der Größere und zeigte auf die Treppe. Kasimir war verschwunden. Onkel August brummte: Da oben gibt's nichts. Nur Gerümpel.

Und Truhen für Mehl und Zucker, rief Oma ihnen hinterher.

Das werden wir sehen, sagte der Große.

Kasimir, mach die Klappe nach oben auf! rief Onkel August. Mein Kopf fühlte sich wie ein Kreisel an, der sich immer schneller drehte und alles um mich herum mit in den Strudel sog. Das letzte, was ich hörte, waren schwere Schritte auf der Treppe, dann, wie ein Kurzschluss, der alle Sicherungen durchbrannte, wurde alles schwarz. Ich lag still wie im Sarg, fühlte nichts, dachte nichts, hörte nichts.

Ganz ruhig, junges Fräulein. Ich hörte Frau Scheeles Stimme und öffnete die Augen. Sie betupfte meine Stirn mit einem feuchten Waschlappen. Du musst eingeschlafen sein und hast wohl schlecht geträumt, sagte sie. Du hast so laut geschrien, dass ich schon dachte die Männer in den langen Mänteln würden zurückkommen.

Wo sind sie? wisperte ich.

Weg, sagte Frau Scheele. Ich habe gehört, wie sie das Auto angelassen haben und weggefahren sind.

Haben sie was gefunden? Ich presste den kalten Waschlappen gegen meine Augen.

Nein, natürlich nicht, sagte Frau Scheele. Im Haus vom Ortsgruppenleiter gibt's nichts zu finden. Nur ein Dummkopf kann sie hierher gelotst haben.

Ich wusste, wer der Dummkopf war. Aber warum hatten sie Ellie nicht gefunden? Ich hatte die Stiefel doch noch auf der Treppe gehört. Sind sie nicht unter das Dach gekrochen? Der Kleine hätte sich reinquetschen können. Oder ist Ellie aus dem Fenster gesprungen?

Frau Scheele hatte ihre Sachen eingepackt, streichelte meinen Bauch und meinte: Bis zum nächsten Mal, Fräulein Karla. Wird schon werden. Sie redete alle werdenden Mütter mit du und Fräulein an, ob verheiratet oder nicht, ob fünfzehn oder fünfunddreißig, und das Wort Baby hatte noch niemand aus ihrem Mund gehört.

Und wo ist meine Oma? rief ich hinter ihr her.

Sie ist nach draußen gegangen, um deinem Onkel zu helfen. Die Männer hatten ein paar Fragen an ihn und deine Oma wollte sichergehen, dass er sie richtig beantwortet und nicht in all der Aufregung was Falsches sagt.


Ich wollte nicht aufstehen, am liebsten wieder einschlafen aber ohne schlechte Träume. Ich wälzte mich aus dem Bett, zog mich an und ging in die Küche. Oma und Tante Luise saßen am Tisch und starrten aus dem Fenster.

Was ist passiert?

Sie haben Onkel August mitgenommen, sagte Oma leise. Er hat sich furchtbar darüber aufgeregt, dass sie es gewagt haben, im Haus des Ortsgruppenleiters herumzuschnüffeln. Er hat sie angeschrien, bis ich nach draußen gegangen bin, um ihn zu beruhigen, aber es war schon zu spät. Sie haben ihn ins Auto geschoben und weg.

Und? Wohin? Wann kommt er zurück?

Wissen wir nicht. Sie haben nichts gesagt. Sie sah besorgt aus und sogar Tante Luise hatte ihre gerade Haltung verloren. Nach vorn gebeugt hielt sie ihren Kopf in beiden Händen.

Aber er hat ja nichts verbrochen, sagte ich.

Er hat sie angeschrien, das war genug. Man weiß nie, wie diese Leute reagieren - vielleicht schießen sie sogar.

Kasimir öffnete die Tür. Es war Mittag, aber nichts stand auf dem Tisch. Die Kartoffeln waren noch nicht gekocht.

Er verließ die Küche. Ich lief ihm nach.

Komm, sagte er und führte mich die Treppen hoch. Die Leiter zum Taubenschlag war verschwunden. Das Loch nach oben hatte er mit Kisten und Gerümpel vollgestellt, man konnte nicht ahnen, dass es weiter oben noch ein Zimmer gab. Kasimir räumte alles wieder zurück unters Dach, stellte die Leiter an und gab mir den Schlüssel für den Taubenschlag.

Danke, flüsterte ich. Vielen Dank. Du hast uns allen das Leben gerettet.

Nicht Onkel sagen.

Nein, nein, aber du musst nun mehr arbeiten, solange er weg ist.

Gut, sagte er. Kein Problem.

Ellie wollte ich von dem Besuch nichts sagen. Es war vorbei. Sie hatten sie nicht gefunden und Onkel August wusste nichts von ihr. Als ich am Abend meinen täglichen Bericht mit einer genauen Beschreibung der Hebamme begann, unterbrach Ellie mich.

Erzähl mir von den Leuten, die hier oben waren. Ich habe die schweren Stiefel gehört. War es die Gestapo?

Sie sind weg, sagte ich und nahm ihre Hand. Und sie kommen

nicht zurück.

Woher weißt du das?

Sie haben das ganze Haus durchsucht und nichts gefunden. Warum sollten sie wiederkommen?

Weil sie erst aufhören, wenn sie mich gefunden haben. Und der Mann mit den Krücken, der wird auch erst aufhören, wenn sie mich gefunden haben.

Wir haben Kasimir auf unserer Seite, sagte ich. Er hat uns gerettet. Er hat den Aufgang zum Zimmer mit Gerümpel versteckt. Er wird uns Bescheid geben, wenn sie wiederkommen.

Und was machen wir dann? Aus dem Fenster springen?

Nein, wir finden einen Weg. Kasimir hilft uns.

Kasimir gegen den Mann mit der Krücke ist eine ungleiche Partie, seufzte Ellie. Sie drückte meine Hand und flüsterte: Vielleicht sollte ich mit ihm doch ein Bier trinken gehen.

Bist du verrückt?

Ich könnte mich gut als deine Cousine ausgeben.

Ich wünschte, du wärst es.

# ONKEL AUGUST

Drei Tage nach der Festnahme kam Onkel August zurück, nicht im schwarzen Mercedes, sondern zu Fuß. Er sah unverändert aus, seine Mütze fest über die kurzen Haare gezogen, kein Zeichen von Gewalt in seinem Gesicht, keine geschwollenen Augen. Die grünen Hosen und das braune Hemd müssen gewaschen werden, sagte er als Allererstes. Er bestand darauf, jeden Morgen frisch gewaschene und gebügelte Hemden anzuziehen und das hatte er seit drei Tagen vermisst. Vielleicht hatte er ohne das tägliche Bier auch ein paar Pfunde verloren. Man hatte ihn zum Bahnhof gebracht, sagte er, und er verabscheute die Zugfahrt. Voll gepackt mit Soldaten, die zu neugierig waren. Ihr Schnabel stand nie still und alle wollten wissen, warum er in Hannover war. Was geht die das an, sagte er. Sein Stammtisch hatte ihm gefehlt und dort sei er schon vor einer Stunde eingekehrt, um die Zugfahrt runterzuspülen.

Oma sah ihn verwundert an. War die Zugfahrt wirklich das Schlimmste, was du in den letzten drei Tagen erlebt hast? Willst du uns nicht sagen, was sie mit dir gemacht haben? Wir haben uns Sorgen gemacht. Sie stellte einen Teller vor ihn. Hast du denn genug zu Essen gekriegt? Du siehst dünner aus.

Was für eine blöde Frage, brummte er. In Hannover ging's nicht um Essen. Es ging um meine Zukunft in der Partei und ich habe alles zurechtgerückt und sichergestellt, dass ich immer noch Ortsgruppenleiter in unserem Dorf bin. Er klopfte sich auf die Brust. Aber von jetzt ab verändert sich alles in unserem Haus und im Dorf. Den Posten haben sie mir nicht weggenommen, wiederholte er stolz. Aber ab heute werden neue Regeln strengstens befolgt. Er sah Kasimir an: Du isst ab heute nicht mehr in der Küche. Du isst auf deinem Zimmer oder mit den Kühen.

Kasimir sah zur Oma, die die Schultern hochzog und nichts sagte.

Jeden Abend verschließe ich alle Türen. Niemand geht oder kommt, ohne dass ich es weiß. Wir führen genau Buch über alle Besucher – auch Liesel.

Was? Das geht nicht, rief ich. Liesel ist Teil der Familie. Und Frau Scheele kommt jetzt auch immer öfter.

Du sei still, zischelte Onkel August. Du und der Sohn vom Prediger hat uns das alles eingebrockt. Er kommt Gottseidank nicht mehr. Ist im KZ, wo er hingehört. Aber sie haben mich nach dem Vater ausgequetscht. Was er sonntags predigt und die Leute, die er besucht. Das soll ich rausfinden und werde es tun, damit könnt ihr rechnen. Jedes Haus im Dorf muss so durchsucht werden wie unsers und ich werde das überwachen. Werde genau darüber buchführen und es einmal in der Woche der Parteileitung in Hannover melden.

Nun aber mal langsam, sagte Oma. Sag uns doch der Reihe nach, was sie mit dir gemacht haben. Fang noch mal von vorne an.

Nein, sagte er. Ich halte jetzt Mittagsruhe. Sie haben mich drei Tage wach gehalten bei hellem Licht. Konnte mich nicht hinlegen, hab stundenlang auf einem harten Stuhl gesessen und ihre dummen Fragen beantwortet. Das war kein Spaß. Ich geh jetzt ins Bett.

Iss doch erst mal was und sag uns, warum sie dich laufenlassen haben. Oma gab nicht nach. Nur, weil du von jetzt ab alles im Dorf genau überwachst, hat man dich gehen lassen?

Ich kannte einen von denen, nuschelte Onkel August.

Wer war das denn? Oma spitzte die Ohren.

Der Bruder von dem Polizisten, der hier schon aufgetaucht

ist und auch manchmal zum Stammtisch kam. Nicht mal dreißig, denke ich, aber schon an der Parteispitze in Hannover. Der hat mich erkannt und nach Hause geschickt.

Na, also. Oma klopfte ihm auf die Schulter. Wozu so ein Stammtisch doch nicht alles gut ist.

Das war nicht der Stammtisch. Onkel August schob verärgert den Tisch zurück und verließ die Küche. Dann kam er zurück, stellte sich vor Kasimir und bellte: Und du verlässt jetzt sofort die Küche! Er knallte die Tür zu und wir hörten ihn nach oben auf sein Schlafzimmer gehen.

Kasimir stand steif da und sah Oma an. Tante Luise sammelte das schmutzige Geschirr ein und setzte Wasser für die Abwäsche auf. Oma hatte sich gegen die Bank gelehnt und sagte mit geschlossenen Augen, dass sie wegen Kasimir mit ihrem Sohn reden werde. Vielleicht sei es besser, einen Spion aus ihm zu machen statt einen Feind. Er könnte ja helfen, die Dachböden und Keller der Nachbarn zu durchsuchen. Das kann er ja so gut, sagte sie und sah mich dabei mit einem Zwinkern in den Augen an. Kasimir nickte, als ob er alles verstanden hätte.

Und ich schlage ihm vor, dass ich die Liste aller Besucher in unserem Haus führen werde und jeden Abend sauber abtippe.

Du nicht, sagte Oma. Du hast doch gehört, was er über dich gesagt hat. Luise kann das machen. Sie hat eine schöne saubere Handschrift. Und ich kann auf Pastor Mommsen ein Auge werfen und auf Liesel. Wir zeigen August, dass wir die neuen Regeln beachten und einhalten.

Ich rede mit Liesel, sagte ich.

Nein, das mache ich. Oma bestand darauf.

Zum Abendbrot erschien Kasimir nicht. Ich machte ihm ein Schmalzbrot mit frischen Gurken, wie für Ellie, und als Onkel August fragte, wo ich damit hinwolle, konnte ich zum ersten Mal wahrheitsgemäß antworten: Zu Kasimir

Das schreiben wir auf, grummelte er.

Ich mache das, sagte Oma. Lass uns über die neuen Anweisungen reden und wie wir sie am besten einhalten können. Wir helfen dir damit.

Onkel August sah sie argwöhnisch an. Sie holte einen Schreibblock, auf dem sie anfing, Linien zu ziehen und oben auf die Spalten zu schreiben.

Pastor Mommsen, schrieb sie über die erste Spalte, das machen Luise und ich. Sie trug ihre Namen ein. Wir gehen ja sonntags immer in die Kirche, hören die Predigt und sehen, mit wem er sich hinterher unterhält.

Und frag ihn, wen er die Woche über besucht hat, sagte Onkel August.

Ja, selbstverständlich.

Ich kann auch dabei helfen, sagte ich in der Hoffnung, dabei mehr über Wolfgang zu erfahren. Oma schüttelte den Kopf und befahl mir, die Küche zu verlassen.

Ja, sagte Onkel August. Du hältst dich da raus.


Ich ging auf mein Zimmer. Ellie hatte ihr Brot gegessen und ließ sich nicht blicken. Als das Haus ruhig war ging ich nach unten und drückte auf die Türklinken. Veranda und Eingangstür waren verschlossen. Schlüssel fand ich nirgends. Für die Küchentür gab es keinen Schlüssel. Man konnte also immer noch durch die Waschküche und durch den Kuhstall nach draußen gelangen. Würde Ellie den langen Weg durch den Stall wagen? Als ich sie fragte blinzelte sie mir zu und sagte: Ich mag Kühe. Sie bellen und quieken nicht, wenn man sie nachts besucht.

# GEBURTSTAG

Es wird Zeit, dass ein Zimmer für Mutter und Kind zurecht gemacht wird, sagte Frau Scheele beim nächsten Besuch. Nicht zu weit weg vom Herd und vom Wasserhahn.

Mutters Schlafzimmer, das einzige freie Zimmer in der ersten Etage stand zur Auswahl. Es war groß, hatte aber, wie alle Zimmer oben, kein fließendes Wasser, gottseidank, denn mir gruselte vor dem Zimmer. Dort wollte ich mein Kind nicht auf die Welt bringen. Nach ihrem Tod hatte das Zimmer als Abstellkammer gedient, wo in dem großen Eichenschrank ihre Kleider und Mäntel und die grünen Hemden von Herrn Peters verstaut waren. Das Bett hatte Onkel August auseinandergenommen und im Knechtezimmer wieder aufgestellt. Das Zimmer der Oma wäre am besten, meinte Frau Scheele, man konnte es ohne Treppensteigen erreichen und Wasser gab es nebenan in der Küche. Ich atmete auf und Oma erklärte sich bereit, in Mutters Zimmer zu ziehen, wenn ich ihr beim Ausräumen helfen würde. Vaters Sachen gaben wir in die Kleidersammlung für die Front, die haltbaren und brauchbaren Dinge wurden in der Eichentruhe verstaut und die Kleider, mit Mottenpulver bestäubt, wieder in die Eichenschränke gehängt. Onkel August und Kasimir trugen Omas Bett in Mutters Zimmer und rückten die schweren Möbel dahin, wo Oma sie haben wollte. Schließlich war sie ganz zufrieden mit ihrer neuen Bleibe, die gar nicht mehr an Mutters Zimmer erinnerte.

Und nun auf den Boden! Kasimir los nach oben!

Nein, noch nicht, rief ich. Da muss ich erst aufräumen.

Nicht nötig, nuschelte er, das große Bett von oben müsse in mein neues Zimmer nach unten, wenn ich das Kind nicht auf dem Fußboden zur Welt bringen wollte.

Nein, nein. Nach dem Mittagessen, rief ich.

Die Luke zum Boden war zu. Ellie konnte uns nicht hören. Ich rannte in die Küche und sah Oma mit flehendem Blick an.

Mittagessen ist fertig, rief sie den Männern im Flur zu. Lasst uns erst was essen, bevor ihr weitermacht.

Onkel August schüttelte den Kopf und sagte zu Kasimir: Das nennt man bei uns Frauenwirtschaft. Seit er Omas Ratschlag gefolgt war, ihn auf die wöchentlichen Schnüffeltouren im Dorf mitzunehmen, waren sich die beiden Männer etwas nähergekommen. Eigentlich hatte Onkel August keine Lust, die Nachbarn auszufragen und schon gar nicht allein. Kasimir war willkommen. Jeden Montagabend zogen sie durch die Nachbarschaft, klopften an die Haustüren und schrieben auf, wie viele Zimmer im Haus waren, wie viele Leute dort wohnten, wer zu Besuch gekommen war. Onkel August kannte die meisten und musste sich bei den Umfragen nicht wohl gefühlt haben. Hinterher ging er ins Gasthaus und kam spät zurück.

Oma hat das, was Onkel August irgendwo hinkritzelte, Tante Luise diktiert, die alles säuberlich in ein Heft schrieb, das er einmal im Monat nach Hannover schickte. Alle in der Familie waren an den Schnüffeleien beteiligt, nur ich nicht.

Nach dem Mittagessen eilte ich nach oben, um Ellie zu warnen. Sie saß am Tisch vor dem Fenster, was sie selten machte. Es war ein warmer Frühlingstag, die Bäume blühten und ein Duft von Hoffnung strömte durchs Fenster.

Ellie, sagte ich, heute wird sich was verändern.

Kommt das Baby? Sie streichelte meinen Bauch. Ich schüttelte den Kopf und führte sie zum Bett. Ab heute schlafen wir nicht mehr zusammen. Das Bett wird nach dem Mittagessen nach unten in mein neues Zimmer gebracht, wo das Baby zur Welt kommt.

Sie ließ sich aufs Bett fallen. Ich streckte mich neben ihr aus.

Und ich? Kann ich hierbleiben, wenn das Baby da ist?

Ganz sicher, du kannst hierbleiben. Wir brauchen nur ein neues Bett.

Sie beugte sich über mich und hauchte mit schimmernden Augen einen Kuss auf meine Stirn.

Besuchst du mich auch noch hier oben?

Natürlich, ich bringe dir weiterhin was zu essen.

Sie setzte sich aufrecht gegen das Kopfende des Bettes. Ich hab ja unter dem Dach eine Matratze, am sichersten Platz im ganzen Haus. Mach dir um mich keine Sorgen. Du musst dich um dein Baby kümmern. Ihre Augen füllten sich mit Tränen. Ich fühlte ein Zucken in meinem Bauch, einen schmerzhaften Stich, der sagte, dass unsere gemeinsame Zeit im Taubenschlag zu Ende war. Wir hatten über die Monate langsam Vertrauen zueinander gefasst, unsere Geheimnisse geteilt und die ständige Angst, entdeckt zu werden. Ich wusste, dass auch sie den Druck in der Magengegend kennt, der, wie die Blätter einer aufgehenden Knospe, anschwellen und erdrücken kann. Ellie hatte gelernt, die tägliche Gefahr zu verdrängen und ich versuchte, dem durch Schreiben zu entfliehen. Aber das Geschichtenerzählen abends im Bett und die Spaziergänge zum Friedhof halfen am meisten. Das würde sich ändern. Die Spaziergänge hatten schon aufgehört, nachdem Bernd Busse nachts aufgetaucht war. Nun hörten auch die abendlichen Berichte über unseren ereignislosen Alltag auf.

Am letzten Tag im Mai erwachte ich früh morgens schweißgebadet aus demselben Alptraum auf, den ich bei meiner Schwiegermutter in der ersten Nacht geträumt hatte. Ich fuhr in einem Zug. Es holperte und ruckelte, als ob etwas auf den Gleisen lag. Mein Nachbar schob einen Kopf aus dem Fenster und sagte: Da draußen liegen Leichen auf den Gleisen, deshalb ruckelt es so. Ich sprang auf und lehnte mich weit aus dem Fenster, sah aber nichts. Mein Nachbar zog die Notbremse, der Zug hielt mit einem heftigen Ruck und ich wachte auf.

Mein Bauch tat so weh, als sei der Zug gerade über mich hinweggerollt. Alle Muskeln hatten sich zusammengezogen wie nach einem Dauerlauf nur viel schmerzhafter. Das waren richtige Wehen, ich wusste es, keine Vorwehen. Sollte ich Oma wecken, mitten in der Nacht? Der Wecker zeigte viertel nach vier. Ich blieb unschlüssig im Bett liegen und versuchte, den Traum und die Schmerzen abzuschütteln. Alle fünf Minuten sah ich auf die Uhr. Die Schmerzen ließen nach. Ich fühlte nur noch ein Ziehen im Rücken. Das Baby begann wie wild zu strampeln. Ja, sagte es, ich möchte raus. Die Stöße gegen die Bauchdecke vermischten sich mit ruckartigen Krämpfen. Aber die Schmerzen hörten auf und mein Köper schien sich wieder zu beruhigen. Ich schaltete das Licht aus und schlief wieder ein. Als ich aufwachte, war es hell. Mein Bett war nass, ich lag in einer kleinen Pfütze. Und bevor ich aufstehen konnte, warf mich eine heftige Wehe zurück auf die nasse Matratze. Wie ein Akkordeon zog sich wieder alles zusammen. Ich schrie. Oma kam ins Zimmer geeilt. Sie legte einen nassen Waschlappen auf meine Stirn und drückte meine Hand.

Zähl ganz laut und langsam, sagte sie, ich helfe dir, eins – zwei – drei ... Wir zählten zusammen, bis der Schmerz nachließ. Tante Luise steckte den Kopf in die Tür.

Kannst du frisches Bettzeug holen und August zu Frau Scheele schicken? sagte Oma. Es ist so weit.

Die nächste Wehe ließ auf sich warten. Ich aß ein Marmeladenbrot, eine Tasse Kaffee und rief Liesel an. Sie war aufgeregter als ich, wollte gleich auf ihr Fahrrad springen und herkommen Die Hebamme ist noch nicht mal hier, sagte ich. Lass dir Zeit.

Aber Ellie, flüsterte sie. Sie braucht doch was zu Essen. Oder gehst du immer noch die Treppen rauf und runter?

Ellie ... ich hatte sie ganz vergessen.

Ich kann nicht mehr hochgehen. Mein Wasser ist schon gebrochen.

Na, dachte ich mir doch.

Eine halbe Stunde später kam Liesel mit dem Fahrrad auf den Hof gefahren, voll beladen mit Taschen und Rucksack.

Ich schlafe oben im Taubenschlag, verkündete sie Onkel August. Keine Widerrede.

Sie brachte ihre Sachen nach oben, bekam von Oma Bettzeug und als sie, wie selbstverständlich, Butterbrot und heißen Kakao aus der Küche die Treppen hochtrug, fragte Onkel August zögernd, ob ihr Besuch denn auch vermerkt würde. Oma holte Schreibblock und Bleistift und schrieb Liesels Namen und Uhrzeit auf. Onkel August nickte zustimmend und verließ die Küche. Bei der nächsten Wehe hielt Oma meine Hand und zählte mit mir, als ich vor Schmerzen nur noch wimmerte.

Frau Scheele kam nachmittags und schickte alle aus dem Zimmer. Sie fühlte auf dem Bauch herum und meinte: Ein bisschen dauert es noch, das Kleine hat sich gedreht, der Kopf ist zu sehen. Alles im Lot. Sie breitete ihre Instrumente auf der Waschkommode aus, schickte nach heißem Wasser, was Tante Luise schon vorbereitet hatte, und sie ließ auch Liesel wieder mit ins Zimmer.

Ihr könnt dann alle mit ziehen helfen, sagte sie ohne dabei eine Miene zu verziehen.

Aber Karla ist doch keine Kuh, sagte Liesel empört.

Ach, stimmt, sagte Frau Scheele trocken, bei Frauen geht's leichter als bei den Kühen.

Als die nächste Wehe kam, nahm Liesel wieder meine Hand und zählte mit mir, während Oma auf Anweisung viele weiße Tücher bereitlegte. Luise war weiter für heißes Wasser zuständig. Sie blieb in der Küche. Bei der nächsten Wehe, die wie ein Axthieb durch meinen Körper fuhr, schrie ich auf. Liesel hielt meine Hand. Niemand zählte. Alle zusammen drückten wir das Baby ans Licht.

Ein Mädchen, sagte Frau Scheele. Gratuliere. Ein perfekter kleiner Mensch, nichts fehlt.

Sie zeigte mir das blutige, schreiende Wesen noch an der Nabelschnur. So viel Schmerzen für dieses schrumpelige, hässliche Ding. Ich schloss die Augen und öffnete sie erst wieder, als mir ein weißes Paket in die Arme gelegt wurde. Nur das kleine Gesicht mit zwei Augen, einer Nase, einem winzigen Mund, zwei Ohren und einem kaum sichtbaren Flaum von hellen Haaren blickte aus dem weißen Päckchen hervor. Ein Wunder, dachte ich. Mir schossen Tränen in die Augen und das Kleine fing an zu schreien.

Es möchte trinken, sagte die Oma und öffnete mir das Nachthemd, während Frau Scheele immer noch an meinem Bauch herum fühlte und dann verkündete: Und weil der Mensch nicht gern allein ist, kommt noch eins.

Liesel schlug die Hände zusammen: Das ist doch nicht möglich.

Doch, sagte Frau Scheele, Es ist möglich. Ich konnte es nicht feststellen, weil sie hintereinander lagen und zusammen soviel wiegen wie nur ein Neugeborenes. Das Wasser ist noch nicht gebrochen, es kann noch etwas dauern.

Oma blickte in die Runde: Zwei Fliegen mit einer Klappe. Gut gemacht, mein Karlchen.

Ich fühlte gar nichts, weder Glück noch Schmerz, keine Angst, keine Freude. Ich fühlte nur das weiche, winzige Wesen an meiner Brust.

Es wird nicht so schlimm wie beim ersten, sagte Frau Scheele. Keine Bange, ist ja schon alles weit geöffnet.

So einfach wollte das zweite dann aber doch nicht raus. Bis nach Mitternacht presste und keuchte und schrie ich, bis endlich auch der Junge geboren war.

Ob es denn wirklich noch Zwillinge wären, fragte Liesel, inzwischen sei ja schon der 1. Juni und ein ganz neuer Monat.

Ja, ja, das kriegen wir schon hin, sagte Frau Scheele. Und als sie in den frühen Morgenstunden das Haus verließ, lagen zwei kleine, neue Menschen in meinen Armen.

Drei Tage später wurden die Geburtsurkunden ausgestellt:

Johannes und Margarete Könneker; geboren: 1. Juni 1943; Vater: Sonderführer und Bauer Heinrich Könneker, Mutter: Karla Könneker geborene Klages.

Der Standesbeamte pustete die Tinte trocken und drückte einen Stempel auf das Papier, das er mir mit *Gratuliere* und *Heil Hitler* überreichte.

# DER BRUCH

Ich brauchte Hilfe. Am besten eine Amme, die alle paar Stunden die Kleinen an die Brust legte, aber das gab es nur bei Madame Bovary und Anna Karenina, nicht bei uns auf dem Dorf mitten im Krieg. Ein junges Mädchen aus der Nachbarschaft kam jeden Vormittag und half mir mit den Zwillingen. Onkel August begrüßte sie morgens mit Handschlag und einem verkniffenen Lächeln.

Ich trage Elfriede in die Besucherliste ein, sagte Oma in drohendem Ton.

Mach, was du willst, fauchte er zurück. Ist mir egal.

Schon nach wenigen Tagen konnte Elfriede sich nachmittags kaum noch von den Kleinen losreißen. Ich möchte auch Zwillinge haben, meinte sie. Ich nickte übermüdet und freute mich auf den nächsten Morgen, wenn sie zurückkam.

Grete entwickelte sich von der ersten Stunde an in ein sanftes, aber neugieriges Wesen, Johannes dagegen wehrte sich gegen alles. Er wollte nicht trinken, nicht gewickelt werden, nicht baden. Und wenn ich abends das Licht ausschaltete, fing er so herzzerreißend an zu schreien, dass ich es wieder anknipste.

Alle kleinen Kinder schreien im Dunkeln, sagte die Oma. Versuch nicht hinzuhören.

Ich hielt mir die Ohren zu und rannte in den Taubenschlag.

Er hat was, sagte Liesel, die bei Ellie saß. Geh zum Arzt, hör nicht auf deine Oma. Ellie erinnerte sich an ihren kleinen Bruder, der auch viel geschrien hatte, weil die Beschneidung schlecht verheilt war.

Beschneidung? fragte Liesel ungläubig. Das kenne ich nur von

Schweinen. Frau Scheele bringt Kinder wie Kälber auf die Welt und ihr macht es wie mit den Schweinen? Liesel war außer sich. Das ist ja grausam.

Das haben unsere Vorfahren schon so gemacht, sagte Ellie. Und es wird so bleiben.

Beschnitten ist Hannes ja gottseidank nicht, aber er schreit so, als hätte man ihm etwas angetan.

Lass doch einfach das Licht brennen, sagte Liesel und öffnete die Tür weit damit wir sein Schreien gut hören konnten und Licht anmachten.

Oma sagt, er müsste sich von klein auf ans Dunkel gewöhnen, wie Grete, die schläft, auch wenn ihr Bruder schreit. Ich schloss die Tür.


Am nächsten Abend stand ich wieder an seinem Bettchen und überlegte noch, ob ich nicht doch, gegen Omas Anweisung, das Licht anschalten sollte, als Hannes plötzlich mitten im Schreien ganz ruhig wurde. Gerade hatte er noch herzzerreißende Töne von sich gegeben und plötzlich war er still, totenstill. Ich machte das Licht an, schlich ans Bett und besah das kleine Gesicht. Sein Kopf war immer noch rot, aber ganz ruhig. Er lag auf dem Rücken und die kleine Brust, die er gerade noch heftig auf und nieder gepresst hatte, bewegte sich nicht mehr. Ich weiß nicht, wie lange ich ihn anstarrte, bevor ich zur Oma rannte. Sie befühlte den Kopf, beugte sich über ihn. Sofort den Doktor holen, sagte sie. Ich fiel in den Sessel und vergrub mein Gesicht in den Händen. Oma telefonierte, Grete schlief und Hannes sagte keinen Pieps mehr. Nach entsetzlich langen Minuten stand der Doktor an seinem Bett.

Lebt er noch? fragte die Oma.

Ja, sagte er. Er muss ins Krankenhaus

Hannes wurde noch am gleichen Abend mit der Kutsche nach Peine gebracht. Onkel August ließ Kasimir Irene, sein liebstes

Pferd anspannen und erlaubte ihm sogar, mit auf dem Kutschbock zu sitzen, behielt aber selbst die Zügel fest in der Hand. Oma packte eine Tasche mit Windeln und Wickeltüchern und nahm mir Hannes aus dem Arm.

Ich will mit, flehte ich, aber Oma ließ mich nicht.

Grete braucht dich, sagte sie und fuhr mit Hannes auf dem Schoß mitten in der Nacht davon. Die letzte Zeile von einem Goethe-Gedicht ging mir wie eine steckengebliebene Schallplatte durch den Kopf, immer wieder die letzte Zeile: *In seinen Armen das Kind war tot.* Irgendwann muss ich mit Grete an meiner Seite eingeschlafen sein.

Es wurde hell, als die Kutsche wieder auf den Hof fuhr. Oma kam mit Johannes auf dem Arm ins Zimmer.

Er lebt, sagte sie. Alles in Ordnung.

Sie legte das kleine Paket zu mir ins Bett. Grete schlief. Hannes strahlte, als er mich sah und grabschte gierig nach meiner Brust. Oma setzte sich zu uns ans Bett und streichelte sanft über seinen Kopf.

Was hatte er denn?

Nach einer Weile sagte sie leise: Aus Angst vor der Dunkelheit hat er sich in einen Leistenbruch geschrien und ist vor Schmerzen schließlich ohnmächtig geworden. Das meinte der Doktor.

Ein Leistenbruch?

Ja, nicht nur alte Männer holen sich einen Bruch.

Nur weil Oma das Licht nicht anlassen wollte, hat mein Sohn in seinem kurzen Leben schon so viele Schmerzen aushalten müssen. Ich wagte nicht, ihr in die Augen zu sehen.

Und während der Kutschfahrt auf den holperigen Feldwegen und auf dem Kopfsteinpflaster hat sich durch das Ruckeln und Rumpeln der Bruch von selbst wieder eingerenkt.

Sie schlug ihre Hände lautlos über der Brust zusammen. Ist das nicht unglaublich? Omas Augen strahlten

Hat der Doktor das wirklich gesagt?

Ja, sagte sie, das hat er genauso gesagt: Das Ruckeln in der Kutsche hat ihn geheilt.

Der furchtbare Traum mit dem Zug fiel mir wieder ein, aber dieses Mal war es ein gutes Ende. Das Holpern auf den Gleisen kam nicht mehr von Leichen sondern von Steinen, die Hannes gerettet hatten.

Lass das Licht nachts ruhig an, sagte Oma und streichelte Hannes über seine runden Bäckchen. Dein Sohn ist eben anders als die andern Kinder.

Kasimir montierte an die Wiege eine kleine Lampe, die die ganze Nacht brannte.

Wie bei uns zuhause, sagte er. Wir zünden in der Kirche Kerzen für die Kranken an, die immer brennen.

# KASIMIR

Nach den gemeinsamen Spionierabenden in der Nachbarschaft hatte Onkel August Kasimir erlaubt, wieder mit am Mittagstisch zu sitzen, aber morgens und abends aß er auf seinem Zimmer oder im Stall. Die Besucher wurden kaum noch aufgeschrieben, die Haustür blieb nachts oft offen und der Schlüssel zur Verandatür hing daneben. Sonntags schrieb Oma immer noch etwas über Pastor Mommsen in das Heft, glaubte aber, dass man in Hannover keinen einzigen Satz je darin gelesen hätte. Es kam immer ohne jeden Kommentar zurück. Das Ganze sei eine Finte, meine sie, von dem netten Gestapo-Mann ausgedacht, um Onkel August zu retten.

Sobald Liesel durchs Hoftor kam, heftete sich Kasimir an ihre Fersen. Auch Onkel August hatte es bemerkt und brummte: Der hat bestimmt was vor. Passt auf, dass er nicht noch unsere silbernen Löffel klaut. Aber er dachte an seine Jagdgewehre, die eingefettet im Schrank neben der Flurgarderobe verschlossen waren und nur im Winter zur Treibjagd herausgeholt wurden. Der Schlüssel zum Schrank war in einem Schubfach der Garderobe versteckt und jeden Abend vor dem Schlafengehen sah er nach, ob noch alle drei Gewehre da waren.

Nimm Kasimir nicht mit in den Taubenschlag, bat ich Liesel. Er weiß, dass dort jemand versteckt ist, aber sehen soll er Ellie nicht.

Das hat er längst, antwortete sie fast stolz. Wir machen jeden Abend ganz spät, wenn alle schlafen, einen Spaziergang ums Dorf herum.

Ich schnappte nach Luft. Am liebsten hätte ich sie angeschrien, aber

Grete lag in ihren Armen

Beruhige dich, sagte Liesel. Die Gestapo ist noch nicht wieder aufgetaucht und wir sind bislang niemand begegnet, auch nicht dem Mann mit der Krücke. Sie wusste, dass Onkel August Berichte nach Hannover schickte.

Auch wenn sie Ellie in diesem Haus nicht finden, sagte ich, kann er seine Stellung als Ortsgruppenleiter verlieren. Ein verdächtiger Hinweis aus dem Dorf genügt. Ich nahm ihr Grete aus den Armen.

Es ist alles unter Kontrolle, sagte sie. Euer Haus haben sie schon durchsucht, hier kommen sie nicht mehr her. Und hör dir dies an, Kasimir hat an Ellie Gefallen gefunden. Sie verstehen sich prächtig.

An Ellie? Er hatte es doch auf dich abgesehen oder du auf ihn. Liesel schüttelte den Kopf. Ich solle mich doch nicht mit Gefangenen einlassen, hast du gesagt. Und ich hab mir deine Warnung zu Herzen genommen, obwohl mir Kasimir gefällt. Für Ellie ist er keine Gefahr, so komisch das klingt. Sie ist in viel größerer Gefahr und Kasimir könnte ihr eines Tages sogar eine Hilfe sein.

Wie stellst du dir das denn vor?

Ich weiß nicht. Aber vielleicht könnte er sie mit nach Polen nehmen und eine Brieftaubenzucht anfangen. Davon redet er jedenfalls immer, wenn wir spazieren gehen.

Er will Ellie heiraten? Hat er sie schon gefragt?

Nein, nein, das nicht. Aber er will eine Brieftaubenzucht anfangen, wenn er wieder in Polen ist.

Ich dachte, er wollte ein Lokal aufmachen. Und nun eine Taubenzucht? Ist ihm die Idee vielleicht im Taubenschlag gekommen? Liesel grinste.

Nein, versicherte sie. Den Taubenschlag kennt er nicht. Wir treffen ihn abends im Steingarten vor der Veranda. Dann begann sie von Brieftauben zu erzählen. Kasimirs ganze Familie habe Brieftauben gezüchtet, sein Vater, der Onkel, der Großvater. Er käme aus einer Bergmannsfamilie in Oberschlesien, die sich nebenbei Brieftauben hielten. Früher seien sie als Flugpost benutzt worden, aber heute nicht mehr, sagte sie. Die Eisenbahn habe sie ersetzt, obwohl die Bahn nicht schneller ist als die Tauben, sagt Kasimir. Aber im Gegensatz zur Bahn fliegen die Tauben wieder zurück an ihren Ausgangspunkt. Und wusstest du, dass sie bis zu hundert Kilometer in der Stunde fliegen können? Liesel war begeistert. So schnell wie dein Heinrich auf dem Motorrad.

Nein, ich wusste gar nichts über Brieftauben.

Und was die Tauben alles an Körnern fressen müssen, um auf dem Flug nicht schlapp zu machen. Liesel sah mich mit funkelnden Augen an, als würde sie gleich davonfliegen. Sie können sich sogar vorher eine Speckschicht anfressen, sagt Kasimir, von der sie sich auf langen Flügen ernähren. Kluge Vögel.

Liesel hatte Grete wieder im Arm, die eine aufmerksame Zuhörerin war. Sie lächelte Liesel an und quiekte vor Vergnügen. Hannes saugte an meiner Brust. Die kleinen Fäuste stemmte er gegen die weiche Haut, als wollte er die letzten Tropfen herausdrücken. Ich lehnte mich erschöpft im Sessel zurück. Meine Brust war leer, so leer wie mein Kopf, in den Liesel so viel hineinquetschen wollte. Aber nichts davon blieb hängen. Ich las keine Bücher mehr, tippte nichts mehr auf der Maschine, redete nicht mehr mit Ellie. Sie hatte die Zwillinge noch gar nicht gesehen. Manchmal schlich ich mich vormittags, wenn Elfriede die Kinder ausfuhr, in den Taubenschlag und versuchte, Ellie zu erzählen, was ich den ganzen Tag so machte, wie früher, ein genauer Bericht über die tägliche Arbeit. Aber sobald ich mich auf der Matratze ausgestreckt hatte, schlief ich ein. Liesel hatte Ellies neuen Schlafplatz in eine bunte Liegestätte verwandelt mit farbigen Kissen in denen man wunderbar schlafen konnte – bei uns war die Bettwäsche schneeweiß. Und Ellie versuchte nicht, mich wach zu halten. Vielleicht war sie froh, dass ich immer gleich einschlief, dann brauchte sie mir nichts von Kasimir zu erzählen. Sobald sie Kindergeschrei von unten hörte, weckte sie mich und ich lief hinunter zur nächsten Fütterung.

Wen hat Ellie denn sonst noch alles kennengelernt? fragte ich.

Niemand. Ich schwör's dir, sagte Liesel. Nur Kasimir und das auch nur, weil er mir immer gefolgt ist, sobald ich das Haus verließ. Ich konnte mit Ellie nicht spazieren gehen, ohne Kasimir an den Fersen zu haben. Und jeden Abend will sie aus dem Haus. Das weißt du ja selbst. In den vier Wänden dort oben gefangen zu sitzen, ist furchtbar. Sie möchte raus und Kasimir ist doch keine Gefahr für sie. Er ist so nett, so anständig, er würde sie nie verraten. Ich mag ihn und Ellie mag ihn auch.

Redet ihr denn manchmal auch von den Zwillingen? Ellie hat sie immer noch nicht gesehen.

Ja, ich erzähle ihr alles über die Zwillinge und sie hört mit strahlenden Augen zu. Sie möchte sie sehen, glaub mir, aber wie? Ich kann sie nachts ja nicht einfach mal vorbeischicken, oder? Ich schlafe ja nicht bei ihr. Muss auch hin und wieder zu meiner Schwiegermutter. Du weißt, sie ist allein mit den Fremdarbeitern auf unserem Hof und mit ihrem kranken Mann. Sie fürchtet sich so wie Ellie, besonders wenn die Flugzeuge in der Nacht über uns hinwegbrummen und in Hannover Bomben fallen. Das kann man von hier aus ja hören und sogar den Feuerschein am Himmel sehen.

Liesel sah mich mitleidig an. Dann ist Kasimir bei ihr und schützt sie.

Er war also doch schon oben bei ihr im Taubenschlag?

Lass sie doch, sagte Liesel. Sie haben's beide nicht leicht. Ich weiß nicht, ob Kasimir bei ihr die Nächte verbringt. Ich weiß nur, dass er sie nach Hause bringt, wenn ich nach dem Spaziergang zu meiner Schwiegermutter gehe. Ihr geht ja alle früh ins Bett und hört nicht, wenn jemand die Treppe hochgeht. Lass die beiden doch. Sie haben ja sonst niemanden.

Ellie hat mich, fuhr es aus mir heraus. Meine Ellie, hat mich so schnell durch Kasimir ersetzt.

Liese sah mich ungläubig an. Du weißt doch genau, dass sie nicht einfach mal auf einen Schnack mit dir runterkommen kann. Du hast die Zwillinge und sie hat mich und Kasimir. Sei froh, dass es ihn gibt.

Am nächsten Abend kurz vor Mitternacht klopfte es an meine Tür. Ich zuckte zusammen. Niemand in unserem Haus klopfte an. Der Pastor, fuhr es mir durch den Kopf. Er war der letzte, der vor vielen Monaten mit schlechten Nachrichten angeklopft hatte. Hannes saugte an meiner Brust, Grete war abgefüttert und schlief wieder. Es war Kasimir, der die Tür einen Spalt öffnete und fragte, ob sie hereinkommen könne.

Wer denn? fragte ich verdattert.

Ellie.

Ich wusste nicht, was ich machen sollte. Ellie wäre mir recht, aber ohne Kasimir. Er trat ein paar Schritte auf mich zu, hob die Windel auf, die Hannes auf den Boden geschmissen hatte, und gab sie mir, während Ellie im Türrahmen erschien.

Kommt rein, sagte ich schließlich. Ich blieb mit Hannes an der Brust im Sessel sitzen. Ellie kam auf mich zu. Kasimir blieb an der Tür stehen. Im Zimmer brannte nur eine Nachtischlampe und das kleine Licht am Bett von Hannes. Ellie hatte ihre Zöpfe um den Kopf zu einer Krone gelegt, so wie Toni es früher gemacht hatte. Sie sah wunderschön aus.

Endlich kann ich die Kleinen mal sehen, sagte sie gerührt. Ich habe so auf diesen Moment gewartet. Sie holte einen Strauß Feldblumen hinter ihrem Rücken hervor. Die haben wir gerade auf dem Weg durch die Felder gepflückt. Für dich. Sie bückte sich zu mir hinunter und gab mir einen Kuss auf die Stirn.

Danke, stammelte ich. So spät noch Blumen. Ist doch schon Herbst. In der Küche gibt es sicher eine Vase.

Ellie stand dicht vor mir und besah Hannes. Sie kannte sich in der Küche nicht aus und Kasimir wagte nicht, seinen Wachposten zu verlassen. Hannes hatte aufgehört zu nuckeln und drehte sein Köpfchen zu Ellie hin, als sie fragte, ob sie ihn mal halten dürfe. Sie wusste, wie man mit Babys umgeht. Er lachte sie an.

Er sieht dir gar nicht ähnlich, sagte sie leise. Die dunklen Augen, die Löckchen …

Alle Babys haben dunkle Augen, sagte ich, und bei diesem schwachen Licht kannst du ihn doch gar nicht richtig sehen.

Kasimir stand an der Tür, zu weit weg, um uns zu verstehen.

Erzähl mir lieber, wie es dir geht. Wie sieht dein Leben im Taubenschlag aus? Was machst du den ganzen Tag? Liesel sagte, dass ihr abends oft spazieren geht. Bekommst du genug zu essen?

Wir gehen nicht jeden Abend, sagte sie. Und wir verändern den Weg oft. Zum Teich, zum Wäldchen, zum Friedhof.

Aber immer von unserem Haus aus?

Ellie nickte. Bevor wir losgehen, beobachtet Kasimir die Straße genau, wie die Polizei, und wir gehen nur los, wenn es sicher ist. Hannes war auf ihrem Arm eingeschlafen. Sie legte ihn in seine Wiege und ging zu Gretes Bett. Sie schlief auf dem Bauch.

Blonde Löckchen, wie ich, sagte sie und strich ihr über den Kopf.

Wie gern wäre ich mit ihr in den Taubenschlag gegangen. Eine Nacht mit Ellie auf der bunten Matratze: mit ihr reden, neben ihr schlafen, ihrem Gebet zuhören – ohne die Zwillinge.
Sie kam zu meinem Sessel und quetschte sich neben mich.

Nur ein paar Minuten, sagte sie. Wie früher. Sie legte einen

Arm um meine Schulter und sagte: Mir geht's gut. Mach dir keine Sorgen.

Kasimir räusperte sich laut und zeigte mit dem Zeigefinger nach oben.

Flugzeuge, sagte er. Es brummte über uns, ein ununterbrochenes Brummen, das ich gar nicht wahrgenommen hatte. Und dann, von weit weg, dumpfe Stöße kurz hintereinander.

Bomben, sagte Kasimir. Bomben auf Hannover.

Es war die Nacht vom 9. Oktober 1943. Ein Jahr davor hatte Wolfgang auf der kleinen Fußbrücke am See Fotos von mir mit dem prunkvollen Rathaus im Hintergrund gemacht. In dieser Nacht ging es in Flammen auf.

# HEILIGABEND

Heinrich Könneker hatte eine Woche Weihnachtsurlaub bekommen, den er genau zwischen seiner neuen Familie und den Eltern aufteilte. Sogar mein Bruder Otto hatte sich aus Frankreich angemeldet. So viele Männer im Haus war ich nicht mehr gewohnt. Allein das Essen vorzubereiten würde Stunden in Anspruch nehmen. Sollte ich Kasimir bitten, uns Frauen zu helfen? Liesel riet ab. Wenn Heinrich den Polen in der Küche sehe, würde er sofort wieder abfahren. Kasimir sollte sich um Ellie kümmern, sie brauchte jemanden, wenn sich alle um Familie und Ehemänner sorgen müssten, auch Liesel, deren Mann zu Weihnachten von Marokko auf Urlaub kam.

Ich kann's kaum erwarten, sagte sie, verdrehte ihre Augen und starrte an die Decke - auf der Suche nach vergeblicher Hilfe von oben.

Kasimir soll Ellie versorgen? Wie stellst du dir das denn vor?

Das deichseln wir schon, sagte Liesel. Zum Frühstück komme ich kurz vorbei, um fröhliche Weihnachten zu wünschen und zum Abendbrot, wenn ihr alle in der Stube unterm Tannenbaum sitzt – sicher ohne Kasimir – schleicht er sich hoch und teilt sein Essen bestimmt gern mit Ellie. Mein Weihnachtsgeschenk für ihn ist ein großer, Bunter Teller für die beiden.

Liesel fand für alle Probleme eine Lösung, wenn auch nicht immer die, die ich gewählt hätte. Ich dankte ihr mit einer festen Umarmung und winkte lange, als sie mit dem Fahrrad davonsauste.

Heinrich kam einen Tag vor Heiligabend mit dem Motorrad auf den Hof gefahren. Er sah erschöpft aus. Erst in letzter Minute hatte er die Unterschrift der Kommandantur für seinen schon Wochen vorher beantragten Urlaub bekommen. Die Zugfahrt von der Ukraine mit viel Umsteigen auf überfüllten Bahnhöfen und lagen Wartezeiten steckte ihm noch in den Knochen. Er umarmte mich und nahm die Zwillinge aus der Karre in seine starken Arme. Grete begrüßte ihn mit einem breiten Grinsen und Hannes fing an zu weinen. Er wiegte ihn ein bisschen hin und her bis er lächelte.

So verschieden die Beiden, sagte er. Das gefällt mir, dann verwechsle ich sie wenigstens nicht. Er küsste sie auf die Stirn, legte sie behutsam zurück in die Karre und ging zu Onkel August in die Küche. Nach dem Abendbrot fragte er, ob er gleich ins Bett gehen könne, er sei hundemüde. Ich führte ihn zu unserem großen Bett, streichelte über sein Gesicht und gab ihm einen Gutenachtkuss auf die Stirn. Er zog mich nicht wie ein gieriger Liebhaber zu sich ins Bett. Im Gegenteil, er verhielt sich wie ein Ehemann, der sich nach Jahren im gemeinsamen Bett danach sehnte, allein und lange schlafen zu können, was ich ihm gern gewährte. Nähe, so wie ich sie von Wolfgang kannte, hatte es zwischen uns nur im Heu gegeben. Vielleicht war ich dazu nicht bereit und Heinrich drängte mich nicht, was ich ihm hoch anrechnete. Die Köchin Ludmilla kam mir in den Sinn. Vielleicht teilte er das Bett mit ihr und seine Bedürfnisse waren gedeckt. Als er aber die Zwillinge in seinen starken Armen schaukelte und so viel Freude an ihrem Lachen hatte, wusste ich, dass seine neue Familie ihm etwas gab, was Ludmilla ihm sicher nicht bieten konnte. Er behandelte mich wie eine Frau, die ein Recht auf ihr eigenes Leben hatte – wie seine Mutter – solange sie sich um Kinder und Hof kümmerte. Als er später ins Zimmer kam, lag er ganz an der Kante des großen Bettes auf dem Rücken und schnarchte. Die Kinder schliefen. Ich schubste ihn behutsam in die Seite, bis er sich drehte und leiser atmete.

Alles um mich herum schlief, nur ich war hellwach. Ich kroch aus dem Bett und schlich nach oben zum Taubenschlag. Vorsichtig drückte ich die Klinke herunter, aber die Tür war verschlossen.

Ellie, flüsterte ich. Bist du wach?

Keine Antwort. Ich presste mein Ohr an die Tür. Alles war still. Ob Kasimir bei ihr im Bett war? Ich lauschte lange und glaubte ein leises Stöhnen wahrzunehmen. Oder hatte sie sich unters Dach verkrochen und hörte mich nicht? Enttäuscht ging ich nach unten in die Stube, wo im kleinen Eisenofen noch ein Brikett glühte. In eine Decke gehüllt hockte ich mich aufs Sofa vor dem Fenster und sah in den Garten. Der Mond lugte hinter den Wolken hervor. Auf diesem Sofa hatte ich alle Kinderkrankheiten – Windpocken, Masern, Grippe – durchgestanden. Der Blick in den Garten hatte mich immer geheilt. Ich brauchte keine Medizin, nur ein dickes Federbett und das Fenster zum Garten. Im Winter breitete sich über Gras und Blumenbeete eine Schneedecke, die wie ein weißer, stiller Teppich mit glitzernden Sternen meine Krankheiten zudeckte. Im Herbst hingen dunkle Wolken bis in die Obstbäume hinein, gepeitscht von Regen und Wind trugen sie mich fort, in ferne Länder, zu fremden Menschen, unter denen ich immer den einen besonderen fand, der mich mitnahm bis ans Ende der Welt. Wolfgang war dieser besondere Mensch. Er hatte mich in eine aufregende Welt mitgenommen, die so nah und doch auch so fern von allem war, was ich je erlebt hatte. Aber unsere Reise war zu Ende. Wie bei Ellie, ging es auch bei ihm nur noch ums Überleben. Und dabei konnte ich ihm nicht mehr helfen. Würde ich eine neue Reise antreten? Mit meinem Mann, wenn er den Krieg überlebte? Er hatte weit weg von zu Hause eine ganz andere Welt entdeckt, die er mir gern zeigen würde, wenn alles vorbei war. Er liebte Russland, besonders die starken russischen Frauen – so stark wie seine Mutter – die nach der Arbeit, an langen Sommerabenden und im kalten Winter um das Feuer herum schöne Lieder sangen. Kannte Heinrich die gregorianischen Gesänge, die Wolfgang mir immer vorgespielt hatte und die alten Kirchen mit den

Mosaiken, die er mit mir besuchen wollte? Wolfgang würde den Krieg nicht überleben, sagte er, aus den Krallen der Gestapo komme man nicht heraus. Und meine nächste Reise könnte in dieselbe Richtung gehen. Ich sah den Mond an, wie er durch die Wolken segelte, jetzt und immer, auch, wenn die Welt für mich zu Ende ging. Und ich fürchtete mich auf einmal nicht mehr davor. Heinrich würde sich um die Kinder kümmern. Er hatte sie angelächelt und auf seinen starken Armen geschaukelt. Er war ein guter Vater.

Er schlief den ganzen nächsten Tag bis in den Heiligabend hinein. Nachmittags schmückten Oma und ich den Weihnachtsbaum, den Kasimir und Onkel August aus dem kleinen Wäldchen am Teich geholt hatten. Rote Kerzen, Lametta, goldene Kugeln und selbstgemachte Strohsterne, die Elfriede, mit den Kindern auf dem Schoß, gebastelt hatte. Am Abend gingen Oma und Tante Luise in die Kirche, Kasimir und Onkel August versorgten das Vieh. Ich versorgte die Zwillinge. Kasimir wäre gern mit in die Kirche gegangen, gestand er, aber er musste arbeiten, denn mein Mann schlief immer noch und mein Bruder hatte keinen Heimaturlaub bekommen.

Als die Familie unter dem Weihnachtsbaum versammelt war, klopfte es an der Tür und Heinrich trat ein in Uniformhose und zugeknöpftem Hemd, ohne Jacket, ungekämmt. Er wusste nicht, wie lange er geschlafen hatte. Er legte kleine Päckchen unter den Baum, verließ die Stube wieder und kam nach einigen Minuten gekämmt zurück. Er nahm mir die Zwillinge ab, die eine helle Freude daran hatten, sein Gesicht zu begrabschen, an Nase und Ohren zu ziehen und seine akkurat gescheitelten Haare zu zerzausen. Ich setzte mich ans Klavier und spielte Weihnachtslieder. Onkel August brummte die Melodie, Tante Luise zwitscherte den Text wie eine Lerche, Heinrich mischte einen tiefen Bariton hinein und Oma übertrumpfte alle mit ihrem Mezzo-Sopran.

Unter dem Weihnachtsbaum hatten die Zwillinge jeder einen Bunten Teller mit Weihnachtskeksen und kleinen Geschenken - von Oma selbstgestrickte, winzige Söckchen, von Tante Luise gehäkelte Mützchen, blau für Hannes, rosa für Grete. Heinrich hatte einen bunten Ball für seine Tochter und ein hölzernes Pferdchen für seinen Sohn mitgebracht. Aus Berlin, sagte er, wo er viele Stunden Aufenthalt gehabt hatte. Mir gab er eine kostbare Haarspange aus Horn mit Silberrand, auch aus Berlin. Ich war gerührt, an Geschenke hatte ich gar nicht gedacht und stand mit leeren Händen da.

Macht überhaupt nichts, sagte Heinrich. Du hast mir ja das Allerbeste geschenkt, die Zwillinge.

Für Onkel August holte er eine große Flasche Wodka hervor.

Aus Russland, selbstgebrannt, sagte er.

Oma und Tante Luise hatten Schnittchen mit Wurst und Kochkäse, Quark und viel Butter vorbereitet. Dazu gab es heißen Pfefferminztee mit Zucker. Die Männer tranken Wodka. Ich durfte auch einen Schluck probieren. Er rann mir heiß die Kehle hinunter, ähnlich wie Schnaps. Als ich die Zwillinge ins Bett gebracht hatte, war die halbe Flasche leer. Ich trank noch einen Schluck.

Dazu brauchen wir ja nun auch ein Bier, sagte Onkel August und brachte gleich vier Flaschen aus dem Keller. Oma hatte ihr Strickzeug vorgeholt, Tante Luise starrte auf den Weihnachtsbaum. Ich saß neben Heinrich auf dem Sofa.

Er erzählte von seiner Kolchose: Von vornherein muss ich sagen, dass Straßen nur in den Städten waren. In den größeren Ortschaften allenfalls befestigte Wege, sonst nur Feldwege. Das zu allen Jahreszeiten sicherste Verkehrsmittel war deshalb das Pferd. Und mein Hauptpferd war mein Hengst Horuck. Ohne ihn wäre ich nicht hier. Er hat mir das Leben gerettet. Er sprach langsam und überlegt, als diktierte er jeden Satz seiner Sekretärin.

Tiefer Staub im Sommer, lästiger Schlamm im Frühjahr und Herbst und Schnee im Winter machten es fast unmöglich, sich mit Kraftfahrzeugen fortzubewegen.

Gab's denn genug Treibstoff, wollte Onkel August wissen.

Nein, Treibstoff war knapp, sagte Heinrich. deshalb konnten wir für die Ernte unsere Mähdrescher auch nicht einsetzen. Ich hatte vier mit einer Schnittbreite von je vier Meter, aber noch mehr konnten meine Arbeitskräfte leisten. Auf jedem Betrieb zweihundert Mann, die bis zu zwei Morgen pro Tag mähen konnten, mehr als die Mähdrescher. Und für jeden Betrieb hatte ich eine Dreschmaschine englischer Bauart, die bis zu fünfunddreißig Tonnen pro Tag leisten konnte.

Mich interessierten die Zahlen nicht. Ich trank noch einen Schluck Wodka. Heinrich Könneker erzählte weiter: In Brigaden von jeweils fünfzehn bis zwanzig Fahrzeugen und einem berittenen Brigadier wurde das Getreide an die nächste Bahnlinie gefahren etwa sechzig Kilometer entfernt. Dort wurde es in langen Mieten längs der Bahngleise gelagert. Alles Saatgetreide wurde in Gebäuden, vornehmlich Kirchen, lose gelagert.

In Kirchen? rief ich entsetzt. In den schönen Kirchen mit

213

Mosaiken und goldenen Zwiebeltürmen wurde Getreide gelagert?

Sie standen ja leer, sagte Heinrich, man ging nicht in die Kirche. Das typische Bild, das sich damals allen Russlandfahrern bot, waren nicht die Kirchen, sondern die in den weiten Steppen dahinziehenden Fahrzeugbrigaden mit jeweils einem Reiter, dem Brigadier.

Ich schloss die Augen. Etwas beschwipst versuchte ich, mich an die gregorianischen Gesänge zu erinnern, die unser Musiklehrer uns auf dem Plattenspieler vorgespielt hatte. Da wollte ich mit Wolfgang hinfahren und die Musik in den goldenen Kuppelkirchen hören. Dann kam der Krieg.

Heinrich Könneker sprach von den Maschinen- und Traktorenstationen auf der Kolchose, den wöchentlichen Besprechungen bei der vorgesetzten Dienststelle, von wo aus er jeden Sonntag anrief. Onkel August war eingenickt. Heinrich trank noch einen Wodka und holte aus seinem Gepäck eine zweite Flasche hervor. Oma schüttelte den Kopf: Wenn das man nicht zu viel wird. Ich trank noch einen Schluck und Heinrich erzählte weiter:

Ich beschlagnahmte zwei Wohngebäude und einen Stall, der für sechs Pferde geeignet war.

Bei den wöchentlichen Besprechungen hast du Gebäude beschlagnahmt? Ich war verwirrt.

Nein, er räusperte sich. Jetzt rede ich von meiner Ankunft, das hatte ich vorhin vergessen. Ist aber sehr wichtig, um zu verstehen, wie meine Position dort war. Mit den vorherigen Bewohnern der beschlagnahmten Häuser versuchte ich, bei aller Härte, die eine Enteignung durch den Krieg bedingt, eine gute Beziehung herzustellen.

Enteignung, sagte ich. Du hast ihnen Häuser weggenommen?

Ja, sagte er. Drei Häuser mussten für mich geräumt werden. Ich stellte aus jedem Haus eine Person für meine Dienststelle ein, um die Einheimischen nach dem anfänglichen Zwischenfall auf meine Seite zu bekommen.

Was für ein Zwischenfall?

Ich sah zu Oma rüber, die mir zunickte, als wollte sie mich ermutigen da nachzuhaken.

Was für ein Zwischenfall? wiederholte ich.

Mit meinem ersten Dolmetscher, sagte er. Er war ein aus dem ersten Weltkrieg zurückgebliebener österreichischer Kriegsgefangener, der auf einer von meinen Kolchosen als Schmied gearbeitet hatte. Er blieb nicht lange bei mir, war in den Schwarzhandel verwickelt, so sehr, dass er schließlich hingerichtet wurde. Nicht von mir, von der russischen Miliz. Schwarzhandel war strengstens verboten, denn das Ablieferungssoll musste ja eingehalten werden und trotzdem hat es jeder auf dem Sonntagsbasar gemacht. Der Österreicher hat zu viel gewagt und das war schon nach dem Fall von Stalingrad. Das Klima hatte sich verschlechtert und einen Österreicher wegen Schwarzhandel erschießen zu lassen, war besser, als einen Russen – nachdem Stalingrad gefallen war. Es musste sein.

Ich griff nach der Flasche. Oma legte ihr Strickzeug hin und kam zu uns aufs Sofa.

Lass man gut sein, Karlchen, sagte sie. Er hat viel durchgemacht und im Krieg ist alles anders. Ich kann sagen, dass ich mit den Russen immer ein gutes Verhältnis hatte, sagte Heinrich und fasste nach meiner Hand, die ich schnell wegzog.

Ich war der einzige Deutsche weit und breit. Ich musste Disziplin und Ordnung verlangen, von allen, sonst hätten sie mich umgelegt.

Onkel August war aufgewacht. Wollt ihr nicht ins Bett, nuschelte er. Trinkt den Wodka aus bevor Kasimir ihn in die

Hände kriegt. Tante Luise war aufgestanden und schob ihren Mann vor sich her aus der Stube. Nun holte sich sogar Oma ein Schnapsglas aus dem Schrank.

Ich muss das Zeug doch auch mal probieren. Sie nippte am Glas. Dann trank sie alles mit einem Mal aus und schüttelte sich, als wär's Medizin.

Ich möchte wissen, ob du selbst Menschen getötet hast. Ich war etwas betrunken, versuchte aber, ihm fest in die Augen zu sehen.

Nur einen. Er schenkte sich noch einen Wodka ein. Das war unbedingt nötig, um meinen Untergebenen von vornherein zu sagen, wer die Zügel in der Hand hat. Einer wollte partout nicht aus seinem Haus. Ich musste durchgreifen. Ich hatte keine Wahl.

Ich sah zur Oma. Hast du das gehört? Ich habe einen Mörder zum Mann?

Ach Karlchen, jammerte sie. Krieg ist furchtbar, da werden alle zu Mördern. Ich kenne das noch aus dem davor. Ganz schlimm war das.

Oma stand auf. Jetzt muss ich aber ins Bett. Morgen ist auch noch ein Tag. Macht's man nicht mehr zu lange. Kirche ist um zehn und danach gibt es Hasenbraten.

Heinrich und ich saßen auf dem Sofa und sahen auf den Weihnachtsbaum, dessen Kerzen längst abgebrannt waren. Er erzählte weiter:

Nach dem Vorfall mit dem Österreicher kamen meine Angestellten nur noch unregelmäßig zur Arbeit. Meine Telefonleitung ging nicht mehr, ich war nicht mehr in regelmäßigem Kontakt mit meiner Dienststelle. Treu waren mir nur noch ein Kutscher und meine Köchin, Ludmilla.

Erzähl mir von der Köchin, sagte ich.

Wir saßen dicht nebeneinander. Ich nahm seine Hand und besah sie genau. Eine große Handfläche mit starken Fingern und Hornhaut an den Gelenken. Die Hand war das Arbeiten gewohnt und sie hatte einen Menschen umgebracht. Ich suchte nach der Lebenslinie, konnte aber in den Furchen nichts erkennen. Die Finger ließen sich nichtgeradebiegen. Wie Krallen krümmten sie sich um die Handfläche.

Am Abend des 15. September, fuhr Heinrich fort, kam der Sohn eines Starosten – das waren die Bürgermeister der jeweiligen Kolchosen – angeritten und teilte mir in seines Vaters Auftrag mit, dass bei ihm, nur vier Kilometer von mir entfernt, eine russische Vorhut von vierzig Mann eingetroffen war, die sich eingehend nach mir und meiner militärischen Sicherung erkundigt hätte. Mit meiner Dienststelle hatte ich seit Tagen keine Verbindung mehr. Der Geheimbefehl lautete, meinen Stützpunkt nur bei Abruf zu verlassen. Was sollte ich tun? Ich war mit Waffen und Munition versorgt und der Abruf kam nicht. Da setzte ein unvorstellbar starker Regen ein. Es goss unaufhörlich. Mein Horuck stand gesattelt im Stall. Meine Köchin hatte mich mit Proviant versorgt. Aber bei Nacht wagte ich wegen der tiefen Schluchten nicht zu fliehen.

Wolltest du nicht bei deiner Köchin bleiben?

Ich musste weg, sagte er. Nur nicht in russische Gefangenschaft, das war mein oberstes Gebot. Endlich ließ der wolkenbruchartige Regen nach und als immer noch keine Nachricht von meiner Dienststelle kam, bin ich im Morgengrauen schwerbewaffnet mit meinem Horuck geflohen. Nach etwa zehn Kilometern fielen Schüsse. Ich erkannte deutsche Soldaten, eine Nachhut mit Panzern, die den russischen Vorstoß verlangsamen sollten. Ich machte Meldung beim Oberst und erfuhr, dass meine Kolchosen schon seit zwei Tagen nicht mehr in unserer Hand waren. Ich hatte Glück lebend davon gekommen zu sein.

Er holte tief Luft, erhob sein Glas und sagte: Trinken wir auf das Leben, das Überleben und die vielen guten Menschen, die mir dabei geholfen haben. Ich griff nach meinem Schnapsglas.

Und deine Köchin war einer von diesen guten Menschen?

Ja, Ludmilla.

Seine Augen wurden glasig. Die Kirchturmuhr schlug Mitternacht. Ich sollte nichts mehr trinken. Ich fühlte mich wie ein Schwamm an, weich, matschig, vollgesogen von Wodka und seinen Geschichten. Mein Magen rumorte. Das letzte Butterbrot teilte ich mit ihm. Er trank noch einen Schluck, um es herunterzuspülen und drehte sich zu mir hin.

Ludmilla, sagte er. Ich habe sie geliebt. Ich werde sie nie wiedersehen.

Ich schloss die Augen, mein Kopf brummte. Der Tannenbaum, die Wodkaflasche, alles kreiste um mich herum. Ich öffnete die Augen und es kreiste immer noch. Heinrich kamen die Tränen. Er holte ein riesiges Taschentuch aus seiner Hosentasche und wischte an seinen Augen herum.

Ich habe sie sehr geliebt, wiederholte er. Die unverheiratete Tochter eines Pastors.

Wir beide mit unseren Pastorenkindern …

Ich konnte den Gedanken nicht zu Ende denken. Die Decke über mir schien sich in immer kleineren Kreisen zu drehen, die auf mich zukamen. Heinrich wischte immer noch an seinen Augen. Ich stand auf und wankte zur Tür. Mir wurde schlecht. Ich schaffte es gerade noch bis vor die Haustür. Heinrich war mir gefolgt. Er holte ein Glas Wasser aus der Küche, hielt mir den Kopf beim Würgen und führte mich, als nichts mehr kam, ins Schlafzimmer. Er stellte einen Eimer neben das Bett, zog mich aus und legte alle Kleidungsstücke gefaltet auf den Stuhl. Ich fiel ins Bett, wagte die Augen aber aus Angst vor den Kreisen nicht zu schließen. Ich starrte Heinrich an, der Hose und Hemd auszog und in langer Unterhose zu mir kroch.

Mir ist so schlecht, flüsterte ich. Er drehte sich auf die Seite und schlief sofort ein.

Ich verbrachte beide Weihnachtstage im Bett. Essen konnte ich nichts. Schon der Geruch vom Hasenbraten, auf den ich mich das ganze Jahr über gefreut hatte, löste Würgekrämpfe in mir aus. Ich war nicht sicher, ob der Wodka die Schuld hatte, oder mein Mann, der sich als Mörder offenbart hatte und seine Köchin liebte. Ich versuchte angestrengt, nur an die goldenen Kuppeln und die schöne Musik zu denken, aber Ludmilla und was sie Heinrich in meiner Fantasie gekocht hatte, fanden immer wieder den Weg in meinen Magen und drehten ihn um.

Heinrich ging es gut, ihm hatte der Hasenbraten geschmeckt. Nach dem Mittagessen kam er zu mir ans Bett, gab mir einen Kuss auf die Stirn und wünschte mir gute Besserung. Die Zwillinge nahm er in seine Arme und drehte sich mit ihnen im Kreis, bis sie laut jauchzten.

Ihr seid meine Schutzengel, waren seine letzten Worte, immer an meiner Seite führt ihr euren Papa sicher durch alle Gefahren, damit er euch bald wiedersieht.

# LUISES TRÄNEN

Zum ersten Geburtstag der Zwillinge hatte Elfriede jedem eine Krone aus Gänseblumen geflochten, die auf ihren blonden und braunen Locken allerliebst aussahen. Niemand machte Fotos. Oma hatte einen Apfelkuchen gebacken, Liesel brachte eine bunte Kiste mit selbstgemachten Kasperpuppen und ich hatte ein Gedicht für sie geschrieben:

*Heute, das ist uns allen ja klar,*
*Werden Hannes und Grete genau ein Jahr.*
*Wie schnell ist doch die Zeit vergangen*
*Mit Tagen voll Freude und heimlichem Bangen.*
*Hannes schon richtig stehen kann,*
*Und Grete, der Frechdachs, der kleine süße,*
*Wird auch bald wissen wozu sind Füße.*
*Dann laufen sie beide ins Leben hinein*
*Ein Weg voller Steine und Sonnenschein.*

Liesel gefiel die letzte Zeile nicht. Bitte den Kleinen keine Steine in den Weg legen, sagte sie. Heute haben wir allen Grund zu feiern, und viel mehr als nur den Geburtstag. Sie zwinkerte mir zu. Aber das erzähle ich euch nach dem Kuchenessen.

Das Wetter war regnerisch und stürmisch, im Garten unter den Obstbäumen, Elfriedes Lieblingsplatz, war es zu nass zum Sitzen. Onkel August steckte den Kopf in die Tür, als die Kerzen schon ausgeblasen und der Kuchen verteilt war. Ich hatte ihn in acht Stücke geschnitten und passte auf, dass eins für Ellie übrigblieb. Liesel wollte *Hänsel und Gretel* mit den Kasperpuppen spielen, aber die Kleinen fingen an zu quengeln, grabschten in die Sahne und schmierten sie ihrer Oma in die Haare.

Ich geh mal gucken, ob es im Garten trocken geworden ist, sagte Elfriede. Die Zwillinge müssen an die frische Luft. Onkel August folgte ihr über den Hof. Als ich durchs Fenster sah, wie er immer näher an sie heranschlich, sprang ich auf, griff nach dem Besen und lief hinter ihm her.

Lass Elfriede in Ruhe, rief ich und schwang den Besen in der Luft herum. Er drehte sich um, als hätte ich ihn auf frischer Tat ertappt und ging brummend davon.

Ruf mich, sobald er dir näherkommt, ermahnte ich Elfriede. Er darf weder dich noch die Zwillinge anfassen. Unter keinen Umständen. Sie nickte überrascht. Versprichst du das? Sie nickte wieder. Liesel hatte Gretel auf dem Arm und folgte Elfriede in den Garten. Oma und Luise räumten den Tisch ab.

Habt ihr das gesehen? rief ich empört.

Was denn? fragte Oma.

Dein Sohn ist hinter Elfriede her in den Garten geschlichen.

Darf er das nicht?

Nein. Meine Stimme wurde immer lauter. Das darf er nicht.

Tante Luise ging zur Tür. Wollte sie nicht hören, was ich zu sagen hatte?

Du bleibst hier. Ich drückte sie auf einen Stuhl.

Was hat August Elfriede denn angetan? sagte Oma.

Er hat sich an sie rangemacht und das darf er nicht.

Hast du denn Verbotsschilder aufgestellt? fragte sie.

Die hättest du vor zwanzig Jahren aufstellen sollen, als er Toni nachgelaufen ist, sagte ich. Du hast alles mit angesehen und nichts gemacht. Und dein anderer Sohn, mein Vater, war genauso und das ganze Dorf wusste es. Deshalb ist Mutter schwermütig geworden und hat sich umgebracht, richtig? Aber ich trete nicht in ihre Fußstapfen. Ich werde meine Kinder und auch Elfriede beschützen. Ich schnappte nach Luft und ließ mich auf die Küchenbank fallen.

Karlchen, beruhige dich. Oma setzte sich neben mich. Ihr Gesicht zog sich in tiefe Falten zusammen. Lass uns in Ruhe darüber reden.

Tante Luise saß wie ein Zinnsoldat auf ihrem Stuhl und sah uns nicht an.

Deine Mutter war eine verzweifelte Frau, sagte Oma. Als sie deinen Vater kennenlernte, hatte der Krieg fast schon begonnen und er wurde gleich eingezogen. Ihre Probleme lassen sich bis in ihre Kindheit zurückverfolgen, dein Vater hatte damit wenig zu tun. Allerdings muss ich gestehen, dass das, was dein Vater vor seiner Hochzeit getrieben hat, großes Unheil anrichtete. Ein Kind mit einer jungen Magd zu zeugen war einfach unverantwortlich. Das arme Mädchen hatte er damit so befleckt, dass sie keinen Ehemann mehr finden konnte und kaum genug Arbeit, um sich und das Kind durchzubringen. Ich habe ihr etwas unter die Arme gegriffen, bis sie weggezogen ist.

Luise hatte sich erhoben und stand, als wären ihre Füße im Boden festgenagelt. Hast du das Dienstmädchen gekannt, fragte ich. Luise nickte.

Ich habe Luise oft mitgenommen, sagte Oma, wenn ich ihr etwas zu Essen, ein paar Kleider oder Spielsachen brachte. Ich hatte ja nur Sachen für kleine Jungen, nichts für Mädchen, aber ich erinnere mich, wie die Kleine gelacht hat, als ich ihr ein Holzpferdchen in die Hand drückte.

Hatte Mutter sie denn gekannt?

Oma schüttelte den Kopf. Nicht mal August hat sie gesehen.

Das stimmt nicht, platzte es aus Tante Luise heraus. Er war mitgekommen, als ich nach dem Schlachten Brühe ausgetragen habe. Und du wusstest das. Sie blickte Oma an. Er wollte die Kleine sehen, was du ihm verboten hattest. Anne hieß sie.

Tante Luise sah zu mir herüber, nicht sicher, ob sie das richtige gesagt hatte. Oma verzog keine Miene.

Ist er öfter hingegangen? fragte ich und fürchtete mich vor der Antwort.

Tante Luise brach in Tränen aus. Ich flehte ihn an, nicht wieder hinzugehen, aber ich weiß nicht, was er gemacht hat. Ihre Stimme versagte, sie schluchzte laut wie ein kleines Kind. Ich hakte sie ein und half ihr bis zur Küchenbank. Ihr magerer Körper funktionierte noch gut, nach einer gelegentlichen Erkältung reparierte er sich von selbst, was aber nicht auf ihre Gefühlswelt zutraf. Die hatte sie mit hohen Zäunen umgeben, von denen einer gerade zusammengebrochen war.

Das ist alles schon lange her, Oma klopfte ihre Hand. Wir müssen versuchen, das zu vergessen und nach vorne sehen.

Aber ich kann die Augen der kleinen Anne nicht vergessen, schluchzte Luise. Das kann ich nicht.

Auch Oma liefen die Tränen über die Backen. Sie wischte sie weg und sagte, Männer kümmern sich einfach nicht um die Folgen von ihrem Liebesleben.

Mit Liebe hat das nichts zu tun, fuhr ich sie an. Das ist krank, grausam, unverantwortlich.

Dein Vater war ein gutaussehender Mann, besser als August und gesellig, wie dein Bruder Otto. Das sagte sie so, als ob sein Aussehen Schuld daran war, die Mädchen geschwängert zu haben, nicht er selbst. Mehr Tränen liefen ihr zwischen Nase und Backenfalten hinunter, die sie nicht mehr wegwischte.

Das darf einfach nicht wieder passieren, sagte ich, nicht mit Elfriede und um Himmelswillen nicht mit meiner Grete. Ich bringe ihn um, wenn er sich an sie heranwagt Oma drückte meine Hand und sagte: Ich bin ganz deiner Meinung. Es darf nicht mehr geschehen. Ich rede mit August. Luise nickte. Oma wiederholte: Ich rede mit ihm. Das verspreche ich.

Ich will dabei sein, sagte ich.

Ich auch, sagte Liesel, die von draußen hereingeschlüpft war. Sie habe vor der Küchentür alles mit angehört, sagte sie, sich aber zurückgehalten, um ein so wichtiges Gespräch nicht zu unterbrechen. Obwohl auch sie etwas Aufregendes zu berichten habe. Sie hockte sich auf einen Stuhl.

Hört euch dies an, es übertrifft alles. Ich kann immer noch nicht fassen, was passiert ist. Ein typischer Liesel-Anfang, der hohes Drama versprach, was sie eine Stunde lang unterdrückt hatte.

Erzähl schon, sagte Oma ungeduldig.

Die Gestapo war bei uns, sagte sie und bei uns wohnt kein Ortsgruppenleiter.

Ich griff nach Omas Hand. Liesel blickte in die kleine Runde. Ihre Augen funkelten.

Sie kamen mitten in der Nacht und haben das ganze Haus auf den Kopf gestellt – nicht wie in eurem Haus nur ein bisschen rumgeschnüffelt, nein, sie haben jede Ecke, jeden Schrank durchgewühlt. Furchtbar. Meiner Schwiegermutter ist das Herz stehengeblieben. Sie japste nur noch und wäre fast gestorben, als sie in ihr Zimmer stürmten.

Was haben sie denn gesucht? fragte Oma. Ich muss weiß wie die Wand geworden sein. Liesel rieb mir die Backen.

Es ist vorbei, strahlte sie, und natürlich haben sie in unserem Haus keine Juden finden können. Falsche Adresse. Aber ich kann euch sagen, wer uns die Gestapo ins Haus geschickt hat.

In dem Moment kam Onkel August in die Küche und starrte auf uns Frauen.

Ihr wisst sicher schon, was gestern Nacht passiert ist, grummelte er, nahm eine Kelle, ließ sie unter dem Wasserhahn volllaufen und trank gierig. Ohne ein weiteres Wort verließ er die Küche wieder.

Was sie wohl am Stammtisch dazu gesagt haben? Liesel wollte hinter ihm herlaufen, aber ich hielt sie zurück und zog sie in mein Zimmer. Ich wollte den Rest der Geschichte hören ohne Oma und Luise dabei zu haben.

Wann hast du das letzte Mal mit Ellie gesprochen? fragte Liesel. Ich konnte mich nicht erinnern.

Der Mann mit den Krücken hat uns angezeigt, sagte Liesel. Sie seien ihm vor einigen Tagen nachts auf dem Weg zurück vom Friedhof begegnet ohne Kasimir, der an dem Abend nicht dabei war. Bernd Busse versuchte wegzuhumpeln, aber Liesel versperrte ihm den Weg und fragte ihn alles, was mir in der Nacht, als Ellie verschwunden war, auch auf der Zunge gelegen hatte. Er sollte sich lieber eine nette Frau suchen, die sich um ihn kümmere, statt nachts über den Friedhof zu humpeln; das hat sie ihm geradewegs ins Gesicht gesagt; und Ellie sei ihre Freundin, die sie besuchte, und sie sei verlobt.

Hast du Ellies Namen erwähnt?

Nein, schwor sie, Namen wurden gar nicht erwähnt. Nur die blonden Zöpfe kennt er. Aber nach zwei falschen Anzeigen bei der Gestapo wird ihm nun keiner mehr glauben. Vor Bernd Busse ist Ellie sicher. Das müssen wir ihr erzählen.

Sicher wird sie sich nie fühlen, sagte ich. Und die Spaziergänge zum Friedhof sind nun endgültig vorbei.

Mir wird schon noch was einfallen, was wir nachts machen können. Liesel grinste: Wie wär's mit Fahrradtouren? So schnell kann er nicht humpeln.

Und was passiert wohl mit Onkel August?

Der wird bestimmt seine Stellung als Ortsgruppenleiter verlieren, meinte Liesel. Er hat gezeigt, dass er das Dorf nicht von zersetzenden Elementen säubern kann.

Liesel hatte Recht. Innerhalb einer Woche wurde Onkel August nach Hannover bestellt, wo man ihn seiner Stellung enthob, ihm die Parteimitgliedschaft aber weiterhin gewährte. Er schob die Schuld auf die Oma, die die Berichte gefälscht hätte; auf Kasimir, dem er nie getraut hat; auf Liesel, die unser Haus durcheinandergebracht hätte; und auf mich, die vielleicht immer noch mit dem Sohn des Predigers in Kontakt sei.

# DIE FLUCHT

Am Abend des 20. Juli berichtete der Rundfunk vom Anschlag auf Hitler. Onkel August saß dicht vor dem Radio und atmete erst auf, als Hitlers Stimme zu hören war. Als ich fragte, wie viele Leute denn wohl daran beteiligt waren, sagte er schroff: Vor allem dieser Graf, den man schon am gleichen Abend hingerichtet hat.

Kasimir saß mit am Tisch und hörte genau zu. Er stellte keine Fragen. Liesel war nur am Morgen erschienen. Sie interessierte sich nicht für Politik. Ellie geht's gut, flüsterte sie mir ins Ohr als sie ging.

Die heiße Witterung setzte uns zu. Träge und langsam bewegten wir uns alle durch die schwülen Tage, aßen zum Mittag nur noch dicke Milch mit Brot und Zucker bestreut und abends Radieschen und Gurken auf Schmalzbrot. Nur Kasimir schien die Hitze nichts auszumachen. Er rannte zwischen Ställen und Scheune herum und lief abends ums Haus, als ob er's nicht erwarten konnte, bis alle im Bett lagen.

Was ist los? fragte ich, als er spät abends noch die Treppe zum Taubenschlag hochschlich.

Ellie hat Kopfschmerzen, sagte er. Unterm Dach sei es ja noch viel heißer. Er wollte ihr kaltes Wasser bringen, hatte aber kein Glas in der Hand.

Am nächsten Abend – Hannes war aufgewacht und weinte – hörte ich zwischen seinem Wimmern leises Tipp Tipp, wie von meiner Schreibmaschine. Es musste Ellie sein. Meine Tür stand die ganze Nacht wegen der Hitze offen und vielleicht hatte Ellie nach dem Spaziergang die Luke nicht zugemacht. Ich hatte sie nie an der Maschine gesehen oder gehört. Als Hannes sich endlich beruhigt hatte, war auch das Tippen verstummt.

Am nächsten Morgen lief ich nach oben und suchte nach dem Brief. Ellie war unter dem Dach und kam nicht hervor. Sie fühle sich nicht wohl, sagte sie. Sie konnte in der Hitze nicht schlafen und wollte im Dunkeln sein.

**Ich hab dich gestern Abend tippen gehört. Hast du mir einen Brief geschrieben?**

Ja.

Ich möchte ihn gern lesen.

Später. Das verspreche ich dir.

Am späten Abend kam Oma gegen Mitternacht in mein Zimmer geschlichen. Karlchen, flüsterte sie, wach auf. Ich glaube, da draußen ist jemand. Ich hab ganz komische Geräusche gehört, als ob jemand auf dem Hof rumhantiert. Sollen wir mal nachsehen?

Vielleicht war Ellie ja gerade mit Kasimir von ihrem nächtlichen Spaziergang zurückgekommen.

Ich sehe mal nach, sagte ich. Geh du ruhig wieder ins Bett.

Ich begleitete Oma die Treppe hoch zu ihrem Zimmer und als die Tür hinter ihr zu war, lauschte ich angestrengt nach oben. Die Luke war geschlossen, alles war ruhig. Auf dem Weg zurück hörte ich auf einmal das, was Oma aufgeschreckt hatte. Dumpfes Trampeln, wie von einem Pferd, oder von einer Kuh, Knarren von Wagenrädern, vielleicht ein Ackerwagen von der Straße oder von unserem Hof. War jemand mitten in der Nacht auf den Hof gefahren? Nach Bombenangriffen wurden die Flüchtlinge manchmal auf die großen Höfe in den umliegenden Ortschaften geschickt. Vielleicht reisten sie nachts. Ich schlich an die Haustür und öffnete sie einen Spalt. Es war stockdunkel, kein Mondschein. Morgen sollte es gewittern. Am Hoftor bewegte sich etwas. Ein Pferdewagen, der auf die Straße rollte? Ich konnte kaum grobe Umrisse erkennen. Barfuß und im Nachthemd wagte ich nicht bis zum Hoftor zu gehen. Hatte man

228

bei uns etwas abgeladen? Ich sah nichts. Waren es Diebe? Ich rieb mir die Augen, aber der Ackerwagen war schon verschwunden. Auf der staubigen Straße hörte man ihn kaum noch. Ich blieb noch eine Weile in der Haustür stehen und überlegte, ob ich Onkel August wecken sollte. Als alles wieder still wurde, ging ich ins Bett zurück. Morgen bei Licht würden wir sehen, ob etwas fehlte.

Am nächsten Morgen erschien Kasimir nicht im Kuhstall zum Misten. Onkel August schickte Oma auf sein Zimmer, um nachzusehen, ob er krank sei.

Er ist weg, sagte die Oma kopfschüttelnd. Das Zimmer ist leer. Sicher hat er gestern Nacht den Krach gemacht. Ich wusste doch, dass da was nicht stimmt. Ich hab's gehört.

Onkel August musste das Vieh allein versorgen und als er schließlich in die Küche kam, mit rotem Kopf und flackernden Augen knallte er mit der Faust auf den Tisch und donnerte:

Mit Pferd und Wagen ist er weg. Irene hat er vor den Wagen gespannt. Mein bestes Pferd. Der Verbrecher. Ich zeige ihn an, den Polacken. Und wenn sie ihn finden, dann Kopf ab. Wird schon sehn, was er davon hat. Er kommt nicht weit. Ich wusste ja immer, dass man ihm nicht trauen kann.

Beruhige dich erst mal, sagte Oma. Setz dich und hier ist dein Ei. Er schluckte es mit einem Satz herunter.

Wir werden schon Hilfe in der Nachbarschaft finden, sagte Oma, oder einen neuen Fremdarbeiter, wenigstens zur Ernte. Ich steig auch mit auf den Erntewagen. Habe ich immer gern gemacht

Darum geht's nicht, zischte Onkel August. Er ist einfach abgehauen mit unserem Wagen und meiner Irene. Er hat mich belogen und bestohlen – ein Kriegsgefangener! Ich zeige ihn bei der Polizei an und wenn sie ihn finden, dann blüht ihm was. Dafür sorge ich. Kopf ab, sage ich, das hat er verdient.

Die Zwillinge saßen auf meinem Schoß und kauten an einem Knust. Ich dachte an Ellie. Onkel August fluchte weiter. Ich drückte Oma die Kinder in die Arme und lief nach oben. Die Tür zum Taubenschlag war verschlossen.

Ellie, mach auf, flüsterte ich. Keine Antwort. Ellie, ich bin's, Karla, bitte mach auf. Keine Antwort. Ich ging zurück in die Küche und wartete auf Liesel. Sie kam gegen zehn Uhr.

Und? fragte sie, als wüsste sie, was passiert war.

Kasimir. Sagte ich. Sie nickte, fasste mich am Arm und führte mich aus der Küche in den Garten.

Kasimir und Ellie, sagte sie. Alle beide.

Alle beide? Und du hast es gewusst? Ich ließ ihren Arm los.

Und du hast mir nichts gesagt?

Erst seit ein paar Tagen wusste ich davon. Ich hab Ellie noch Butterbrote, Wurst und Schinken mitgegeben. Sie werden nicht verhungern.

Wo wollen sie denn hin?

Zu Kasimir nach Hause. Er hat ja mitgekriegt, dass es schlecht um den Krieg steht, schlecht für uns Deutsche, und da dachte er, dass Polen vielleicht schon befreit ist.

Von wem denn befreit?

Was weiß ich, sagte Liesel, von den Russen, von den Deutschen, den Engländern. Ich versteh nichts von Politik. Irgend jemand muss die Polen ja mal befreien, damit sie ihr eigenes Land haben können. Davon hat Kasimir immer gesprochen und die Brieftauben würden dann die gute Nachricht überallhin tragen.

Onkel August will ihn bei der Polizei anzeigen.

Das sollte er nicht, sagte Liesel. Wenn Ellie bei Kasimir gefunden wird und sagt der Polizei, wo sie das letzte Jahr verbracht hat, dann ist es für euch alle vorbei. Liesel zog mich aus dem Garten in die Küche zurück.

Onkel August würde erst zum Essen zurück sein, sagte Tante Luise.

War er schon bei der Polizei? fragte Liesel.

Glaube ich nicht, meinte Oma, er muss ja erst herausfinden, was Kasimir alles mitgenommen hat. Seine Gewehre sind auch weg, sagte sie. Das Schloss ist aufgebrochen.

Wenn er zur Polizei geht, sagte Liesel, dann schaufelt er sich sein eigenes Grab.

Dann fing sie an, den Frauen die Geschichte von Ellie zu erzählen. Ich sank auf einen Küchenstuhl und nickte immer nur, wenn Oma sich zu mir umdrehte und fragte: Stimmt das?

Liesel erzählte so ausführlich, als sei sie von Anfang an mit dabei gewesen, als sei sie es gewesen, die Ellie versteckt hatte. Wolfgang erwähnte sie gar nicht. Gestenreich beschrieb sie die Nacht der Flucht mit wieherndem Pferd, quietschenden Wagenrädern und vielen Butterbroten.

Und ich hab's gehört, sagte Oma triumphierend. Ich bin von den Geräuschen aufgewacht. Ich lass mich doch nicht für dumm verkaufen.

Auf einmal stand Onkel August in der Küche. Liesel drehte sich zu ihm um und sagte:

Gehen Sie nicht zur Polizei.

Ich zeige ihn an, den Verbrecher, schnaufte er.

Liesel drückte ihn auf einen Stuhl und erzählte die Geschichte von Ellie noch einmal, dieses Mal auf Onkel August zugeschnitten. Sie erzählte von Ellies Familie, die alle schon im Konzentrationslager umgekommen seien, über den Onkel in Berlin, der durch seine Frau in der Rosenstraße gerettet worden sei, von Wolfgang, der sich für alle geopfert habe und betonte immer wieder, dass es uns allen so ergehen werde, wie Wolfgang, wenn die Polizei Ellie und Kasimir finden.

Onkel August saß am Tisch, seinen Kopf zwischen den Händen, als hielt er sich die Ohren zu. Schließlich stand er auf und donnerte:

Raus! Alle Mann raus aus der Küche!

Als die Oma zur Tür ging, hielt er sie an der Schürze zurück.

Du bleibst hier.

Liesel zog mich hinter sich her in den Taubenschlag. Sie schien zufrieden mit ihrem Auftritt. Sie hatte die Geschichten gut vorgetragen, so gut, dass Onkel August nun lange darüber nachdenken würde.

Was wird er machen? fragte ich, als wir beide oben auf der Matratze saßen. Er wird gar nichts machen, sagte Liesel, sich nur furchtbar ärgern, dass er die Gewehre nicht besser versteckt hat. Und dich wird er von nun an anfauchen und abtätscheln, so wie er's mit Toni gemacht hat. Aber du kannst dich ja wehren.

Ob er Heinrich Könneker was sagt?

Nein, meinte Liesel, auf gar keinen Fall, das würde ihn ja als totalen Dummkopf entlarven, der ein Jahr lang nicht gemerkt hat, dass eine Jüdin bei ihm versteckt war, ein ganzes Jahr lang im eigenen Haus.

Über ein Jahr, sagte ich. Was würde mein Mann machen, wenn er davon etwas erfährt? Scheidung? Das wäre schlimm. Ich kannte niemand in unserem Dorf, der geschieden war. Nur berühmte Leute machten das, Künstler, Schauspieler wie Heinz Rühmann, Omas Liebling. Er habe sich von seiner jüdischen Frau getrennt, ihr aber genug zum Weiterleben im Ausland gezahlt, sagte Oma. Ich würde bestimmt keinen Pfennig von meinem Mann bekommen.

Denk an Ellie, sagte Liesel und nahm meine Hand, als wollte sie mich mit meinen Gedanken auf den richtigen Weg führen. Ellie braucht jetzt alle unsere guten Wünsche. Nicht dein Mann. Wir müssen ganz kräftig an sie denken, damit sie durchkommt.

Warum hat sie mir denn nichts von der Flucht erzählt?

Kein Wort. In der Nacht davor hat sie mir einen Brief auf der Maschine getippt. Ich hab es gehört und bin hochgegangen, aber sie hat sich versteckt. Sie wollte mich nicht sehen.

Am liebsten hätte ich geschrien, so wie meine Kinder, wenn sie unglücklich waren. Ellie war meine Freundin. Wir hatten dasselbe Bett geteilt, sogar Wolfgang. Ich hatte ihre hebräischen Gebete gelernt, die wir beide abends aufsagten. Wie konnte sie einfach heimlich abhauen, ohne ein Wort zu sagen?

Liesel nahm meine Hand und sagte: Sie hatte große Angst, dass die Sache schief gehen könnte. Sie hatte nicht den Mut, es dir zu sagen. Was hättest du denn getan? Sie gehen lassen? Versucht, sie umzustimmen? Onkel August gewarnt?

Hör auf. Ich begrub mich unter den bunten Kissen.

Wenn der Krieg vorbei ist, fahren wir beide nach Polen und besuchen sie, abgemacht, Karla? Liesel umarmte mich.

Ich stand auf und ging durchs Zimmer. Sicher hatte sie irgendwo den Abschiedsbrief hinterlassen. Ich suchte überall, kroch zum ersten Mal hinter der Trennwand unter das Dach. Ein schmaler, dunkler Gang. Wie sie es dort nur hatte aushalten können? Durch die Ritzen zwischen den Dachsparren fiel etwas Licht. Alles war leer, auch der kleine Platz am Ende, wo die Tauben gewohnt hatten. Keine Kleider, kein Brief, sie hatte nichts hinterlassen.

Komm raus, sagte Liesel. Dein Onkel ruft nach dir.

Die Luke zum Boden war offen, man konnte ihn hören.

Karla. Wo steckst du? Komm sofort.

Na, meinte Liesel, der hat was vor. Lass uns hören, was es ist. Vielleicht schickt er uns beide los, um nach Ellie und Kasimir zu suchen. Onkel August stand an der Treppe.

Liesel, du gehst nach Haus, kommandierte er. Und Karla, du kommst in die Küche.

Liesel bleibt, sagte ich und hielt ihre Hand fest. Sie weiß, was los ist.

Ich brauche sie.

Nein, brummte er, Liesel geht. Er schupste sie aus der Haustür und mich durch die Küchentür und schlug sie zu.

Oma stand auf. Geh nicht, sagte ich und hielt sie am Schürzenzipfel fest. Ich muss mal nach den Zwillingen sehen und Elfriede ablösen, ist ja nun langsam Zeit zum Mittagessen. Damit zog sie sich von mir los und verschwand durch die Waschküchentür.

Tante Luise saß auf der Bank am Tisch und starrte vor sich hin. Onkel August räusperte sich viele Male, als wollte er eine lange Rede halten.

Du kannst hier nicht länger bleiben, sagte er. Ich bringe dich morgen zu Könnekers.

Das war alles.

Morgen? Das geht doch nicht.

Ich blickte verstört um mich. Niemand kam mir zur Hilfe.

Frau Könneker weiß ja gar nicht, dass ich komme.

Dann schreib ihr oder schick Liesel.

Aber die Post dauert ja ein paar Tage.

Dann fahren wir Sonntag. Damit verließ er die Küche und kam auch nicht zum Mittagessen zurück.

Und was sagst du denn dazu, dass er mich einfach so rausschmeißt? Oma war zurückgekommen. Mich und die Zwillinge von heute auf morgen? Du bist doch immer meine Verbündete gewesen, oder nicht?

Ach, Karlchen, meinte die Oma. Er ließ nicht mit sich reden. Ich hab's versucht, aber er blieb hart, was ich gar nicht von ihm kenne. Was du ihm da eingebrockt hast, hat ihm sehr zugesetzt.

Kasimir hat doch seine Gewehre geklaut und sein Lieblingspferd und den Ackerwagen.

Aber weil die Jüdin bei ihm ist, kann Onkel August nicht zur Polizei. Eine verzwickte Geschichte, über die mit der Zeit viel Gras wachsen muss, ganz viel Gras. Hoffen wir, dass die beiden es schaffen. Und ich verspreche dir, dass ich dich bei Könnekers besuche. Ich kann ja noch gut Fahrradfahren.

# NEUE HEIMAT

Bitte sag *Mutter* zu mir, waren die Begrüßungsworte von Frau Könneker. Wir müssen ja nun zusammen auskommen und solange Heinrich noch nicht wieder da ist, sind wir beide die wichtigsten Personen im Haus.

Ich reichte ihr Grete, die keine Angst vor fremden Menschen hatte, Hannes klebte an mir. Herr Könneker half beim Abladen der Kisten und streichelte das Pferd, während Onkel August zurück auf den Kutschersitz kletterte. Er habe es eilig, sagte er, die Ernte, die Hitze, es könne jeden Moment gewittern und der Weizen sei immer noch nicht ganz ab. Hüh, Ilona. Er schnalzte mit der Zunge und Ilona, die Tochter von seiner geliebten Irene, zog an. Er hob kurz die Hand zum Gruß und fuhr los. Frau Könneker winkte mit Grete auf dem Arm. Ich stand mit Hannes daneben und starrte dem Fuhrwerk nach. Der Pferdewagen war am Ende der Straße kaum noch zu sehen und Onkel August blickte sich nicht um.

Dieses Mal war der Abschied endgültig. Ich würde nicht nach einer Woche zurückfahren, vielleicht erst, wenn die Zwillinge Radfahren gelernt hätten; vielleicht, wenn Heinrich aus dem Krieg zurückkäme und uns alle auf sein Motorrad mit dem Beiwagen packte.

Meine neue Mutter fragte nicht, warum ich so plötzlich gekommen sei. Sie schien vergessen zu haben, dass ich schon mal eine Woche mit ihr verbracht hatte, in der sie mich herumkommandiert hatte. Jetzt behandelte sie mich wie ihre Tochter und goss den Lindeskaffee als Willkommensgruß ein, in den dieses Mal keine echten Kaffeebohnen untergemischt waren. Ich wurde sofort bei Garten- und Hausarbeit eingespannt. Saubermachen, Wäsche waschen, Gemüse putzen, Kochen. Um die Zwillinge kümmerte sich ein junges Mädchen aus der Nachbarschaft, so alt wie unsere Elfriede, die schon bald mit dem Fahrrad zu Besuch kam, um Briefe von Heinrich zu bringen. Ich hatte ihm nichts von dem Umzug geschrieben.

Mutter Elsa – so nannte ich meine Schwiegermutter schließlich - versorgte morgens und abends mit Pawel den Kuhstall und Vater Könneker, das Wort kam mir leichter über die Lippen, vielleicht weil ich meinen Vater nicht gekannt habe, versorgte Pferde und Schweine.

Nächsten Sonntag möchte die Oma zu Besuch kommen, sagte Elfriede, als das Wetter schon herbstlich geworden und keine Post mehr von Heinrich gekommen war.

Sie fragt, ob Ihnen das recht ist?

Ja, natürlich war mir das recht. Ich freute mich wie ein kleines Kind, holte die besten Kleider für die Zwillinge aus dem Schrank und backte Apfelkuchen von den letzten Falläpfeln. Mutter Elsa hatte nichts gegen den Besuch. Sie hackte nicht mehr auf mir herum, sie ließ mich in Ruhe, fragte auch nicht nach meinen Geschwistern, meiner Mutter, Onkel August oder der Oma. Sie erzählte immer wieder von ihren Söhnen, dem ältesten, der eine hohe Position bei der Parteileitung für Agrarwirtschaft in Prag habe und dem jüngsten, der über Coventry abgeschossen und seitdem in kanadischer Gefangenschaft sei, wo es ihm gut gehe. Ich hatte die Geschichten schon beim ersten Besuch gehört. Die Tochter, die mit dem Gauleiter mit dem DKW verheiratet sei, wohne weit entfernt und komme nicht oft zu Besuch, sagte sie mit einem Anflug von Enttäuschung in ihrer Stimme, die sonst immer resolut klang.

Am Sonntag hatte es nach dem Mittagessen angefangen zu

regnen. Ob Oma die acht Kilometer auf dem Fahrrad auch bei Regen fahren würde?

Ich bin nicht aus Gelatine, sagte sie immer, wenn sie sich bei schlechtem Wetter aufs Rad setzte, ich löse mich im Wasser nicht auf.

Ich brachte die Zwillinge ins Bett und ging zurück in die Küche. Könnekers zogen sich sonntags zur Mittagsruhe immer in ihr Schlafzimmer zurück. Die Uhr brummte viel lauter als sonst. Ich holte Teller und Tassen aus dem Schrank, deckte den Tisch in der Stube, schnitt den Apfelkuchen in viele kleine Stücke und setzte Wasser für Kaffee auf. Der Regen prasselte gegen das Fenster.

Während noch alle schliefen, kam sie pudelnass auf den Hof geradelt. Bevor sie mir die Hand gab, holte sie aus ihrer Tasche zwei Hände voll Äpfel.

Die habe ich noch unter den Bäumen am Weg gefunden. Das reicht für einen Apfelkuchen, sagte sie. Auf dem Rückweg suche ich noch ein paar für uns zu Hause, und sah dabei den grauen Himmel an, der wie eine schwere, nasse Wolldecke über den Dächern hing.

So, hier wohnst du also. Sie blickte auf die elektrische Uhr über der Anrichte und sagte mit einem Grinsen: Das Brummen erinnert an das Summen von Bienen, die gleich zustechen wollen, oder?

Ich habe mich dran gewöhnt, sagte ich und das stimmte. Seitdem Mutter Elsa mich wie ihre Tochter behandelte, machte mir das Brummen nichts mehr aus. Es fehlte mir sogar, wenn der Strom ausfiel und alles totenstill war.

Bei uns ist es nun immer totenstill im Haus, sagte Oma. So eine Uhr brauchten wir dringend.

Aber Onkel August ist sicher froh, dass endlich Ruhe im Haus ist.

Ja, ja, sagte sie. Er hat sich ein neues Gewehr besorgt, das er im Schlafzimmer versteckt. Da findet es niemand.

Frau Könneker verstand sich mit Oma, beide im gleichen Alter, rüstig und fleißig von früh bis spät, mit den gleichen Sorgen um einen kleinen Bauernhof. Sie saßen in der Stube, tranken Kaffee, aßen den Apfelkuchen, und redeten davon, wie gut es uns auf dem Bauernhof in diesen harten Zeiten doch gehe. Dass es trotz genauer Überwachung von Schweinen, Kühen und Hühnern immer noch genug zu essen gebe.

Dafür sollten wir unserem Herrgott täglich danken, sagte Frau Könneker, und tat sich auf den Kuchen einen Löffel Schlagsahne, die sie zu Ehren unseres Gastes von der Milch abgenommen und geschlagen hatte. Es geht uns gut, wiederholte sie. Wir schlachten sogar hin und wieder ein Schwein, ganz ordnungsgemäß mit Anmeldung bei der Ortsgruppenleitung. Auf Schwarzhandel lasse ich mich nicht ein, sagte sie, das ist zu gefährlich. Für ein Schwein halte ich meinen Kopf nicht hin.

Oma sah sie mit krauser Stirn an – für welches Schwein, schien sie sich zu fragen. Bei uns ist es einfach, sagte sie, mein Sohn ist Ortsgruppenleiter und meldet sicher nicht jedes Spanferkel an, das zu Festtagen geschlachtet wird. Und bei den Nachbarn drückt er auch mal ein Auge zu.

So soll's sein, sagte Frau Könneker. Kommen Sie doch öfter mal zu Besuch.

Oma nickte, wenn sie auf uns nicht auch noch Bomben schmeißen.

Auf den Dörfern sind wir sicher, meinte Frau Könneker, solange wir abends alles verdunkeln. Hier gibt's ja auch nichts zu zerbomben. Dann zog sie die Gardinen zur Seite und zeigte aus dem Fenster. Von hier aus konnten wir sogar das Feuer in Hildesheim sehen. Es muss furchtbar gebrannt haben. Die armen Leute, so viele wurden ausgebombt. Einige haben danach hier im Dorf im großen Pastorenhaus Unterschlupf gefunden.

Bei uns suchen sie in der Feldmark nach Essbarem, sagte Oma, und schlafen im Wäldchen beim Teich. Sie schien sich an Walter und seine Familie zu erinnern, die Eier und Wurst von ihr bekommen hatten.

Mein Zimmer ist ja nun leer, sagte ich. Das könnt ihr den Ausgebombten zur Verfügung stellen. Oma nickte. Onkel August sei vorsichtig geworden. Er habe schlechte Erfahrung mit Fremden gemacht. Sie sah mich dabei mit zusammengezogenen Brauen an.

Die Ausgebombten sind ja unsere deutschen Landsleute und keine Fremdarbeiter oder Kriegsgefangenen, entgegnete ich und blickte auf Mutter Elsa in der Hoffnung, sie würde wissen wollen, was passiert war. Aber sie sagte nichts, schenkte Kaffee nach und verteilte den Rest vom Kuchen. Vater Könneker hatte wie immer schweigend gegessen und verschwand mit einem kaum merklichen Nicken. Die Zwillinge hatten den ganzen Nachmittag auf Omas Schoß gesessen, mit ihrer Brille gespielt und den Haarknoten in ihrem Nacken auseinandergenommen. Mutter Elsa ließ sie nicht auf ihren Schoß.

Es regnete immer noch und Oma wurde unruhig. Sie wollte nach Haus, stand auf und zog ihren Mantel an.

Fahr nicht bei diesem Regen. Ich hielt ihre Hand fest. Bleib doch heute Abend hier. Ich ließ sie nicht aus der Tür. Mutter Könneker stimmte zu, bei diesem Regen mit dem Rad auf dem Feldweg sei zu gefährlich. Sie könne ja ausrutschen und sich was antun und mitten in der Feldmark im Dunkeln käme ihr niemand zu Hilfe.

Oma zögerte. Ihr Sohn und Luise machen sich Sorgen, wenn sie nicht zurückkommt. Das geht nicht.

Wir rufen sie von den Nachbarn aus an, meinte Mutter Elsa. Die haben ein Telefon.

Oma gab schließlich nach. Sie brachte die Kinder zu Bett und erzählte ihnen die Geschichte von *Hänsel und Gretel*. Bevor Hänsel die Hexe eingesperrt hatte, war Grete schon eingeschlafen.

240

Sie kannte die Geschichte und das glückliche Ende. Hannes machte die Augen erst zu, als Oma das gute Ende bestätigt hatte. Dann knipste sie das kleine Licht an seiner Matratze an und ging leise aus dem Zimmer. Könnekers waren zu Bett gegangen. Während ich Teetassen auf den Löwentisch stellte, inspizierte sie die Stube, glitt mit der Hand über das Klavier in der Nische und sah lange auf das Foto von mir auf der Brücke am Rathaus.

Hier hat das Klavier den richtigen Platz gefunden, sagte sie. Und wer hat denn das Bild gemacht?

Wolfgang Mommsen, sagte ich.

Hast du was von ihm gehört?

Ich sagte ihr, was ich wusste, dass sein Vater ein paar handgeschriebene Postkarten von Dachau bekommen hatte, auf denen immer stand, dass es ihm gut gehe und er nichts brauche.

Das stimmt sicher nicht, sagte Oma.

Woher weißt du das?

Ich habe die Propagandazeitung, die August mit nach Hause gebracht hat, genau gelesen.

Dann sag mir, was sie in Dachau machen?

Vor Jahren war's ein Lager für Kriminelle und andere gefährliche Leute, aber jetzt weiß ich gar nicht, wen sie da alles einsperren und was sie ihnen antun. Beten wir, dass er durchkommt. Sie nahm meine Hände. Wir haben Glück gehabt, dass wir nicht alle in Dachau gelandet sind, du und ich und August und Luise. Eine Jüdin zu verstecken, ist ein Verbrechen.

Wusstest du denn, dass Ellie oben im Taubenschlag war?

Natürlich habe ich gemerkt, dass da was im Gange war. Du konntest das nicht gut verstecken, jedenfalls nicht vor mir und als mehr Leute eingeweiht waren, wie Liesel und Kasimir, habe ich nur noch gebetet, dass alles gut ausgehen würde. Sie sah mich an. Hattest du denn keine Angst? Und warum hast du das gemacht?

Ja, ich hatte Angst, sagte ich. Ich konnte ihr aber nicht gestehen, dass ich es aus Liebe zu dem Mann getan hatte, den ich eigentlich heiraten wollte, dass meine Liebe zu ihm letzten Endes stärker war als die Angst, dass er mich auch liebte aber seine Liebe mehr für die Menschen bestimmt war, die Hilfe brauchten, dass er mich aufgeben musste um andere zu retten, was mich tief bewegt und veranlasst hatte, Ellie zu helfen. Ich drückte ihre Hand und sagte: Als Wolfgang mich fragte, konnte ich nicht nein sagen.

Ich verstehe, sagte Oma, er hat es ohne Mutter und mit einem Vater, den er nicht verstand, ja auch nicht leicht gehabt. Ein mutiger junger Mann mit dem Herzen auf dem richtigen Fleck ist aus ihm geworden.

Wusstest du denn, dass Kasimir uns gerettet hat?

Sie schüttelte den Kopf.

Ellie und ich sind gute Freundinnen geworden und ich hoffe, dass ich sie wiedersehe, wenn der Krieg vorbei ist.

Oma griff nach ihrer Teetasse und sagte: Und wie geht es Heinrich? Was sagt er dazu?

Ich antwortete nicht.

Er weiß nichts davon, stimmt's?

Ich kann ihm die Wahrheit nicht schreiben, gestand ich und las ihr aus dem letzten Brief vor, den Heinrich geschickt hatte.

Dreimal habe ich versucht, höher zu steigen, schrieb er, zuerst auf der Oberschule, wo ich wegen einem strengen Lehrer sitzenblieb, es aber vorzog zu gehen, statt das Jahr noch mal zu machen. Später wurde ich bei der militärischen Grundausbildung für das Einreiten der Offizierspferde vorgeschlagen. Das wäre eine große Beförderung für mich gewesen, aber nach langen Beratungen wurde ich wegen fehlendem Schulabschluss abgelehnt. Und vor wenigen Wochen, als ich endlich für die Beförderung zum Fähnrich anstand, wurde unser Lehrgang nach dem Attentat auf Hitler kurzerhand zum Fronteinsatz abberufen. Dreimal wurde mir der Weg nach oben versperrt, aber das passiert nun nicht mehr. Wenn ich nach Hause komme, bin ich mein eigener Herr. Dann kann mir niemand mehr die Beförderung verwehren.

Ich würde ihn nicht anlügen, sagte Oma, das hat er nicht verdient; aber die Wahrheit soll er auch nicht erfahren, jedenfalls noch nicht.

Über Nacht war der Regen stärker geworden. Oma stand früh auf und half, die Zwillinge anzuziehen und zu füttern – Brot in warme Milch getunkt. Dabei blickte sie ungeduldig aus dem Fenster und meinte schließlich, Regen oder nicht, sie müsse jetzt nach Hause. Die Hühner brauchten Futter und das Mittagessen müsse gekocht werden. Mutter Elsa sagte, dass ihr Mann sie mit dem Pferdewagen nach Hause bringen könne.

Nein, sagte Oma. Das kann ich nicht annehmen. Mein Sohn kann mich in der Kutsche abholen. Das geht schneller.
Sie ging wieder mit Frau Könneker zu den Nachbarn zum Telefonieren.

Onkel August kommt noch vor dem Mittagessen, sagte sie erleichtert. Er spannt gleich an und ist in einer Stunde hier.

Setz dich zu uns und hilf uns beim Kartoffelschälen, sagte ich. Aber Oma blieb stehen und sah aus dem Fenster dem strömenden Regen zu, wie er in kleinen Wasserfällen von den Dachziegeln über die Rinnen platschte und den Hof aufweichte. Hoffentlich bleibt er nicht im Matsch stecken, murmelte sie. Er wird es schon schaffen, meinte Frau Könneker. Dieses Mal kam zwischen den beiden Frauen keine Unterhaltung mehr zustande.

Kurz nach elf fuhr Onkel August mit der Kutsche auf den Hof. Er hielt vor dem Kuhstall, der an das Wohnhaus grenzte und stieg nicht vom Kutschblock. Oma eilte nach draußen, gefolgt von Frau

Könneker, die Onkel August zurief, doch kurz hereinzukommen, um sich etwas aufzuwärmen. Onkel August saß wie angeklebt auf dem Kutschbock. In langem grauen Kleppermantel und großem Schlapphut sah er aus wie ein riesiges Rumpelstilzchen. Er machte keine Anstalten aufzustehen. Oma holte ihr Fahrrad aus dem Schuppen, das auf die Kutsche geladen werden musste. Vater Könneker kam aus dem Pferdestall, um ihr dabei zu helfen. Frau Könneker redete auf Onkel August ein, Oma und Vater Könneker hoben das Fahrrad an. Da stand Onkel August doch von seinem Sitz auf. Er war dabei, einen Fuß auf das Trittbrett der Kutsche zu setzten, als Ilona ihren Kopf drehte und den Mann im dunklen, langen Mantel mit dem großen Schlapphut beäugte. Hatte er dem Pferd Angst eingejagt? Ilona wieherte kurz und schlug mit einem Vorderfuß auf, als ob sie davonlaufen wollte.

Ich griff nach den Zwillingen, die ihre Nasen gegen die beschlagenen Küchenfenster gepresst hatten. Hannes drehte sich zu mir hin, als ob er nicht sehen wollte, was als Nächstes passiert. Grete starrte nach draußen, als ob sie nichts verpassen wollte. Ilona hob den Hals und zog an. Die Kutsche bewegte sich, Onkel August verfehlte das Trittbrett und fiel, wie ein nasser Sack, rücklings auf die Erde.

Die Kinder erschraken. Sie klammerten sich an mich. Onkel August lag auf dem Boden und stöhnte so laut, dass wir ihn durch das geschlossene Fenster hören konnten. Hannes vergrub sein Gesicht in meiner Achselhöhle. Oma beugte sich über ihren Sohn, Frau Könneker zog an seinen Armen, um ihn aufzurichten, dabei schrie er noch mehr. Vater Könneker streichelte Ilona, die ihren Kopf drehte und mit aufgestellten Ohren nach ihrem Kutscher sah, der neben ihr im Matsch lag.

Mit den Kindern auf meinen Armen suchte ich nach einem großen Regenschirm in der Flurgarderobe und ging hinaus.

Ruf den Doktor an, sagte Oma völlig aufgeweicht vom

244

Wasser. Oder waren es Tränen, die über ihr Gesicht liefen?

Ich mache das, sagte Frau Könneker. Oma beugte sich über ihren Sohn, der mit zusammengekniffenen Augen und verzerrtem Mund ächzte und stöhnte.

Der Arzt kam und gab ihm eine schmerzstillende Spritze. Er wurde ins Krankenhaus gebracht. Oma begleitete ihn. Sie winkte den Zwillingen, die am Küchenfenster standen, zum Abschied nicht mehr zu.

Querschnittslähmung, war die Diagnose. Onkel August würde den Rest seines Lebens im Bett liegen müssen.

In meinem Tagebuch schrieb ich, dass der Unfall die Strafe Gottes gewesen sei. Jeden Tag würde Oma an seinem Bett sitzen und er musste ihr zuhören. Mutter hatte ihm eine Ohrfeige gegeben, Tante Luise ein paar Tränen geweint und Toni, das Opfer, hatte sich nicht um Rache oder Strafe oder Gerechtigkeit gekümmert. Was würde Oma ihrem Sohn am Bett geben? Vergebung? Barmherzigkeit? Strafe? Würde sie ihn dazu bringen, sich genau an das zu erinnern, was er gemacht hatte? Ich sehnte mich nach Wolfgang, der selber ein Opfer war und die Täter kannte. Was würde er sagen – wenn er überhaupt noch am Leben war.

Zu Weihnachten brachte Elfriede eine Tüte mit selbstgebackenen Weihnachtskeksen und einen Brief von Oma. Ich würde dich und die Kleinen gern über die Feiertage bei uns haben, schrieb sie. Hier ist das Leben traurig geworden. Ein italienischer Zwangsarbeiter wurde uns zugeteilt, der im Dorf viel schlechter behandelt wird als Kasimir. Luise und ich verbringen den Tag damit, uns um August zu sorgen, der nun in deinem Zimmer unten liegt. Vormittags kommt eine Schwester, die beim Waschen hilft und ihm die Schüssel unterschiebt. Das schaffen Luise und ich nicht. Obwohl August viel abgenommen hat, ist er immer noch zu schwer für uns. Wir können ihn nicht anheben. Morgens waschen wir ihn und geben ihm ein weichgekochtes Ei. Mittags und abends füttern wir ihn oft mit Suppe und Kartoffeln oder Mohrrübengemüse. Das isst er gern und am liebsten trinkt er dazu Bier - nicht aus der Flasche, aus der Schnabeltasse.

# DAS HAUS IST VOLL

Das Haus sei noch nicht voll, sagte ein Beamter, der jede Ecke inspiziert hatte. Pro Zimmer eine Familie, nicht eine Person, war seine Devise. Der Abstellraum neben der Waschküche müsse für eine dreiköpfige Familie aus Schlesien geräumt werden. Großvater, Großmutter und Enkelin zogen ein, die Eltern waren auf der Flucht umgekommen.

Was ist mit meinen Söhnen? Mutter Elsa warf verzweifelt ihre Hände hoch. Zwei sind noch nicht zurückgekommen. Nur Fritz, der älteste, stand eines Tages mit seinem dreijährigen Sohn und seiner schwangeren Frau vor der Tür.

Solange die Söhne noch nicht anwesend seien, sagte der Beamte, müsse auch das Zimmer für Hilfsarbeiter neben dem Kuhstall den Flüchtlingen zur Verfügung gestellt werden. Der Krieg sei vorbei, Flüchtlinge kämen in Scharen und das Zimmer war leer. Pawel war ausgezogen und auf dem Weg zurück nach Polen. Er musste durch Schlesien, wo Kasimir herkam. Würde er einen Brief für ihn mitnehmen?

Nur, wenn er die Adresse wisse, sagte er. Ich kannte nur den Vornamen und den Heimatort, weil er deutsch klang, sonst nichts von Kasimir. Onkel August konnte ich nicht fragen. Das sei nicht genug, meinte Pawel, er brauche wenigstens den Nachnamen. Er könne inzwischen mit Ellie Schürmann verheiratet sein, sagte ich, eine Jüdin von Hannover. Ich schrieb ihren Namen auf den Briefumschlag. Als Pawel *Jüdin* hörte, schüttelte er den Kopf und gab mir den Umschlag zurück.

Kein Brief für Juden, sagte er

Warum nicht? Ich starrte ihn an

247

Nicht für Juden, wiederholte er.

Das ist für Kasimir? Ich legte den Umschlag auf seinen Rucksack.

Ich brauche Namen, sagte er unnachgiebig.

Kasimir und Ellie Schürmann.

Nein, sagte er. Ich gehe morgen früh. Er packte ruhig weiter.

Ich werde die Adresse ausfindig machen und den Brief selber schicken, sagte ich bissig. Geh du in dein Dorf zurück und sieh zu, dass es judenfrei bleibt. *Judenfrei!*

Er nickte.

Zur Hölle mit dir! rief ich, schlug ihm die Tür ins Gesicht und rannte auf mein Zimmer. Einen Brief an Ellie, den musste ich jetzt sofort schreiben. Ich hatte ihr so viel zu erzählen und würde ihre Adresse finden. Ellie hatte die Schreibmaschine zuletzt in der Nacht vor der Flucht benutzt, um mir einen Brief zu schreiben, den ich nie gefunden hatte. Ich öffnete den Deckel und hob die Maschine aus den Haken, die sie am Boden befestigte. Da auf dem Boden unter der Maschine lag der Brief, den Ellie mir geschrieben hatte. Ich starrte lange darauf, bevor ich ihn mit zitternden Fingern öffnete.

Liebe Karla, bitte entschuldige meine plötzliche Abreise. Ich hätte dir gern für alles gedankt und dir einen Abschiedskuss gegeben, aber das ist nicht möglich. Ich kann nicht bei dir sein, aber im Geiste bin ich immer bei dir und verfolge deinen Weg. Erinnerst du dich an diese Worte? Ich hoffe unsere Wege werden sich irgendwann wieder kreuzen.

Ich las die Zeilen wie benommen, unfähig mich zu bewegen, am wenigsten meine Finger. Meine Augen wurden nass. Sie hatte an mich gedacht und mir etwas geschrieben. Nicht viel aber das Tippen hatte ich in der heißen Nacht gehört. Was sollte ich ihr schreiben? Es gab keine Adresse, nichts außer ihrem Namen. Ob Pattensen bei Hannover, wo sie aufgewachsen war, genügte?

Sicher gab es dort gar keine Juden mehr. Und worauf konnte ich tippen? Das einzige Stück Papier, das ich außer meinem Tagebuch besaß, war Ellies Brief. Bei Könnekers hatte ich auf dem Schreibtisch kein kein Briefpapier gesehen. Vater Könneker zahlte Rechnungen und heftete sie in Mappen. Ob er überhaupt Briefe an seine Söhne schrieb? Mutter Elsa verschickte nur Postkarten, wenn überhaupt. Und an Schreibpapier hatte ich beim Umzug überhaupt nicht gedacht.

Heute haben sich unsere Wege gekreuzt, schrieb ich in Gedanken. Du warst bei mir, als Pawel, unser polnischer Arbeiter, sich weigerte einen Brief für dich mitzunehmen, weil du eine Jüdin bist. Ich wurde wütend und hätte ihm sofort sagen sollen, dass auch er in eine jüdische Familie hätte geboren werden können, so wie du. Wir können uns unsere Eltern nicht aussuchen. Ich hielt inne, griff nach Ellie's Brief und begann auf der Rückseite zu tippen. Dieses Mal bewegten sich meine Finger so, als hätten sie nie etwas anderes getan.

Den Brief habe ich säuberlich gefaltet in meinem Tagebuch aufgehoben, Ellie's kostbare Zeilen an mich auf einer Seite, mein Brief an sie auf der Rückseite. Irgendwo hatte ich gelesen, dass Mut uns die Kraft gibt, unser Leben im Angesicht von Leid und Schmerz so zu gestalten, dass jeder Tag und jede Nacht unseren Vorstellungen entspricht. Mut macht uns zu Träumern, Mut macht uns zu Dichtern, Mut macht uns zu Kämpfern. Wolfgang hatte den Mut, sein eigenes Leben zu gestalten. Ich hatte mir immer nur ein Leben mit ihm vorgestellt. Ich schrieb, dass Ellie sicher den Mut gefunden hat, ihr Leben so zu gestalten, wie sie es sich vorgestellt hatte und beendete den Brief mit einer Strophe von dem Gedicht, dass mir so viel Kopfzerbrechen bereitet hatte. Für Wolfgang glaubte ich die richtigen Zeilen gefunden zu haben und nun endlich auch für sie:

*In der dritten Nacht neben mir*
*Machst du die Augen zu*
*Und versteckst dein Gesicht*
*Du betest*
*Zu deinem Gott und ich zu meinem*
*Als wär' s nur zu einem*

Keine von den Stellen, die ich anschrieb, hatte Ellies Namen im Register, nur die ihrer Familie, die am 15. Dezember 1942 nach Riga deportiert worden war. Meine Nachforschungen über Wolfgang hatten etwas mehr Erfolg. Seine Adresse in Hannover, das Datum seiner Festnahme und die Einlieferung in Dachau kamen zurück, aber kein Todesdatum. Stattdessen war ein Brief auf Englisch beigefügt, der Dachau beim Einmarsch der Amerikaner beschreibt – das erschütternde Zeugnis eines amerikanischen Soldaten.

*REPORT ON SURRENDER OF THE GERMAN CONCENTRATION CAMP AT DACHAU BY WILLIAM J. COWLING III sent to his parents. 2 May 1945*

*Yesterday we started out to locate a company and a unit advancing down a road. En route we learned from civilians and two newspaper people that just off the main road was the concentration camp of Dachau, the oldest, largest and most notorious camp in Germany. As we entered Dachau, the country with its cottages and rivers, country estates and Alps in the distance was almost like a tourist resort. The first thing we came to was a railroad track leading out of the Camp with a lot of open box cars on it. As we crossed the track and looked back into the cars the most horrible sight I have ever seen (up to that time) met my eyes. The cars were loaded with dead bodies. Most of them were naked and all of them skin and bones. Honest, their legs and arms were only a couple of inches around and they had no buttocks at all. Many*

*of the bodies had bullet holes in the back of their heads. It made us sick at our stomach and so mad we could do nothing but clinch our fists. I couldn't even talk.*

*A man lay dead just in front of the gate. A bullet through his head. One of the Germans we had taken lifted him out of the way and we dismounted and went through the gate into a large cement square, about 800 squares surrounded by low black barracks and the whole works enclosed by barbed wire. When we entered the gate not a soul was in sight. Then suddenly people (few could call them that) came from all directions. They were dirty, starved skeletons with torn tattered clothes and they screamed and hollered and cried. They ran up and grabbed us, myself and the newspaper people and kissed our hands, our feet and all of them tried to touch us. I finally managed to pull myself free and get to the gate and shut it so they could not get out. Then a terrible thing happened. Some of them in their frenzy charged the barbed wire fence to get out and embrace us and touch us. Immediately they were killed by an electric charge running through the fence. I personally saw three die that way.*

Ich konnte nicht weiterlesen – mein Schulenglisch war längst verrostet- aber die Hauptsachen verstand ich. Wolfgang war tot, ohne Zweifel. Und er musste auf elende Weise umgekommen sein. Die Postkarten von Dachau waren, wie Ellie sofort erkannt hatte, nichts als Lügen. Alles, was ich über die Lager gehört hatte, waren Lügen. Ich saß auf meinem Bett wie zu Stein erstarrt, unfähig zu weinen, entsetzt von dem, was Menschen anderen Menschen antun können. Während ich Gedichte geschrieben etwas Klavier gespielt und Ellies Geschichten angehört hatte, war Wolfgang durch die Hölle gegangen. Mir pochten die Schläfen. Ich schleppte mich in die Stube, wo das Klavier in der Nische stand – schwarz, kalt, stumm. Ich öffnete den Deckel, wollte spielen, aber die Tasten schwiegen. Ich starrte auf das Foto von mir auf der kleinen Brücke, schloss den Klavierdeckel und presste mein heißes Gesicht auf den Lack.

# KRIEGSGESCHICHTEN

10. Oktober 1945. Heinrich Könneker humpelte auf Krücken durch das Hoftor. Mutter Elsa warf die Hände in die Luft und lief ihm entgegen. Sie konnte ihn nicht umarmen, Kopf und Schultern waren in dreckige Mullbinden eingewickelt.

Ein Wunder, rief sie und Heinrich wiederholte: Wirklich ein Wunder, dass ich noch am Leben bin. Zwei Engel hatten ihre schützende Hand über mir.

Die Zwillinge starrten ihren Vater mit offenem Mund an und rannten zu mir, als er sich ihnen näherte. Ein abgemagerter Mann auf Krücken in schlotterigen Hosen und hängender Joppe, der Kopf von Verbandmull jämmerlich zusammengehalten

Das ist euer Papa. Ich nahm sie an die Hand und ging auf ihn zu. Ihr braucht keine Angst zu haben. Er hat eine lange Reise hinter sich.

Grete sah ihn neugierig an, Hannes versteckte sich hinter mir. Ich streckte ihm meine Hand entgegen, die er wie eine Rettungsboje ergriff, indem er sich auf seinen Krücken balancierte.

Mutter Elsa nahm ihm den Rucksack ab und führte ihn in die Küche.

Mach Feuer unter dem Kupferkessel. Heinrich muss in die Badewanne, befahl sie. Ich folgte ihren Anweisungen, holte frische Handtücher und Seife und wollte ihm beim Ausziehen helfen. Du passt auf, dass niemand in die Waschküche kommt, sagte sie in dem Befehlston, den ich lange nicht von ihr gehört hatte. Ich schloss die Türen und beobachtete die beiden durch das Glasfenster in der Küchentür. Mutter Elsa wusch ihn vorsichtig und passte auf, dass die Binden um Schulter und Knie nicht nass wurden.

Das ist ja alles schon vor Monaten passiert, sagte Heinrich, und sicher schon verheilt. Die Binden müssen weg. Er wehrte sich dagegen, wie ein frisch Versehrter behandelt zu werden. Mutter Elsa machte schließlich ganz langsam die Binden ab, säuberte die Wunden mit Essigsaure Tonerde und verband sie neu. Ihr Bein, von Nachbars Hunden vor Jahren zerbissen, brauchte alle paar Tage eine ähnliche Behandlung. Dabei schüttelte sie immer wieder den Kopf und sagte: Ein Wunder, dass du überlebt hast, alle meine Söhne haben den Krieg überlebt.

Gewaschen und rasiert, in frisch gebügelten Arbeitskleidern sah Heinrich fast wieder so aus, wie ich ihn gekannt hatte. Die schnittige Uniform fehlte, stattdessen trug er die Uniform der Heimkehrer, Mullbinden und Krücken. Das größte Zimmer an der Nordseite vor dem Kastanienbaum mussten Fritz und seine Familie für uns räumen. Er beklagte sich nicht, denn Heinrich hatte an der Front gekämpft und er nicht. Zwei Kinderbetten, zwei große Betten und ein Schrank hatten in dem Zimmer Platz. Mein Mann schlief neben mir, uns trennte nur eine Ritze zwischen den Betten, die es unbequem machte, sich aneinander zu schmiegen und das war mir recht. Ich kannte ihn kaum. Nur einmal hatten wir uns im Heu auf seinem Bauernhof geliebt. Beim Weihnachtsbesuch kam der Wodka dazwischen. Als ich mich jetzt von ihm löste zeigte er sich respektvoll und war nicht verärgert. Vielleicht schmerzten die Wunden. Er sagte nichts. Vielleicht brauchte aber auch er mehr Zeit, um über die Ritze zu seiner Ehefrau zu rollen. Als er das Licht ausmachte, suchte er nach meiner Hand, drückte sie fest, legt sich auf die andere Seite und schlief ein – oder war er wach? Ich wusste es nicht, denn er schnarchte nicht mehr. Manchmal redete er im Schlaf, manchmal schluchzte er. Dann rückte ich über die Ritze und drückte mich an ihn.

Was hast du geträumt? Sag's mir. Aber er sagte nichts.

Der Heiligabend verlief so, wie ich es von zu Hause gewohnt war. Die Kinder hielten lange Mittagsruhe, um länger aufbleiben zu können. Mutter Elsa ging mit ihrem Mann um sechs Uhr abends in die Kirche. Danach versammelte sich die Familie um den Weihnachtsbaum. Die Zwillinge durften die brennenden Kerzen am Baum erleben. Dieses Jahr mit Peter, dem Cousin, und mit Helga, die mit ihren Großeltern im Abstellraum untergebracht war. Ich hatte Weihnachtslieder auf dem Klavier geübt und mit Gisela, meiner Schwägerin, den Tannenbaum geschmückt. Wir sangen, aßen Brote mit frisch geschlachteter Wurst, knabberten Plätzchen, die mit selbstgemachter Butter, Eiern aus dem Hühnerstall und Nüssen vom Walnussbaum im Garten gebacken waren und freuten uns über die strahlenden Kinderaugen, die besonders leuchteten, wenn Gisela einen kleinen Tannenzweig vom Baum abriss und über eine brennende Kerze hielt. Es riecht so gut, sagte sie, und wedelte mit dem rauchenden Zweig durch die Luft. Hannes lachte und grabschte nach dem verkohlten Zweig. Ihr Sohn Peter, ein Jahr älter als die Zwillinge, versuchte, wie seine Mutter einen Tannenzweig abzureißen. Der Baum fing an zu wackeln, die Kugeln schaukelten hin und her und die brennenden Kerzen fielen fast um. Ein gefährliches Spiel, schimpfte Mutter Elsa, und nahm ihm den Zweig aus der Hand. Peter fing an zu weinen und lief zu seiner Mutti. Gisela hatte eine Flasche Korn organisiert und trank selbst auch gern einen mit. Ich rührte nichts davon an. Die Wodkanacht von vor zwei Jahren war mir in guter Erinnerung. Mutter Elsa schnupperte nur an ihrem Glas und die Flüchtlinge aus Schlesien, die eingeladen waren, zogen die Wurstbrote vor. Nur die abgemagerte Helga aß gar nichts. Sie hätte zu viel durchgemacht, sagte die Großmutter, und den Appetit ganz verloren. Mutter Elsa versuchte ihr von der Sahne, die für den Apfelkuchen vorgesehen war, etwas einzulöffeln. Sie wehrte sich. Gegen neun verabschiedete sich die Flüchtlingsfamilie, die Kinder wurden ins Bett gebracht und um den Tannenbaum herum blieben die Erwachsenen. Die Frauen redeten über die Kinder, die Männer tranken Korn und redeten über die Feldarbeit, nicht über den Krieg, denn nur Heinrich hatte an der Front gekämpft. Als Mutter Elsa aufstand und ins Bett wollte, drückte Heinrich sie zurück in ihren Sessel und sagte: Ich will euch was erzählen.

Wir sahen gespannt auf Heinrich.

Vor zwei Jahren habe ich meiner Frau und ihrer Familie am Heiligabend über meine Zeit als Sonderführer in der Ukraine erzählt, fing er an und war, wie vor zwei Jahren, leicht angetrunken. Heute sollt ihr alle hören, was ich danach erlebt habe, wie der Krieg zu Ende ging und was ich gemacht habe, als ihr nichts mehr von mir gehört habt und dachtet, ich sei tot. Aber Sterben ist nicht das Schlimmste, sagte Heinrich. Das Schlimmste ist, die Kameraden sterben zu sehen, ohne was tun zu können.

Er sah auf seinen Bruder Fritz, der schon fast eingeschlafen war.

Wach auf, rief er. Du hast dich da raushalten können, sollst aber wissen, wie es ist, das Vaterland zu verteidigen.

Fritz spannte seinen Rücken und trank noch einen Korn.

Vom 25. bis 30. März wurde unser Regiment bei Naumburg an der Saale völlig aufgerieben, begann Heinrich seinen Kriegsbericht. Ein neu zusammengestelltes Regiment, wo keiner den andern kannte, aber jeder am Schicksal des anderen teilnahm. Plötzlich explodierten Granaten genau da, wo ich gerade noch gehockt hatte. Alle meine Kameraden wurden zerrissen. Ich war hundert Meter weg und bin nur gestreift worden. Kopf, Schulter und Kniekehle verwundet, aber ich war am Leben. Stellt euch das nur vor – alle um mich herum zerstückelt und zerrissen, nur ich am Leben. --- Warum habe ich das bloß überlebt? Zerstückelt und zerrissen, die Worte blieben an mir kleben. Und Heinrich hatte überlebt. Ob es ihn verändert hat? Mein Herz pochte so stark, als wollte es aus meiner Bluse springen. Mutter Elsas Augen leuchteten vor Stolz, Vater Könneker stand auf und ging. Er hatte im Großen Krieg viele Gemetzel miterlebt und war entschuldigt. Ich, die Ehefrau, fühlte nicht den Stolz der Mutter. Wie vor zwei Monaten, als Heinrich durchs Hoftor humpelte, ergriff mich mehr Angst als Freude – was hat der Krieg wohl aus ihm gemacht? Ich hätte gern einen Schnaps getrunken. Gisela füllte ihr Glas zum dritten Mal und sagte unter Tränen, dass ihr Mann froh sein müsse, vom Krieg verschont geblieben zu sein.

Heinrich fuhr fort:

Der Befehl lautete, die Verwundeten nicht zum Verarzten hinter die Front zurück zu schleppen, wegen Kampfkraftschwächung. Unsere Feldjäger patrouillierten streng und erschossen jeden, der das wagte. Trotzdem hat mich ein Scharfschütze zum Verbandsplatz geschleppt. Mein Lebensretter. Ich weiß nicht, wer es ist und ob er noch lebt. Bis auf einen Unterarzt, der mich versorgte, waren schon alle weg. Der nahm mich und einen anderen Verwundeten auf einem Panzerwagen mit, weg vom Russen. Nichts wie weg vom Russen.

Fritz räusperte sich und machte Anstalten, sich zu erheben und dieses Mal war es Gisela, die ihn wieder in die Polster drückte.

Von einem Feldlazarett zum nächsten wurde ich mitgenommen bis man mich schließlich operierte. Dann ging's weiter mit der Eisenbahn in ein größeres Lazarett. Der Russe rückte immer näher. Wir Schwerverletzten und Sterbenden nahmen kaum Anteil daran. Mein Soldbuch ging in dem Durcheinander verloren, zum Glück, denn das neue fing mit dem Datum meiner Einlieferung ins Lazarett an, dem 20. April 1945, Hitlers Geburtstag. Mein altes, mit Sonderführereintragungen, hätte mich Kopf und Kragen gekostet.

Am ersten Mai verließen uns die Schwestern und Ärzte. In unserem Haus lagen nur noch Schwerverletzte. Rette sich wer kann, war die Devise und hörte sich für uns an, wie das Todesurteil. Wieder geschah ein Wunder. Plötzlich erschienen Nonnen, die uns in die Kellerräume trugen und dicht an dicht auf ein Strohlager legten. Die meisten dösten dahin, wussten nicht, was draußen geschah. Einige wimmerten, andere schrien vor Schmerzen. Essen wollte keiner, aber trinken ... Die Nonnen gaben uns Wasser.

Nonnen haben in meiner Schule unterrichtet, sagte Gisela. Wunderbare Menschen.

Lass Heinrich zu Ende reden, sagte Mutter Elsa. Ich möchte wissen, wie er aus der Hölle rausgekommen ist.

Heinrich sah seine Mutter dankbar an und fuhr fort. Zwei Tage später war der Russe da. Der Kommandant war mit den Worten gekommen: Wir kommen nicht als Henker, sondern als Befreier. Und das hat er eingehalten. Niemand wurde weggejagt, bevor die Wunden nicht wenigstens geschlossen waren. Ich habe mich dann doch gegen den Rat des Arztes zur Entlassung gemeldet. Ich ging noch an Krücken. Eine russische Kommission entschied entweder zur Rechten abtreten, das heißt zum Arbeiten brauchbar, oder zur Linken zum Arbeiten unbrauchbar. Mit meinen Krücken kam ich auf die linke Seite und wurde ohne Papiere mit den Worten *Ab nach Hause* - entlassen. Die rechte Seite wurde in Eisenbahnwaggons verladen und in den Osten abtransportiert.

Heinrich seufzte und blickte um sich. Wisst ihr, was das heißt, in Eisenbahnwaggons in den Osten verschickt zu werden?
Er fiel auf seinem Stuhl in sich zusammen und sagte leise:

Das haben wir mit den Juden gemacht. Ich zuckte zusammen.

Ellie platzte es aus mir heraus. Alle sahen mich an.

Wer ist Ellie? fragte Gisela.

Eine Jüdin, die ich kannte

Du hast eine Jüdin gekannt? fragte Heinrich. Gab es denn Juden in eurem Dorf?

Ja, sagte ich. Es gab Ellie.

Wurde die auch in Waggons abtransportiert? fragte Gisela.

Nein, sie fuhr im Ackerwagen vom Hof, aber ihre Eltern und Geschwister wurden in Eisenbahnwaggons in den Osten transportiert. Tränen liefen mir übers Gesicht und Heinrich reichte mir sein großes Taschentuch.

Ich kannte auch eine jüdische Familie, sagte Gisela. Ich habe gesehen, wie sie aus ihrem Haus getrieben wurde. Soll ich euch die Geschichte erzählen?

Nein, sagte ihr Mann, lasst uns zu Bett gehen.

Gisela fing an zu schluchzen, sogar Mutter Elsa war den Tränen nahe. Ich starrte meinen Mann an. Sollte ich von Ellie erzählen?

Bruder Fritz saß steif auf dem Sofa.

Ich bin gleich fertig, sagte Heinrich. Dann könnt ihr alle ins Bett gehen. Dabei sah er seinen Bruder an. Hör dir alles genau an, denn du hast es fein gehabt auf deinem Gut, hast Schuldenberge zusammengewirtschaftet, die unser Vater abzahlen musste; hast dich vor der Front gedrückt. Es wird Zeit, dass du mitkriegst, wie es da draußen wirklich zuging.

Fritz rührte sich nicht. Mutter Elsa schüttelte den Kopf und sagte mit weinerlicher Stimme: Nicht doch, Heinrich. Darüber wollen wir jetzt nicht reden. Ist doch Weihnachten.

Heinrich räusperte sich.

Mit Krücken war ich nun auf mich selbst gestellt. Bin kurze Strecken mit der Bahn gefahren, hab versucht, an den patrouillierenden russischen Soldaten vorbei von jemandem mitgenommen zu werden. Aber das war schwer. Die Russen schossen, wenn immer sie Lust hatten, auf alles, was sich bewegte. Bei Kontrollen habe ich von

Weitem immer schon mein Lazarettbuch mit den Worten *Dokument* hochgehalten. Die Russen konnten kein Deutsch, aber mit einem Dokument kam man bei ihnen durch. Schließlich fand ich eine sehr nette Lazarettschwester, die einen Verwundeten mit durch die vielen Sperren nehmen konnte. Sie wählte mich und so kam ich nach Leipzig.

Ich dachte an Ludmilla, seine russische Köchin. Heinrich hatte geweint, als er von ihr erzählte und ich war betrunken. Jetzt war ich ganz nüchtern und fragte nicht was es mit der netten Lazarettschwester auf sich hatte. Er erzählte weiter:

Die letzte Hürde war die Zonengrenze. Der Russe hatte der Zivilbevölkerung schwere Strafen angedroht, falls sie deutschen Soldaten Unterkunft gewährte. Ich habe an vielen Stellen versucht, die Grenze zu überqueren und schließlich in der Nähe von Helmstedt eine Familie gefunden, die Mitleid mit mir hatte. Sie erlaubten mir, in ihrem Ziegenstall zu schlafen. Angesichts der scharfen Strafen wollten sie mich natürlich so schnell wie möglich wieder loswerden. Die Grenze, wo die Russen und achthundert Meter weiter die Engländer patrouillierten, war nicht weit. Im Niemandsland dazwischen hatte mein Helfer eine Wiese, wo er Futter für seine Ziegen holte. Er gab mir seine Arbeitskleidung. Ich stützte mich auf den Handwagen und konnte genau sehen, wo die russischen Posten patrouillierten. Sie standen fast neben uns. Am nächsten Nachmittag habe ich mich durch ein Kartoffelfeld bis dicht an das Postenhaus gerobbt. Nach stundenlangem Warten bin ich um Mitternacht über den Weg gekrochen, wo kurz vorher der Posten gegangen war. Dann kam noch ein Graben mit einem drei Meter hohen Damm, durch den eine lange Röhre auf die englische Seite führte und da musste ich mit meinen Krücken durch. Eine vierzig Meter lange, dunkle Röhre. Es dauerte eine Ewigkeit, aber schließlich landete ich in einem Kohleschacht bei Helmstedt. Die letzten fünfzig Kilometer bis nach Hause waren dann wie ein Spaziergang.

Heinrich war fertig. Ich sah ihn bewundernd an. Mein Mann hatte überlebt, nicht nur weil er Glück gehabt hatte, sondern weil er mutig war, gut mit Menschen umgehen konnte und im richtigen Moment das Richtige getan hat. Unvorstellbare Hindernisse hatte er auf dem Weg nach Hause bewältigt. Das hatte der Krieg aus ihm gemacht – einen mutigen Überlebenden.

Mutter Elsa immer noch mit feuchten Augen stand auf und griff nach Heinrichs Hand. Der Herrgott hatte seine schützende Hand über dir, sagte sie. Alle meine Söhne sind zurückgekommen und du hast es am schwersten gehabt. Ich wusste, dass du durchhalten wirst. Damit verließ sie die Stube.

Gisela, die gute Katholikin, faltete die Hände und betete, Lieber Gott, bitte hilf, dass wir so was nicht noch mal durchmachen müssen. Heinrich hat Deine schützende Hand über sich gehabt und wir danken Dir dafür. Mein Mann brauchte sie nicht, er ist durchgekommen, ohne diese Greuel zu erleben und dafür danke ich Dir auch.

Fritz klopfte seinem Bruder auf die Schulter und meinte, Nun hast du's überstanden. Lass uns zu Bett gehen. Morgen ist auch noch ein Tag.

Ich dachte an Dachau. Ob Heinrich wusste, wo die Eisenbahntransporte endeten?


Warum habe ich nur überlebt? sagte Heinrich, als wir im Bett lagen. Ich war nicht besser als die anderen. Der Herrgott muss sich dabei was gedacht haben. Er zog mich über die Ritze in sein Bett und zum ersten Mal seit seiner Rückkehr küsste er mich.

Ich fühlte mich unsicher in seinen verwundeten Armen. Die Schulter war noch nicht verheilt, die Splitter, hatte der Arzt gesagt, könne man nicht herausschneiden. Sie würden immer in ihm herumwandern und hoffentlich Kopf und Herz auslassen. Als ich schon fast eingeschlafen war, drehte er mich vorsichtig auf die Seite und schob sich unter leisem Stöhnen in mich hinein. Ich suchte nach etwas, an dem ich mich festhalten konnte und fand eine Hand, die nach meiner tastete.

# MUCKEFUCK

Liesel kündigte ihren Besuch mit einer Postkarte an: Ich muss mit dir reden. Es ist ganz wichtig. Wann kann ich kommen?

Seit meinem Umzug zu den Schwiegereltern hatte ich sie nicht mehr gesehen. Wir fielen uns in die Arme mit Tränen in den Augen und konnten erst Worte finden, als wir in der Stube am Löwentisch saßen.

Ich hasse meinen Mann, sagte sie. Entweder ziehe ich aus oder ich bringe ihn um. Ihre Hände zitterten, was ich noch nie an ihr gesehen hatte.

Erst kochen wir mal Kaffee, sagte ich. Muckefuck, wie du es immer genannt hast, der wunderbare Ersatzkaffee, der uns immer einen klaren Kopf beschert hat.

Das hat er, sagte sie. Mit Muckefuck sind wir gut gediehen, oder? Ein Lächeln flog über ihr Gesicht – ich war erleichtert.

Wir trinken falschen Kaffee und essen richtigen Kuchen, sagte sie und angelte aus ihrer Tasche einen Marmorkuchen hervor. Mit richtiger Butter und guter Schokolade gebacken. Dafür lässt mein Mann alles stehen – außer Schnaps. Sie folgte mir in die Küche.

Ich habe ihm ein Stück dagelassen, damit er mich nicht anschreit, wenn ich zurückkomme. Sie grinste. Natürlich schreie ich zurück.

Dann entdeckte sie die elektrische Uhr.

Wie hältst du das nur aus? Sie versuchte, die Zeiger anzuhalten. Wie in einem Wespennest. Ich hätte Angst gestochen zu werden. Sie schüttelte sich. Mir tut schon alles weh. Hier muss ich raus. Sie verschwand in die Stube.

Als ich mit dem Kaffee kam, saß sie auf dem Sofa und ihr Gesicht war verweint. Bei der Geburt der Zwillinge hatte sie aus Freude geweint und als sie Ellie entdeckte aus Mitleid, aber aus Mitleid mit sich selbst hatte ich sie nie Tränen vergießen gesehen.

Erzähl mir von deinem Mann.

Sie rollte langsam ihre Bluse und ihr Unterhemd hoch. Rote und blaue Flecken auf Brust und Hals kamen zum Vorschein.

Schrecklich! Ich griff nach ihrer Hand. Wie ist das passiert?

Nur ein Scheusal kann das seiner Frau antun, richtig?

Ich knöpfte ihre Bluse auf und fand noch mehr Flecken.

Jeden Abend zwingt er sich auf mich, natürlich besoffen, und schlägt mich mit seinen Fäusten. Ich versuche zurückzuhauen, aber er ist stärker.

Ich starrte auf die wunden Stellen, streichelte sie, als wollte ich sie sanft wegwischen.

Genug davon, sagte sie auf einmal und knöpfte ihre Bluse zu. Das ist einfach ekelhaft und ich muss da selbst durchkommen. Niemand kann mir helfen.

Doch, flehte ich. Ich bin deine beste Freundin. Ich helfe dir. Du kannst bei uns einziehen. Bitte.

Euer Haus ist sicher so voll wie unsers, sagte sie ruhig. Aber ich habe einen Plan geschmiedet. Sie trank noch einen großen Schluck Kaffee.

Zuerst muss ich die Tür zu meinem Schlafzimmer, wo wir uns immer verkleidet haben – erinnerst du dich? – verbarrikadieren. Dann nehme ich eins von seinen vielen Gewehren und wenn er meine Tür einschlägt, schieße ich auf ihn. Mitten in der Nacht ist das nicht Selbstverteidigung vor einem Einbrecher?

Sie grinste, als ob ihr Mann schon tot und sie freigesprochen sei. Oder soll ich ihn die lange Treppe, die zu meinem Zimmer führt, runterschubsen? Betrunken wie er immer ist, geht das leicht und er wäre sicher gleich tot.

Ich sah sie an – ob sie das ernst meinte?

Was ist bloß los mit den Männern in unserem Dorf? sagte sie. Dein Vater rannte den Dienstmädchen nach, dein Onkel der kleinen Toni – und sie alle hatten kein Gewehr, um sich zu verteidigen, die Armen. Mir kommen die Tränen, wenn ich daran denke. So unschuldig, so verwundbar waren sie. Mein Mann hat in Afrika gelernt, die Frauen zu vergewaltigen, bei den *Rasseweibern,* wie er sie nennt, die dazu gemacht wären. Du glaubst gar nicht, protzt er immer, was man denen nicht alles zwischen ihre Beine stecken kann.

Hör auf! schrie ich. Ich will's nicht hören.

Aber Liesel konnte nicht aufhören. Sie machte eine Faust, die sie in die Luft stieß, wie ein einarmiger Boxer. Das hat er den Frauen angetan. Ich kann es bezeugen und werde es tun, wenn man mich fragt. Sie sank in die Kissen. Warum ist er da nicht geblieben? Warum ist er nur zu seiner Frau mit dem Milchgesicht zurückgekommen?

Der Krieg ist vorbei, sagte ich. Wir haben ihn verloren und dein Mann hat ihn überlebt.

Schade, sagte Liesel. Ich lebe nicht mit einem Verbrecher unter einem Dach. Sie setzte sich aufrecht hin und trank mehr Kaffee. Sie hatte einen Plan. Und sie würde sich für die Schauspielschulen vorbereiten, viele Rollen auswendig lernen, damit sie vorspielen könne, wenn die Theater in Hamburg oder Hannover oder Berlin wieder aufmachten. Bis zu meinem nächsten Besuch habe ich Gretchen auswendig gelernt.

Ich kann's kaum erwarten, sagte ich und drückte ihre Hand.

Ich muss los, sagte sie und dann mit einem Seufzer, mein Mann wartet auf mich.

Über meinen Mann hatten wir gar nicht gesprochen und kein Wort über Wolfgang. Ich zeigte auf das Foto über dem Klavier und sagte: Wolfgang ist tot und mein Mann ist lebend zurückgekommen.

In dem Moment ging die Tür auf und die Zwillinge stürmten in die Stube.

Mutti, Mutti, rief Grete und zeigte auf eine Krone aus Gänseblumen auf dem Kopf von Hannes. Ist Meins! Sie grabschte danach und setzte sie sich aufs Haar. Hannes fing an zu weinen.

Meine Krone, sagte sie. Helga sah auf mich. Ihr Blick schien zu fragen, ob kleine Jungen auch Blumenkronen tragen durften, wie die Mädchen. Sie war nur zehn, verhielt sich aber wie eine erwachsene Person, ernst und verantwortungsvoll und besah die Welt mit Augen, die schon zu viel gesehen hatten.

Helga macht noch eine Krone. Ich nickte ihr zu. Aber ihr müsst aufhören zu weinen. Grete blieb mit der Krone auf meinem Schoß als Hannes Helga aus der Tür zog.

Nächstes Mal spiele ich mit euch, sagte Liesel und schnupperte an Gretes Krone im Haar. Dann könnt ihr schon ganz viel reden und schreit nicht mehr. Grete starrte sie an.

Jetzt muss ich aber los. Liesel stand auf. Ich bin von all dem Muckefuck ganz beschwipst geworden. Sie schwankte ein paar Schritte auf das Foto über dem Klavier zu und sagte:

Wolfgang ist nicht tot. Er ist zurückgekommen.

Mir war, als ob sich der Fußboden unter mir öffnete. Ich hielt mich an meiner Tochter fest, um nicht in das Loch zu fallen.

Es stimmt, sagte Liesel, als ob es eine Neuigkeit sei, die mir nicht mehr viel bedeuten könnte. Ob Gretes kleine Hand mein Zittern spürte?

Du bist doch jetzt glücklich verheiratet, oder? Liesel sah mir in die Augen. Über deinen Mann haben wir nicht gesprochen, weil er, wie ich annehme, ein guter Ehemann ist – nicht wie meiner. Stimmt's?

Ja, ja, stammelte ich.

Liesel ging zur Tür. Bist du nicht froh, dass Wolfgang überlebt hat?

Willst du ihn nicht mal sehen und ihm nicht von Ellie erzählen?

Ich brachte kein Wort raus. Wie ein Schlafwandler folgte ich ihr zum Schuppen, wo sie auf ihr Fahrrad stieg.

Er wohnt bei seinem Vater, ist dünn geworden, redet mit niemand und will niemanden sehen. Ich bin ihm neulich auf der Straße begegnet und er ging vorbei, als wäre ich aus Luft. Vielleicht würde er sich über eine Postkarte von dir freuen.

Liesel merkte nicht, wie mich die Nachricht erschüttert hatte. Sie war mit ihren eigenen Problemen beschäftigt. Sie umarmte mich, gab Grete einen Kuss auf die Haare und strampelte los. Wir standen am Tor und winkten bis wir sie nicht mehr sehen konnten.

# BEERDIGUNG

Ich wollte seine Stimme hören, ihn sehen und fühlen. Tagelang ging ich wie im Nebel umher, betäubt, gleichgültig gegenüber allem um mich herum. Ich dachte nur an ihn und schmiedete Pläne, wie wir uns begegnen könnten. Nicht auf unserem Bauernhof, auf keinen Fall. Ich könnte mit dem Fahrrad zu ihm fahren. Er wäre zu Hause, hatte Liesel gesagt. Er ging nirgendwo hin. Was würde sein Vater denken, wenn ich auf einmal auftauchte?

Können wir uns unter den Apfelbäumen in der Mitte zwischen den Dörfern treffen? schrieb ich ihm nach langem Zögern. Am besten am Nachmittag, wenn die Familie auf dem Feld arbeitete und die Kinder mit Helga spielten. Dann könnte ich mich für eine Stunde los machen.

Sobald ich den Brief in den Kasten geworfen hatte, überkamen mich Zweifel. Ich war verheiratet, hatte einen fürsorglichen, verständigen Ehemann, der mich und die Zwillinge liebte. Ich liebte ihn nicht so wie Wolfgang, aber ich fühlte mich in Heinrichs Armen beschützt und sicher. Er war gut zu mir, hatte mir ein Zuhause gegeben und die Zwillinge wie seine Kinder aufgenommen und würde nun vielleicht auch ein eigenes Kind dazu bekommen – meine Brust fühlte sich seit einigen Wochen straff an, ein Zeichen, das ich beim ersten Mal nicht hatte deuten können. Heinrich wusste nichts davon, nicht mal Liesel hatte ich es erzählt.

Der Brief war abgeschickt. Aber wollte er mich überhaupt sehen? Die Apfelbäume blühten. Weiße, weiche Wolken überzogen den Himmel. Der Feldweg zwischen den beiden Dörfern hatte sich nicht verändert. Die gleichen tiefen Furchen im Dreck, derselbe Wind, der immer von Westen blies. Auf der Hälfte breitete ich eine Decke unter dem größten Apfelbaum aus und darauf meine Habseligkeiten für ihn, selbstgemachte Kekse, Apfelsaft und meine letzten Gedichte – ihm gewidmet. Wolfgang würde mich finden. Ich konnte unser Dorf sehen, mit der Kirche, wo sein Vater immer noch jeden Sonntag predigte. Ich sah Pferdewagen in meine Richtung kommen und dann zu den Feldern abbiegen – aber keinen Radfahrer, kein Zeichen von Wolfgang. Vielleicht war der Brief nicht angekommen oder er wollte mich gar nicht sehen? Er wollte niemanden um sich haben, sagte Liesel. Das Lager hatte ihn nicht umgebracht, aber vielleicht zerstört – so wie der Brief des amerikanischen Soldaten es beschrieben hatte. Ich lag unter dem Baum und blickte lange in die Krone voll von weißen Blüten. Schließlich packte ich meine Sachen zusammen und fuhr zurück. Am nächsten Tag schickte ich ihm einen kurzen Abschiedsbrief mit einigen von meinen Gedichten. Nun konnte ich ihm zeigen, woran ich jahrelang im Geheimen gearbeitet hatte, denn ich würde ihn nicht wiedersehen und nie herausfinden, ob er sie gut oder schlecht fand.

Am nächsten Tag klagte Heinrich über Kopfschmerzen. Ob er mitbekommen hatte, dass Wolfgang in der Nähe war? Sie hatten sich nicht kennengelernt und er hatte nie seinen Namen erwähnt. Mutter Elsa gab ihm Aspirin und schickte ihn ins Bett. Am nächsten Morgen bat er mich, einen feuchten Waschlappen um seinen Kopf zu binden. Er sah wieder aus wie ein verwundeter Heimkehrer. Als ich ihn fragte, ob er Schmerzen habe, stürmte er nach draußen rannte auf das Pferd zu, das Vater Könneker vor den Ackerwagen gespannt hatte und schlug mit einem Besenstiel auf seinen Kopf ein. Das Pferd bäumte sich, Vater Könneker drängte sich dazwischen und versuchte, seinem Sohn den Besen aus der Hand zu reißen. Heinrich ließ ihn fallen und rannte in den Garten. Was ist nur los mit ihm? fragte Mutter Elsa. Ihr Mann streichelte das Pferd und zog die Schultern hoch. Der Krieg, sagte er und führte Pferd und Wagen vom Hof.

In unregelmäßigen Abständen wiederholten sich die Ausbrüche und die Kopfschmerzen ließen nicht nach. Schon morgens schickte ich die Zwillinge mit Helga in den Garten, weit weg von ihm. Aber er tat uns nichts an, lag nachts unruhig neben mir im Bett und redete nicht. Die Pferde waren es, die ihn verfolgten. Sein Horuck hatte ihm das Leben gerettet, wusste er das nicht mehr? Hatten die Kugelsplitter angefangen in seinem Kopf herumzuwandern?

Vater Könneker hängte eine Kette vor die Pferdestalltür und stellte sich mit einem Knüppel davor, wenn Heinrich über den Hof ging. Er ließ ihn nicht mehr mit den Pferden allein. Heinrich musste mit seinem Fahrrad ins Feld fahren, wenn er seinem Vater bei der Arbeit half.

Nach einigen qualvollen Wochen, als Aspirin nicht mehr half und die Ausbrüche nicht nachließen, brachte ihn Mutter Elsa gegen seinen Willen zum Arzt, der ihn sofort ins Krankenhaus nach Hannover schickte. Bei Röntgenaufnahmen stellte man fest, dass ein winziger Splitter ins Gehirn eingedrungen war, der alles verursachte.

Sofort operieren, empfahl der Arzt, und am besten von einem Spezialisten der Charité in Berlin, der einmal im Monat nach Hannover käme.

Mutter Elsa wich nicht von der Seite ihres Sohnes. Eigentlich war es Besuchern nicht erlaubt über Nacht im Krankenhaus zu bleiben, aber sie beredete das Personal solange bis man ihr ein Notbett neben Heinrich aufstellte. Da konnte sie seine Hand drücken, so wie bei ihrem Sohn Otto als er starb, was die Schmerzen gelindert hatte. Ich besuchte meinen Mann im Krankenhaus. Sonntagnachmittags von zwei bis vier war Besuchszeit. Gisela begleitete mich. Sie ging mit Mutter Elsa aus dem Zimmer, während ich eine Stunde allein mit Heinrich verbrachte. Die letzte, was ich nicht ahnen konnte. Vielleicht wäre unsere Unterhaltung anders verlaufen, wenn ich das gewusst hätte. Die Medikamente hatten ihn dösig gemacht. Sein Kopf musste beruhigt werden, sagte Mutter Elsa, damit er nicht immer aufbraust und um sich schlägt. Aber er war klar im Kopf, verstand alles und reagierte mit ein paar Worten.

Ja, sagte er, als ich ihn fragte, ob er den Tag erinnere, als er bei Onkel August um meine Hand angehalten hatte.

Wusstest du, dass ich mich im Keller versteckt hatte?

Ja, sagte er mit geschlossenen Augen. Ich drückte seine Hand.

An was erinnerst du dich sonst noch von dem Nachmittag mit Onkel August? Er sagte nichts. Erinnerst du dich an die gelbe Rose? Ja, sagte er.

Ich war nicht nett zu dir. Wieder kam ein Ja aus seinem Mund, den er kaum bewegte. Ich hatte ihm geradewegs ins Gesicht gesagt, dass ich schwanger sei und er vielleicht nicht der Vater, was er ohne Umschweife akzeptiert hatte. Es tut mir leid, dass ich damals so gemein zu dir war.

Er sagte nichts, aber seine geschlossenen Augen wurden nass. Ich beugte mich über ihn und wischte die Tränen mit meinem Taschentuch ab. Mehr Tränen flossen und ich küsste sie weg.

Ja, sagte er noch einmal und flüsterte, wir schaffen das schon. Ich schlang meine Arme um ihn, so gut es auf dem Krankenhausbett möglich war und sagte, dass alles gut werde. Er müsse nur wieder gesund werden. Die Kinder könnten kaum erwarten, dass er sie in der Kutsche spazieren fahre und auf den Pferden reiten lasse.

Nein, sagte er plötzlich laut. Sie dürfen nicht reiten.

Aber dein Horuck hat dir doch das Leben gerettet.

Ich wäre lieber nicht gerettet worden, sagte er, ohne seine Augen zu öffnen. Lieber im Schützengraben umkommen.

Mehr Tränen flossen an seiner Nase herunter.

Sag das nicht. Ich drückte seine Hand. Alles wird gut. Wenn der Splitter nicht mehr in deinem Kopf herumwandert, wird alles besser. Ganz bestimmt.

Ich beugte mich über ihn und gab ihm einen Kuss auf seine zusammengepressten Lippen.

Nein, sagte er und öffnete seine Augen. Es gibt viele Splitter in mir.


Mutter Elsa durfte nicht mit in den Operationssaal. Heinrich wurde von einer Schwester hineingerollt, die Türen fielen hinter ihm zu und sie blieb allein im Warteraum. Stundenlang. Niemand kam, um ihr einen Zwischenbericht zu geben. Der Chirurg von der Charité sei in Eile, hatte man gleich gesagt, er müsse nach Berlin zurück, und dass es eine lange, schwierige Operation sein würde. Heinrich überlebte sie nicht.

Der letzte Wunsch wurde seiner Mutter erfüllt, sie begleitete ihren toten Sohn im Leichenwagen nach Hause. Drei Tage vor der Beerdigung hielt ein schwarzes Auto auf dem Hof. Sie stieg aus, ganz in schwarz gekleidet, als wusste sie schon vor der Abreise wie alles ausgehen würde. Heinrich wurde im Flur aufgebahrt. Maiglöckchen, seine Lieblingsblumen, hatte Gisela im Wald gefunden und ihn damit eingerahmt. Der Spiegel der Flurgarderobe wurde schwarz verhängt. Todesanzeigen mit dem Datum der Beerdigung wurden verschickt, was meine Aufgabe war. Liesel, meine Schwester und die Oma setzte ich mit auf die Adressenliste. Eine kleine Anzeige wurde in der Peiner Zeitung veröffentlicht – Mutter Elsa bestand darauf, obwohl es sie fünfzig Mark kostete. Mit roten Augen und gekrümmtem Rücken ordnete sie alle Einzelheiten der

Beerdigung an. Die Pferde, die Heinrich so geliebt und zuletzt mit dem Knüppel geschlagen hatte, würden den Leichenwagen zum Friedhof ziehen. Mitglieder des Reitervereins, dem Heinrich angehörte, würden den Sarg zum Grab tragen. Nach der Trauerfeier sollten im Gasthaus Busse belegte Brote und Getränke bereitstehen. Der Pastor erkundigte sich bei Mutter Elsa, ob es einen Bibelspruch gäbe, der ihm etwas bedeutet hatte. Nein, war die Antwort, aber es gab ein Lied, das er besonders mochte: *Der Mond ist aufgegangen*. Das müsse von den sechs auf drei Strophen gekürzt werden, sagte der Pastor und Mutter Elsa nickte. Aber die letzte Strophe sollte dabei sein: *So legt euch denn ihr Brüder...* Sie kannte alle auswendig. Die Ordnung und Umsicht, mit der sie die Tage bis zur Beerdigung füllte, schienen auch meine wirren Gedanken zu beruhigen. Heinrich lebte nicht mehr, obwohl er aus dem Krieg zurückgekehrt war. Ich hatte mich gerade damit abgefunden, ein Leben mit den Kindern an seiner Seite zu führen, was dem meiner Schwiegermutter mit ihrem wortkargen Mann geähnelt hätte. Dann kam Wolfgang wieder dazwischen. Heinrich starb. Und Wolfgang war am Leben. Noch vor einigen Wochen konnte ich an nichts anderes denken als an ihn. Er kam nicht zu dem Treffpunkt, den ich vorgeschlagen hatte und ich war froh darüber. Ich musste versuchen, allein mit Heinrichs Tod zurechtzukommen. Würde ich mit meinen Kindern überhaupt bei der strengen Schwiegermutter willkommen sein oder sollte ich zurück zur Oma ziehen mit dem totgeweihten Onkel August im Haus? Und wer würde Könnekers Hof übernehmen? Bruder Fritz, der schon große Höfe heruntergewirtschaftet hatte? Mutter Elsa wusste nichts von dem Baby in meinem Bauch. Würde sie sich freuen oder waren ihr kleine Kinder eine Last? Die Zwillinge hingen nicht an ihr, wie an meiner Oma. Sie streichelte ihnen über die Haare, wenn sie morgens brav ihr Brot in Milch tunkten und in den Mund steckten und gab ihnen einen Apfel oder eine Erdbeere aus dem

Garten. Sie nahm sie nie auf den Schoß oder ließ sie ihren Haarknoten auseinandernehmen. Sie war zu alt, um aus dem kleinen Hof etwas Besseres zu machen, was Heinrich sicher geschafft hätte. Die Kinder hatten ihn kaum gekannt und würden ihn schnell vergessen. In mir hinterließ er ein Loch, das das Kind in meinem Bauch mit der Zeit ausfüllen könnte.

Die Beerdigung fand statt wie Mutter Elsa sie geplant hatte. Vater Könneker zäumte die Pferde vor den Leichenwagen und murmelte immer nur, das war der Krieg. Der kleine Trauerzug bewegte sich langsam die Totenstraße zum Friedhof hoch, wo neben Otto ein Platz für Heinrich ausgehoben war. Sechs Männer vom Reiterverein trugen den Sarg und senkten ihn an Stricken in die Grube. Dabei läuteten die Glocken. Dann hielt der Pastor eine kurze Rede über den Krieg, der so viele Männer dahingerafft habe. Er ließ seinen Blick über den Friedhof gleiten und deutete auf frische Grabhügel, die, wie er sagte, alle Kriegsopfer seien, auch wenn sie nicht ihr Leben im Schützengraben lassen mussten, sondern, wie Heinrich, einen Platz auf dem heimatlichen Friedhof im Schoß der Familie gefunden hatten. Dann stimmte er *Der Mond ist aufgegangen* an. Ich stand am Rand der Grube und warf eine gelbe Rose auf den Sarg, nachdem ihn der Pastor mit drei kleinen Schaufeln Erde bedeckt hatte. Vielleicht würde die Rose in der Erde noch ein wenig weiterleben. Mutter Elsa warf ein paar Maiglöckchen hinterher. Sie klammerte sich an mich und versuchte, ihre Weinkrämpfe zu verbergen, aber ich fühlte das Beben in ihrem gebückten Körper.

Nach vielem Händeschütteln kam Liesel auf mich zu, umarmte mich und flüsterte mir ins Ohr: Da hinten am Zaun steht Wolfgang. Hast du ihn gesehen?

Ich wagte nicht, mich umzudrehen.

Kaum wiederzuerkennen, sagte Liesel. Willst du ihm nicht Guten Tag sagen?

Nein, ich wollte ihn jetzt nicht sehen und nicht mit ihm sprechen. Die Trauergemeinde war dabei sich zu zerstreuen, Mutter Elsa hatte sich mit Fritz und seiner Frau Gisela auf den Weg zum Gasthaus gemacht. Die Kinder waren in Helgas Obhut zu Hause geblieben und meine Oma war nicht erschienen – bei dem Wind ginge es auf dem Fahrrad nicht gut, stand auf der Postkarte. Sie käme später, wenn der Alltag wieder in seinen gewohnten Bahnen verliefe. Ihre Kräfte schienen nachgelassen zu haben, vielleicht nahm Onkel August sie zu sehr in Anspruch.

Nun kommt Wolfgang auf uns zu, sagte Liesel. Ich gehe schon mal zum Gasthaus. Sie verschwand.

Wolfgang tippte mir vorsichtig auf die Schulter. Mein herzliches Beileid, sagte er leise. Ich habe die Todesanzeige in der Zeitung gelesen. Ich drehte mich zu ihm um. Langsam, wie in einem Film, der in Zeitlupe vor meinen Augen ablief, reichte ich ihm die Hand. Er verzog seinen Mund zu einem angestrengten Lächeln, was tiefe Falten durch sein Gesicht zog, wie durch einen frisch gepflügten Acker. Sein Blick hatte sich verändert, er schien die Neugierde des Fotografen verloren zu haben. Die dunkelbraunen Locken waren ergraut. Er trug den schwarzen Schal, den ich ihm vor Jahren gestrickt hatte und Hosen, die einige Nummern zu groß schienen. Wir standen schweigend am Grab und sahen auf den Sarg. Schließlich nahm er meine Hand und sagte:

Ich bin gekommen, um dir zu sagen, dass ich überlebt habe, was du sicher schon von Liesel weißt. Ich habe dich nicht vergessen und möchte mit dir reden – über alles, wirklich alles.

Doch nicht hier am offenen Grab meines Mannes.

Nein. Wir können uns irgendwo treffen, wo uns niemand

stört. Sag mir wann und wo.

Vor einigen Wochen hatte ich schon einen Treffpunkt vorgeschlagen, aber du bist nicht gekommen. Nun hat sich alles verändert.

Damals konnte ich nicht. Dachau saß mir noch zu tief in den Knochen und das ist noch lange nicht vorbei – noch lange nicht.

Er drückte meine Hand, gab mir einen Kuss auf die Stirn und ging zu seinem Fahrrad, das an einem Lindenbaum stand.

Melde dich doch, sagte er beim Aufsteigen und fuhr davon.

# AMERIKA

Sollte ich Wolfgang wirklich noch einmal sehen? Was gab es denn noch zu bereden? Wir mussten beide einen neuen Anfang suchen. Ich brauchte ein Zuhause für meine Kinder. Wolfgang konnte mir dabei nicht helfen. Und was er brauchte, um über die schrecklichen Erfahrungen im Lager hinwegzukommen, konnte ich ihm nicht geben.

Einige Wochen vergingen, ich hatte ihm keine Postkarte geschickt, als er plötzlich mit seinem Fahrrad auf den Hof fuhr, nachmittags gegen zwei Uhr. Mutter Elsa war mit Fritz auf dem Feld, die Zwillinge spielten mit Helga. Gisela hatte eine Halbtagsstelle beim Bäcker gefunden, wo sie morgens Brötchen verkaufte und nachmittags die Backstube sauber machte. Ihr Sohn Peter hatte im neuen Jahr eine kleine Schwester bekommen, die sie mit zum Bäcker nahm, wenn sie Brötchen verkaufte und nach dem Mittagessen mit den anderen Kindern in Helgas Obhut gab. Jeden Tag kam sie mit frischem Brot nach Hause, hatte immer ein Lied auf den Lippen und viel zu erzählen von dem, was sie im Bäckerladen gehört hatte. Eine patente, lustige Frau hatte Fritz geheiratet, die mich an Liesel erinnerte. Dorfklatsch, meinte Mutter Elsa, sicher übertrieben. Aber ich freute mich immer auf die lebhaft vorgetragenen Geschichten, die auch die Kinderaugen zum Strahlen brachten.

Ich sah Wolfgang durchs Küchenfenster auf den Hof fahren und dieses Mal, anders als bei der Beerdigung, öffnete sich etwas in mir, das ich längst fest verschlossen geglaubt hatte. War es die Sehnsucht nach ihm, die immer noch in mir schwelte? Nach der Liebe, die uns vor Jahren verbunden hatte. er mir vor Jahren gegeben hatte. Nach der ich mich immer noch heimlich sehnte? Ich ging ihm entgegen, nahm seine Hand und zog ihn ins Haus. Meine Hand war kalt. Er rieb sie und sagte: Nun brauchst du nicht mehr zu frieren.

Ich führte ihn in die Stube. Er ging zum Klavier und sah lange auf das Foto, das er auf der kleinen Brücke von mir gemacht hatte. Er öffnete den Klavierdeckel und spielte ein paar Takte von *Für Elise*, sein Konfirmationsgeschenk für mich. Wundervoll hörte es sich an, als ob er, während er weg war, nichts anderes gemacht hätte als Klavier zu spielen. Er setzte sich auf den Hocker und spielte weiter. Ich stand neben ihm.

Wie schön, dass es das Klavier noch gibt, sagte er. Und das Foto. Ein Jahr später lag das Rathaus in Schutt und Asche. Dann stand er auf und sagte wie früher: Lass uns einen Spaziergang machen.

Wir verließen das Haus durch die Verandatür und gingen unter der Weide den Feldweg entlang zum kleinen Teich. Er nahm meine Hand, die warm geworden war, und wie ein Liebespaar schlenderten wir durch die Felder. Am Teich breitete er seine Jacke an einem Baum aus und setzte sich dicht neben mich, machte aber keine Anstalten, mich zu umarmen. Er sah aufs Wasser. Die ersten Libellen schwirrten darauf herum, Kaulquappen schnappten nach Luft, kleine Frösche sprangen ins Wasser und tauchten ins Dunkel.

Wie geht es dir, Karla? sagte er. Karla, mit dem gerollten R.

Ich war auf einmal wie elektrisiert. Ich wollte mich an ihn schmiegen, ihn umarmen. Ich nahm seine Hand und führte sie über mein Gesicht, meinen Hals, die Brust und dann, zögernd, über die Wölbung auf meinem Bauch.

Wann kommt das Kind? fragte er.

Im Oktober.

Ich verlasse Deutschland, sagte er, für immer. Ich kann hier unter den Mördern nicht mehr leben, und ich möchte dich mitnehmen.

Ich ließ seine Hand los. Die Vögel zwitscherten weiter, die kleinen Frösche sprangen herum, als wäre nichts passiert. Ich lehnte mich gegen den Baum und schloss die Augen. Wenn ich sie doch nur nie wieder öffnen müsste. Den dünnen glitzernden Schleier, den er gerade über mich geworfen hatte, wollte ich nicht zerstören. Er beugte sich über mich.

Kommst du mit mir?

Ich konnte nichts sagen. Wovon ich immer geträumt hatte, war endlich wahr geworden. Wolfgang wollte mich mitnehmen bis ans Ende der Welt.

Ich habe deine Gedichte gelesen, sagte er und flüsterte das in mein Ohr, an dem ich lange gearbeitet hatte:

*Am dritten Tag*
*Uns immer noch fremd*
*Sagst du*
*Stich mir ins Herz*

*In der dritten Nacht*
*Ineinander verschlungen*
*Küsst du meine Augen*
*Fühlst mein Herz und deins*
*Und dann*
*Nur noch eins*

Wunderschön, sagte er. Es fängt das ein, was wir damals gefühlt haben und was wir immer noch füreinander fühlen, richtig? Er nahm meine Hand und sagte: Bitte komm mit mir.

Ich erwarte ein Baby und kann doch nicht einfach weg mit dir.

Doch das kannst du, sagte er ruhig. Ich habe erlebt was man aus Angst und Verzweiflung tun kann. Aus Liebe kann man genauso unvorstellbare Dinge tun. Er sah mich an. Wenn du mich immer noch liebst, dann komm mit mir nach Amerika.

Ich legte mich zurück ins Gras. Ich konnte nicht denken. Seine Hand auf meiner Brust schickte Stromschläge durch meine Adern. Ich wollte ihn umarmen und lieben, so wie früher auf dem gelben Sofa und im Taubenschlag. Über unsere Zukunft wollte ich nicht sprechen.

Ich liebe dich, flüsterte ich und zog ihn zu mir hinüber. Und das wird nie aufhören. Aber wir werden nicht glücklich miteinander. Du hast immer für große Ideen gekämpft, nicht für unsere Liebe, und das wird sich nicht ändern.

Er legte seinen Kopf auf meine Brust und sagte: Ich habe jeden Tag an dich gedacht. Deshalb habe ich das Lager überlebt. Jeden Tag habe ich dir geschrieben, nicht mit Stift und Papier – das hatten sie uns weggenommen – aber im Geist, das Einzige, was sie nicht wegnehmen konnten.

Ich sagte, dass ich furchtbare Sachen über Dachau gelesen habe, was mir alle Hoffnung auf ein Wiedersehen zerstört hatte.

Was du gelesen hast, stimmt, sagte er, ohne Vorwurf oder Bitterkeit in seiner Stimme. Es war die Hölle, vielleicht schlimmer, weil Menschen und nicht Teufel die Maschinerie des Lagers bedienten. Ihr Ziel war es, uns zu töten oder zu Bestien zu machen. Das hat unsere Gehirne wie Turbinen angetrieben, die nur ein Ziel hatten: zu überleben. Manche wurden dabei zu Kollaborateuren, viele zu Bestien, die sich gegenseitig das Essen, oder den besseren Schlaf- oder Arbeitsplatz wegrissen. Diejenigen, die den Kampf ums Überleben aufgaben, sagte er, stürzten sich in den elektrischen Draht oder endeten in der Gaskammer. Wusstest du, dass es die gab?

Ich schüttelte den Kopf. Erst als der Krieg vorbei war.

Eine schreckliche Erfindung. Ich habe überlebt, weil ich einen Weg fand, um dem täglichen Terror zu entfliehen – den Weg nach Innen. Ich trainierte mein Gehirn, sich auf ganz bestimmte Aufgaben zu konzentrieren, einen Brief – an dich – ein Stück zu komponieren – für dich –das ich immer wieder in meinem Kopf spielte. Es lenkte von den Qualen ab, es erhielt mich am Leben. Du hast mich am Leben erhalten. Ich wollte dich wiedersehen. Jede wache Minute dachte ich an das, was wir zusammen gemacht, gelesen, einander gesagt hatten. Ich versuchte, mich an den Zugfahrplan zu erinnern, nach dem du gefahren bist, wenn du zu Besuch kamst, die Bücher, die wir zusammen gelesen haben, die Gedichte, die wir uns aufgesagt haben. Ich sammelte alles, was ich erinnerte, in meinem Gehirn und während der Appelle – und davon gab es viele – sagte ich mit stummen Lippen auf, was ich in meinem Kopf gespeichert hatte. –Hast du die Nachricht bekommen, die ich dir durch meinen Vater geschickt habe, bevor ich nach Dachau kam? Er sah mich mit glänzenden Augen an und rezitierte die Stelle aus dem Brief von Thälmann an seine Tochter: *Und wenn Dich eine Idee erfasst, so begeistere Dich an ihr. Aber diese Fähigkeit, sich für eine Sache zu begeistern, die muss der Mensch haben. Wo sollte er sonst die Kraft hernehmen, zu kämpfen und den anderen verstehen zu können? Ich kann nicht bei Dir sein und Dich führen und lenken, aber im Geiste bin ich immer bei Dir und verfolge Deinen Weg.*

Das habe ich jeden Tag aufgesagt, wie ein Gebet, in der Hoffnung, dass du mich hören würdest.

Ich habe dich gehört, sagte ich. Am Grab meiner Mutter hast du neben mir gesessen und mir diese Zeilen ins Ohr geflüstert. Du hast meine Haare gestreichelt. ich habe deine Stimme gehört.

Er nickte und rieb meine Hand bis das Blut in die Fingerspitzen zurückkam.

Mein tägliches Gehirntraining erweiterte ich, indem ich die für dich komponierten Stücke mit kleinen Steinen und manchmal auch mit meinen Fingernägeln in die Holzplanken ritzte, auf denen ich schlief. Meine Nachbarn glaubten, ich wäre durchgedreht, ein Verrückter, der nie redete, aber dauernd seine Lippen bewegte und nachts an den Holzbalken herumkratzte. *Für Elise*, Was ich vorhin auf dem Klavier gespielt habe, hat in Dachau einen zweiten und dritten Satz bekommen.

Auf einmal kam ich mir an seiner Seite so schäbig, so nichtsnutzig vor. Mitten in unvorstellbarem Leid hatte er einen Platz zum Überleben geschaffen, in dem ich der Mittelpunkt war. Während er sein Leben für Ellie und mich und so viele andere aufs Spiel setzte, hatte ich geheiratet, nur um einen Vater für meine Kinder zu haben. Ja, Ellie hatte ich im Taubenschlag versteckt und für sie gesorgt, aber das war nicht meine eigene Entscheidung gewesen. Ich hatte mich sogar dagegen gewehrt, aus Eifersucht, aus Angst, aus Feigheit. Und als er bei mir eine zweite Person verstecken wollte, habe ich ihn abgewiesen. Und ich soll ihm die Kraft zum Überleben gegeben haben? Ich Feigling?

Er drehte meine Hand um und sah auf den Ehering.

Ich konnte dich nicht heiraten, als du mich brauchtest, sagte er. Zu der Zeit fürchtete ich um mein eigenes Leben, Tag und Nacht. Meine Arbeit erlaubte keine Heirat. Ich war fest davon überzeugt, dass ich nicht durchkommen würde, dass sie mich zerstören würden. Das haben sie nicht ganz geschafft.

Ich dachte an Heinrich, als er auf Krücken durchs Hoftor humpelte. Auf ihn brauchte ich nun keine Rücksicht mehr zu nehmen. Trotzdem hielt mich etwas davon ab, Wolfgang blindlings zu folgen in ein neues Land, weit weg von zu Hause, von meiner Familie, mit einer Sprache, in der ich keine Gedichte und keine Geschichten schreiben konnte. Wolfgang lebte nicht nach den Richtlinien, die meine Ehe mit Heinrich bestimmt hatten. Pflicht und Verantwortung waren Werte, die für ihn durch die Erfahrung im Lager korrupt und bedeutungslos geworden sind. Sein Leben war in einer Liebe verankert, die ihm die Kraft zum Überleben gegeben hatte. Aber war es die Liebe zu mir oder zu einer Idee, für die er gekämpft hatte. Die ihn von mir genommen hatte und weiterführen würde. Jahrelang hatte ich von nichts anderem geträumt, als bei ihm zu sein. Aber nun, da mein Traum sich zu erfüllen schien, konnte ich nicht danach greifen.

Erzähl mir von Ellie. Er schnitt meine Gedanken ab, als ob er wusste, was mir durch den Kopf ging.

Wir standen auf und machten uns auf den Heimweg. Ich erzählte ihm von unseren nächtlichen Gesprächen, von den Spaziergängen zum Friedhof, von Liesel und Kasimir, der Gestapo im Haus und von der plötzlichen Flucht.

Wolfgang hatte mich eingehakt.

Ob sie uns wohl findet?

Ja, sagte er. Wenn sie noch am Leben ist, wird sie uns finden.

Bevor wir die ersten Häuser erreichten, beugte er sich zu mir und gab mir einen Kuss. Komm mit mir nach Amerika, sagte er. Ich habe die Schiffsreise für uns alle schon gebucht.

Ich ließ mich in seine Arme fallen. Er küsste mich und versank mit mir im Gras unter den Bäumen.


Als wir durchs Hoftor kamen, rannten uns die Kinder entgegen. Mutti, Mutti, rief Johannes und drängelte sich an mich. Dies ist Wolfgang, sagte ich. Ich habe ihm das Wäldchen und den kleinen Teich gezeigt, wo wir immer Kaulquappen fangen. Sagt ihm doch *Guten Tag.* Grete reichte ihm die Hand. Er nahm sie auf den Arm und gab ihr einen Kuss auf die Haare. Hannes sah verstohlen seine

Schwester an, die mit ihren kleinen Fingern durch Wolfgangs graue Locken fuhr.

Wie alt bist du denn? fragte Wolfgang.

Sie hielt ihre Hand hoch und spreizte angestrengt die kleinen Finger.

Drei, rief Hannes hinter meinen Beinen hervor.

Bevor Mutter Elsa und Fritz mit dem Pferdewagen vom Feld zurückkamen, hatte Wolfgang uns verlassen.

Das Schiff legt am 25. Juli von Bremerhaven ab, sagte er zum Schluss. Ich warte auf dich. Immer. Überall.

Ich stand mit den Zwillingen am Hoftor, als er davonradelte. Ich musste mich am Torpfosten festhalten, um nicht zusammen- zu sacken. Wolfgang drehte sich noch einmal um und winkte. Wir winkten zurück, bis er in der Kurve hinter den Bäumen verschwand. Ich klammerte mich an den Pfosten wie an eine Boje auf hoher See. Die Kinder zogen an meinem Rock und grabschten nach meiner Hand. Ich schüttelte sie ab und starrte die Straße entlang. Ganz bald würde er Deutschland verlassen. Was sollte ich tun? Aus der Ferne hörte ich die Kinder rufen

Mutti, komm! Von der anderen Straßenseite kam Gisela pfeifend auf mich zu geschlendert.

Warum hältst du den Pfosten denn so fest? grinste sie. Wackelt die Erde? Sie kam von der Arbeit im Bäckerladen mit frischem Brot, von dem sie ein Stück abriss und mir in den Mund schob.

Iss das, sagte sie, dann fühlt sich die Welt gleich besser an.

Sie hakte mich ein und wir gingen zu den Kindern, die jeder ein Stück duftendes Brot auf die Hand bekamen.

Ich hab viel zu erzählen, lachte sie. Heute war ein aufregender Tag.

Eine Geschichte, bitte, Hannes zog an ihrer Hand. Später beim

Abendbrot erzähl ich alles. Erst sagen wir den Pferden *Guten Tag*. Fritz und Mutter Elsa hielten mit dem Ackerwagen vor dem Pferdestall. Gisela nahm die Zwillinge auf den Arm und ließ sie die Pferde streicheln.

Reiten, bitte, rief Grete. Fritz hob sie auf den breiten Pferderücken. Sie jauchzte vor Freude, als das Pferd ein paar Schritte machte. Hannes saß hinter seiner Schwester und klammerte sich mit ängstlichen Augen an ihr fest.

# EPILOG

Viele Jahre später, nachdem ich das Dorf längst verlassen, Bücher geschrieben, wieder geheiratet hatte und mit meinem Mann in Berlin lebte, klingelte das Telefon.

Ich erkannte sofort seine Stimme – Karrla mit dem rollenden R.

Ich bin heute an eurem Hof vorbeigefahren.

Ich presste den Hörer hart gegen mein Ohr und sagte,

Da wohne ich schon lange nicht mehr.

Ja, das dachte ich mir.

Ich lebe mit meinem Mann in Berlin.

Wie schön.

Er sprach langsam, als suche er nach Worten, die er längst vergessen hatte.

Ich wollte nicht mehr zurückkommen, sagte er. Nie wieder dieses Land betreten, aber meine Tochter hat mich überredet. Sie hat im College Deutsch gelernt.

Und dann nach einer langen Pause:

Hast du damals...war es richtig, dass du damals...nicht mitgekommen bist?

Ich schwieg.

Hast du damals richtig entschieden?

Ja, sagte ich zögernd, dass ich nach dem Tod meines Mannes ein Zuhause für meine Kinder brauchte und in dem Land meiner Muttersprache leben musste. Ich wollte schreiben.

Er schwieg. Meine Augen füllten sich mit Tränen. Ich sagte, dass ich nie aufhören würde ihn zu lieben.

Ich bin am Flughafen in Frankfurt auf dem Weg zurück in die Staaten, sagte er schließlich.

Du bist auch verheiratet?

Zum dritten Mal, sagte er leise und nach langer Pause – mit Ellie Schürmann.

Ellie Schürmann! Ich sprang von meinem Sessel hoch. Ihr habt euch gefunden! Ich lief im Zimmer hin und her, wollte nach draußen, aber wir hatten nur einen kleinen Balkon. Ellie Schürmann lebt mit dir? Das ist ja ...und ich stockte...wie ein Wunder.

Ja, sie hat mich gefunden ... sagte er. Besuch uns, wenn du mal nach New York kommst. Es geht uns gut.

Das stand auf den Postkarten von Dachau. Warum musste ich jetzt nur daran denken?

Ist Ellie nicht mitgekommen?

Nein, sie betritt dieses Land nicht mehr.

Papa, we have to go, hörte ich im Hintergrund.

Ich muss aufhören, sagte er. Meine Tochter drängt - oder sagt man drängelt?

Es ist so schön, deine Stimme zu hören, flüsterte ich.

Take good care of yourself, sagte er. I will always love you.

Dann legte er auf.

Ich lief die achtzig Stufen aus meiner Wohnung zur Straße hinunter und weiter in den Park. Es war ein grauer Tag. Gut zum Fotografieren, würde Wolfgang sagen.

# Anmerkung und Dank

Seit über zehn Jahren habe ich an diesem Buch gearbeitet. Zuerst auf deutsch, dann auf englisch und schließlich wieder in meiner Muttersprache, denn es geht um meine Heimat und um Personen, mit denen ich aufgewachsen bin. Ihre Namen sind zum Teil verändert, ihre Geschichten entsprechen nicht immer den Tatsachen, aber es gibt Berichte, Fotos, Jahreszahlen, Erzählungen, die nicht erfunden sind. Mein Vater hat mit 77 Jahren seine Kindheit und die Erlebnisse aus der Kriegszeit aufgeschrieben – ohne auf Tagebücher oder Gespräche mit den Brüdern zurückzugreifen. In diesen Aufzeichnungen hat er seine Frau nicht erwähnt, was zum Ausgangspunkt meiner Forschungen wurde. Ich suchte nach ihrer Geschichte und entdeckte das Foto von ihr auf der kleinen Brücke vor dem Rathaus in Hannover. Mein Angelpunkt. Es hing versteckt in der Nische beim Klavier. Sie kannte den Fotografen, von dem es kein Bild gibt aber ihre Erinnerungen, die ich eingefügt habe. Er hat den Krieg nicht überlebt.

Über die Jahre haben mir viele Freunde immer wieder Mut gemacht, weiterzuschreiben, wenn ich aufgeben wollte. Ganz oben auf der Liste steht Beate Dölling, Autorin zahlreicher Kinder und Jugendbücher, die sich trotz pausenloser Arbeit an ihren eigenen Schreibprojekten immer wieder die Zeit genommen hat, meine vielen Versuche zu lesen und ausführlich zu besprechen. Mein aufrichtiger Dank gilt ihr. Ohne Beate wäre dieses Buch nicht zustandegekommen.

Dank auch an Dieter Markworth für viele gute Ratschläge, und an meine Tochter Anna für ihre Hilfe am Layout. Ganz besonderer Dank gilt Heidrun Hofmann für stundenlanges, genaustes Korrekturlesen. Ihre akribische Arbeit wurde mit diesem Druck belohnt..